U0146345

名家小说集

郭雪波 著

一个女孩的
大雾之夜

作家出版社

//目录//

大泽

漠北。苦寒之地，有一大泽，名曰腾格里·淖尔，意即天般大的湖泽。据传，当初苏武曾在这里牧羊。老百姓管这里叫天海子。

这天海子西畔一隅，扎着一座地窨子，里边住着海子爷。今晨海子爷醒得早，准备磨砺那把用秃了的穿冰凿子。钻出热被窝，披衣推门。地窨子矮门纹丝不动。一夜风沙拌着小雪，冻死了小板门。海子爷叹气，摇摇头，回身从地窨子灶口取出一箕热炕灰，顺板门下沿撒了一溜。一袋烟工夫，被焐软的板门吱嘎一声推开了，堵门的积雪和沙子被门扇扫推在一边。

外边的晨阳刺得海子爷直晃眼。如一只爬出洞的老狼，海子爷伸了伸懒腰，一夜缩僵了的老身子骨如根绳子般被抻开了，抻顺溜了。他吐了一口痰。那痰一离开嘴巴便冻成一小冰疙瘩，叮咚地在冻土地上蹦跳。夜里零下四十度，白天也达零下二十多度，在这苦寒之地的三九天，任何活物都容易被冻成冰坨子。海子爷打了个冷战，赶紧又把稍松弛的身板儿收紧，掩紧了身后的地窨子门。然后，他往手上哈哈热气，去摸索门边的穿冰凿子，撅着屁股往地上的一块大砂石上刺啦刺啦地磨砺起来。

可以这么说，这天海子周边百里地带就剩海子爷这么一位两条腿的活物了。当初大迁徙时，儿孙们跪在膝前求他，爷，一块儿走了吧。海子爷晃脑袋说，不。老汉觉得，现在搞退耕还草是没法儿的法儿，早干啥去了？六十年前他随爷爷刚来天海子草地时这里只有几户牧民，就几十年光景，响应号召什么建设兵团、知青兵团，还有自由流动的盲流集团，都往这儿扎，都在这儿屯垦，美其名曰戍边。把大好的草地毁了，屯成沙窝垦成荒漠，才想起退耕还草搞移民。晚了三秋啦。海子爷不服，撇嘴，认为草地如处女，处女一旦失去贞操将永远不是处女，草地一经开垦将永远无法复还，他称死也要死在这被人始乱终弃的老娘土天海子边儿上。

儿子说，这儿已没法儿活人了。

海子爷说，我有法儿活，开春儿我就往海子边儿撒草籽儿插树条子。

儿子没辙，留足过冬食物抹着泪一步三回首地走了。留下话过年时再过来看他。可还没熬到过年，一场沙尘暴便将海子爷的两间土房卷个底儿朝天，后又埋进沙子底下。过去风吹草低见牛羊，如今已是风吹沙地卷牛羊。老汉从风沙中拣回些零碎，就挨着天海子边挖了个地窖子穴居起来。一是海子边风轻地硬不起沙子不至于活埋了他，二是少了粮食可取食于天海子。

倔老汉海子爷像一个野人居然在天海子边撑了三个年头，倒也无惧无悔也无退缩之意，如一只老狼苦守着这片被弃的土地。

日头渐高，大地上有了些暖意，随着磨凿子哧啦哧啦有节奏的推拉，海子爷的身上也漫上来些热气。收起沉重而变锋利的穿冰凿子，又扛上长把冰捞子挎上大土筐，海子爷就奔天海子而去，开始了一天的营生。

下完小雪，那小北风刮在脸上如刀割针刺。冻裂的地缝里塞满新下的小雪粒，封了口子，不小心踩进去会崴了脚脖子，好在海子爷对路径熟得如身上的虱子。通向海子的二三百米羊肠小道很快走过，偌大的天海子便一览无余地展现在他脚下。

天海子边沙崖下有一洞穴，口上遮着沙蓬子和黑蒿子。海子爷从此经过时嘴上吹了吹口哨。哨声颇尖厉，天海子上便有了回声。

那丛沙蓬子和黑蒿子下也有了窸窣的动静，若有若无的两点绿光十分微弱十分模糊地在那里闪动。海子爷的嘴角呈出不显的微笑，心说老伙计，还活着，活着就好。尔后，他径自踏上天海子冰面缓缓走去。

冰面撒下小雪花后变得滑，海子爷几次趔趄，总算稳住了身子。天海子很宽阔，无边无际，冰面如一面硕大的毯子平缓地伸展开去，上面有小块冰山和冰鼓包，还纵横着无数条冻裂口，像是蛇蜒，又似海子的经脉，裂口内似有活气儿，早晚有白气升腾。海子爷说那是天海子在呼吸。尽管冰封千里，海子水在三尺冰层下安睡，可海子爷随时感觉到天海子的生命勃动。夜里可闻到咚嘭的冰面冻裂声，海子爷说那是天海子在诉说，至于诉说了什么只有他自己知道。白日天气好无风时，阳光下的冰面上会闪现蜃影幻景，海子爷会痴呆呆地望过去很久，然后说那是天海子最神圣最美丽的生命主神的显现，不可轻侮了它。

此时的天海子宁静如睡兽。

海子爷在冰面上行了二百米，便到了他的劳作点。其实是两个冰窟窿。一个如桌面方形，一个如大锅口圆形，中间的空地上摆放着一个矮木墩子，坐在上边可照顾两边的冰窟窿。经一夜寒冻，冰窟窿的水面已冻死，结了厚厚一层新冰，上边落着白白薄雪。居然有两只天鹰从那凹坑里飞蹿而起，显然它们把这里当成抵御夜寒的临时暖窝。海子爷笑笑，目送天鹰远去。然后把土筐和冰捞子放在一边，抡起穿冰凿子，开始凿那冰窟上新结的冰层。先是几个白点，后再用力凿几下，那新冰层毕竟薄些软些，很快就四分五裂地凿开了，那清冽的海子水一下子从碎冰下翻滚冒出。海子爷哈哈地搓搓手，操起长把冰捞子一一捞净水面上浮动的碎冰块。于是，一汪清水深不见底地呈在他脚下，黑沉黑沉，从水面上飘出缕缕白气，一股入骨的寒气扑面而来。

海子爷把另一冰窟同样凿开清理干净之后，便静立在两个冰窟前，嘴里默叨了几句什么。然后往冰窟的深水里放鱼钩鱼线。钓具是放在土筐里边的。很快，两个冰窟水面上，每面漂起三个鱼漂儿。老汉就坐上那矮木墩，点上烟袋，静候起来。

海子爷的钓具也很简单，没有钓竿，鱼钩也是自制的，粗鱼线的这边头儿都伸放在他的脚下，轻踩着。若哪根鱼线哧溜哧溜从他脚下窜走，他便不慌不忙地提那根线。天海子的鱼憨而猛，每每提上来的都是二三斤重的狗头鱼。

今天的头条鱼是半个时辰之后才上钩的。

海子爷从钩上取下那条鱼往身侧土筐里扔时，不由自主地回头望了望，兀自笑了。摇了摇头，每当扔头条鱼时，他都会这样。那是三年前的事。也是头条鱼，海子爷第一次凿冰捕鱼的头条鱼，当时他把鱼往身后土筐里扔过去之后，便没有了动静。四处一望，他惊呆了。他的头条鱼已叼在一只老狼嘴上。那老狼得手之后，回头便逃，腿还一瘸一瘸的，两只耳朵只剩了一只，似乎眼神儿也不济，跑起路来歪歪扭扭趔趔趄趄。老汉很快就追上了，举起了手中的穿冰凿子，但随即又放下了。

原来是你，老伙计。他认出了那只老雪狼。

呜——呜——，老雪狼咬着鱼冲他龇牙。意思是说，就是我，你便怎样？

海子爷盯视它片刻，冲它挥挥手说，你走吧，那条鱼我送给你了。

老雪狼咬着鱼蹒跚而走，低垂的雪色长尾冲海子爷摇了摇，意思显然是在表示谢意。

海子爷目送那只老雪狼一直走回到海子边巢穴，那个沙崖下黑蒿子后边的岩洞。尔后老汉有些兴奋，自语说没想到，这冰天雪地的天海子边，还有个活物！我还有个老伙伴儿哩！

其实，这老雪狼是他多年的冤家对头。

早年他刚来天海子草地时，雪狼家族在这一带很兴旺，是这片草地的半个主人。但它们不进攻人和畜，因为草地上繁殖着吃不完的兔鼠禽鸟，只是偶尔清理牧人丢弃的牲口腐尸罢了。后来各路兵团进驻开发这一带，雪狼家族生存遭到危机。人们几乎杀绝了兔鼠飞禽。那时候，草地上生活着成千上万的旱獭，皮值钱肉可食，是雪狼的主要食物来源。知青们为了取其皮食其肉，采用了一种灭绝性手段，就是把逮住的一只活旱獭油泡之后，用火点上再把它放进洞穴内。旱獭的洞穴在地下都纵横相连，那只燃烧的火旱獭在地下洞内四处狂窜，惊动轰赶地下所有旱獭跑到地面上来。这时守候在地面洞口的知青战士们，挥动着手中的大棒铁器一一击毙蹿出洞的大小旱獭，幼崽也不放过。那场景十分惨烈热闹，满世界逃窜的旱獭，满世界挥棒击打的人群，人欢狗叫，马嘶枪鸣，不时传荡着旱獭吱吱的尖叫声和得手者的狂笑。这时饿急的雪狼们从一旁蹿出来也争夺旱獭，兵团战士们转而围攻雪狼，几经毁灭性的火器围剿，雪狼也所剩无几。唯存活了一对年轻矫健的公母狼，长期跟人类周旋，叼走过营盘里的婴儿，袭击过野外的行人，甚至夜夜进村咬开猪肚羊肚鸡脖鹅头。海子爷刚出生的牛犊也被活活咬死，他才参加了捕猎队。那天，海子爷带领的捕猎小组，在天海子岸上堵住了这对雪狼。

当时是秋末冬初，天海子水上刚结了一层薄冰，无路可逃的雪狼窜上了天海子冰面。薄薄一层新冰载不动狼，冰面开始哧啦哧啦地碎裂撕开，被海子爷的火铳打伤的公狼身子迟滞不够轻捷，很快掉进水里被吞没在碎冰下的天海子深处，而那只母狼则轻灵如飞，像一位轻功高手在塌裂的冰面上左跳右蹿，如蜻蜓点水，转眼便消失在茫茫望不到边儿的天海子冰面尽头，从此它便没了音讯。它就是现在这只偷吃海子爷鱼的缺耳短腿眼快瞎的老雪狼。

海子爷感叹，这么多年它能熬过来，还活着，真难为它了。

在冰天雪地的天海子边，已成荒无人烟的泛沙大漠之地，突然相遇这位老冤家老伙计，海子爷有一种恍若隔世物是人非的感觉。也只有他（它）们俩了，不肯抛离这片故土。

日头在遥远的南天缓行，吝啬的光线暖不到天海子这里，冰窟的水面上不久又结上了一层薄冰，冻住了鱼线。海子爷重新拿穿冰凿将冰清理一遍。每一两个时辰来这么一回，捞在一旁的碎冰已堆成小山。实在不能再堆了，海子爷就换地方重新开辟劳作点。天海子冰面上堆着无数个这样的小冰山。

第二条鱼上钩了，却是个不足二两的小家伙，海子爷摇摇头又把它放回冰窟水里。说去吧，不够塞牙缝的，来年夏天下完几窝崽子后再来上钩。那条小鱼如得令般摇头摆尾，沉进冰窟水里不见了。老汉摸须乐。

当南天的日头西斜时，海子爷终于钓到了他的第五条鱼。然后他就收起钓具，挎上装鱼的土筐，扛上凿子捞子收工回家。他每天从天海子只取五条鱼，多了不要，若是一钩上了两条总数变成六条鱼，他准把最后一条放回去。另外，半斤以下的也一概放生。这是他的规矩。他认为天海子上有一双眼睛在盯着他。天海子宽容但不能滥用这宽容，取之于它不能贪不能恶，更不能玷污了它。他从不在天海子冰面上拉屎撒尿随便排泄粪便，实在憋不住了他就走到岸上出恭，有时也携带上一个瓶罐上冰面。海子爷是尽一切可能与天海子达成和谐，尊重它，融于它，谦卑地把自个儿当成全靠天海子恩赐活着的一个可怜的老汉。

海子爷一边咳嗽着一边往回走。这两天着了风寒，身子骨乏力，他索性把工具担放在土筐上，然后冰上拉着土筐走，这一下轻松了许多。

路过砂岩下的岩洞时，海子爷从筐里拣出一条鱼，扔过去。然后头也不回，继续往前走路。待他走远，从那丛沙蓬子和黑蒿子后头走出那条老雪狼来，嗅嗅觅觅，找到那条鱼叼在嘴上，冲海子爷身后呜呜嗥两声之后，它便钻回穴内进晚餐。每天都如此。每天海子爷的五条鱼分给它一条。剩下的四条，海子爷自己晚上吃一条早上吃一条，另两条晒干储存以备不时之需。

夜里北风刮得紧。听着凛冽的寒风从地窨子上边呼号着席卷，海子爷从被窝里爬出来往灶口填了两块木头疙瘩。慢慢引燃的老杏树根是海子爷熬冬的宝贝。过去人们砍光了野杏树野榆子，天海子岸边裸露出不少这样可燃的死树根疙瘩。要变天呢，海子爷重新钻进热被窝时这样自语。从海子边传来老雪狼的哀嚎。这么冷的夜，真够它呛的，海子爷想。他真想走过去瞧瞧老东西是不是冻僵了，一想又作罢。每物有每物的生存之道，老雪狼尽管老肯定也有它的熬冬之能，自己不能坏了它的规矩，惹它不高兴。尽管他与它三年来相安无事，但毕竟是不同物界又曾敌对了一辈子，他（它）们之间始终保持着某种戒备，哪方也不轻易越过界线过分接近对方。

海子爷一般在天海子开春化冰之后，就不给它丢鱼吃了。那时老雪狼就在天海子岸边的浅水处徜徉，狩猎和袭击游到岸边来的鱼鳖。有一次海子爷看见老雪狼咬住了一条大鱼的尾巴，唰唰地被大鱼拖往深水处没了影，海子爷喊一声这回老东西玩完了，赶紧跑过去。可没多久，老雪狼居然又浮出水面，慢慢走回岸边，身后拖着那条一二十斤重的大青鱼。它还对靠近它的海子爷龇牙，轰他离开。海子爷赶紧知趣地闪避。

海子爷想着这些与老雪狼的趣事，听着它的哀嚎，重新入睡。其实他早已听习惯了它的哀嚎，反正它是夜夜要嚎的，或许这是它对往日辉煌的怀念，或许这是在呼唤远近可能出现的同类，或许根本无任何含意只是在嚎嗓子热身子以打发漫漫长夜。这一夜，老雪狼的嗥叫似乎格外凄厉刺耳，又格外久长。

一早一阵狂风卷开了海子爷的地窖子门。冷气噎得海子爷张不开嘴，浑身打了个冷战。他赶紧去关上板门。外边风雪怒号，翻天覆地。唉，今天可不好下天海子了。海子爷叨咕，一边点燃已熄的灶火。熬粥烤鱼，吃完早饭海子爷身上有了热乎气儿，他又到门外看看。雪是停了，可寒风依然强劲，卷起的雪直往脖里灌。

海子爷本是彻底放弃了下天海子的打算。可他察觉天海子边上的老雪狼嚎了一夜，而临到早晨没有了声息，他有些不放心。他加穿衣物，提上工具，又从地窖子梁上摘下两条干鱼就奔向天海子。他要去看看那老东西，别是冻过去了。

老汉走在风雪中如一只圆球在滚动。

到了老雪狼洞口，海子爷依旧吹起口哨。似有似无的绿点过了好久才出现。老头儿这才松下心来，人家嚎了一夜早上正补觉呢，他多虑了。老雪狼在黑蒿子后头低吼，赶他走。海子爷觉得无趣，从怀里摸出的两条干鱼又放回去。想了一下，还是丢出一条过去。

他现在矛盾了。这鬼天气，他是下天海子还是回地窖子猫冬儿？这时风小了许多，天海子冰面上微风追逐着雪粒。冰面上落不住雪，倒也依旧光滑如镜，只是比平时冷寂了几倍。

已走到这儿，海子爷不想就这么空手回去。这老天爷说变就变，要是真的下上几天几夜的大暴雪，天海子下不去脚，劳作就难了，趁现在还能走动，能打几条是几条。

海子爷就这么着，下了天海子冰面。

两个冰窟窿冻得更结实，冰层厚了许多。凿开冰层时多花了些工夫，好在他的穿冰凿子比冰层坚硬。黑色的冰窟水面打着漩儿，阴森森，望上去如无底深渊挺恐怖。水面结冰也快了许多，老汉不时地去捞冰，清理水面。天过于冷，手上若没有手套很快会冻僵，可戴了手套工作起来又不太便当。

半天鱼漂儿不动。天冷鱼都沉到深底卧沙去了。海子爷把鱼线又多送出去几米。然后就干等。烟袋锅灭了几回，点了几回。鱼依然不咬钩。清理出的新碎冰已堆了不少。冻得海子爷坐不住，不时站起来跺跺脚。

海子爷基本上要收线回家了。那大鱼来得一点先兆都没有。先是鱼漂片被风吹了一下般，稍摇了摇，尔后就半天一动不动。突然，鱼线咻溜溜往水里窜，鱼漂儿早没了影儿。海子爷大喊一声好大的鱼，便踩住鱼钱，又伸手抓住鱼线头儿拴着的小方木。他终于稳住了鱼绳儿。可这会儿鱼线绳又变得轻飘飘，压根儿没有鱼上钩的感觉。海子爷叹惜，说脱钩跑了，鬼东西。他慢慢收鱼线，懊恼着，心也放松了。可猛然间，那鱼线又绷直了，沉甸甸的，似乎水下那头不是鱼而是有好几个大汉在拽拉着那鱼线。海子爷又尖叫一声，拼命拽住线不松手。

那鱼线绳有筷子粗。海子爷拽拉还能使上劲儿，可脚上不行了，冰面滑，使不上劲儿。大鱼还在狂暴地往水下逃窜。一个趔趄，脚下一滑，海子爷就被那根鱼绳猛地拽下冰窟去，没入了那黑沉沉的水中不见了。

海子爷心里骂，真倒霉。赶紧放开手中的鱼绳，从水下挣扎着冒出头，往冰窟边上爬。冰冷的海子水浸透了他的棉袄棉裤，冰冻着他的肉体，如无数根针在刺砭着他。

海子爷艰难地伸出双手，攀住冰窟边沿，喘着粗气，想爬上来。可冰岸太滑，手指没有抓头，他又掉落下来。几次攀爬，几次滑落，海子爷就这么在冰窟里折腾起来。那被水泡透的厚棉衣棉裤，越来越沉重，如铅如铜般往下坠着他的身。他的四肢冻僵后变麻木，开始筋疲力尽。

这时，有个东西咬住了他往上伸抓的手和衣袖。

是那只老雪狼。它赶过来死死咬住了海子爷的棉袄袖，连着手腕，不让他沉下冰窟去。老雪狼的鼻孔中喷出两道白气，一双昏花模糊的老眼此时冒出很强的绿光，低着头嘴，拱着腰身，撅着屁股，拼命拽拉渐渐下沉的海子爷往后拖。它想把老冤家拽出冰窟窿。

谢谢你，老伙计。海子爷冻紫的嘴巴张了张。

唔儿——唔儿。老雪狼的喉咙里滚动有声，显然催促着海子爷赶紧使劲爬。

海子爷就抓紧往上爬。

他鼓起最后一点力气，借老雪狼的上拽做最后的努力。可冻麻木的四肢不太听使唤。由于时间已拖长，那冰窟水面开始结冰封冻，连着海子爷的身子一起封冻。于是海子爷的身体活动起来更困难了，露在水面外的头部和肩膀上的湿水也冻成一层薄冰闪着亮，像是披着一层铁铠冰甲。

老雪狼恼怒起来。呜呜低吼着，咆哮着，身后摇动着铁扫帚般的长尾，继续又拉又拽海子爷那似是被无数根铁索冰绳拴住的身躯。

海子爷的嘴巴稍稍启开一条缝，趁失去知觉之前喃喃低语说，老伙计，我是上不去了，你快走吧，不要管我了，要不你也会在这儿冻硬冻干巴的。

老雪狼不听他的话，还是不松口，眼睛都充了血，赤红赤红。尽管它那老弱身躯力道已有限，也快支撑不住了，可它没有放弃的打算，依然坚决地咬拉着海子爷衣袖不让其沉下去，就那么僵持着，硬挺着，死死地硬挺着。

快走吧，老伙计，求求你，走吧。海子爷眼角有泪。

老雪狼不走，也不松口。只一个姿势：低头、拱腰、屁股后撅后拉。

它的四只爪子扒在冰面上，被溅出的水浸泡后渐渐冻成冰坨子，连在冰面上，犹如焊在那里的四根冰柱子。随着时间的推移，它的身体也开始变得僵硬。在这零下三十多度的极度寒冷中，在这冰天雪地的大泽上，任何活血活物用不了半小时都会冻凝固。老雪狼的尖嘴自咬海子爷袖子起就没有松开过，姿势也基本没有改变过，渐渐地它的身躯连着海子爷的手臂一起冻硬冻僵，纹丝不动了。唯有那双老眼睛闪出的绿光，始终没有消失，跟它的眼球一块冻凝固。而挂在眼眶下的两滴泪或水，却冻成小小冰球，晶莹玲珑。

风雪又开始怒号。

天海子又被吞没在漫天的狂风怒雪中，时隐时现。

于是，事情变得更为简单。

天海子冰窟上矗立着一对冰雕。海子爷的下半身封冻在晶莹的冰窟水下，上半身半爬在冰窟沿上冻硬，他伸出的手臂则被老雪狼低头拱腰往后咬拉着，一同活活地冻硬在那里，成为一对儿连体的活标本，凝铸在旷野的天海子冰面上。几经雪下雪化雪冻，这对儿冰雕变得更为透明晶莹，栩栩如生，完全融入了天海子大自然原始野景，成为天海子的一部分，成为一对永恒的冰雕，守护天海子的这片天和地。

　　大泽，用这种方式接纳了他（它）们。

泥乳

阿楞，站在河岸上发愣。

咦？河里来水了嘿。

骑他脖颈上的两岁小儿黑崽咯咯傻笑，溢出一行热尿来。阿楞摸一下后脖就骂，兔崽子，怎么见了水就撒尿？驴似的！

手里牵的四岁儿子黄崽怯生生地问，阿拜（爸），河过不去了吧？

阿楞遥望河上游天际，那里乌云密布。心想，难怪涨水了呢。今天的乞讨计划只好改动了，河南屯去不成，本村又讨烦了，东村嫌远，西方北方是沙区无人烟，这可往哪里迈脚好呢？讨饭王阿楞还真犯了难。

此时，远远看见有个人影从对面河南岸几乎连滚带爬地下那沙坡，要过河来。阿楞晃晃头笑，这人不知深浅呢。大儿黄崽也说，那人要陷泥沼喽。各村鸡鸣都不同，何况一条河，不熟悉的人过这条雨后泥河可真得当心点，那简直是一条陷阱河。

河床里的黄泥浆平时是干硬的，驴蹄踩上去都嘎噔嘎噔发响，可一旦下了雨来了水，那黄泥滩便被泡软成稀稀的泥浆，深不见底，吸力还很大，一脚踩进去想拔出来那可费周折。此时那泡透的黄泥浆不露声色，如硬底般平滑地闷着表面，上边浅浅一层浮水如镜面上的水银般在阳光下闪出迷人的反光折霞，足具欺骗性和隐蔽性，好似一个吸人髓的妖妇。

讨饭王阿楞兴致浓浓地观望着，等候那人陷进泥潭挣扎。自认为人世上最倒霉的他，看见别人比他还倒霉就很开心，觉得是一种享受、一种快乐。

果然，那人没走几步就陷进去了。拔出左脚，右脚陷进去，右脚好不容易拔出来，可左脚又陷进去，后来手脚并用往回爬才逃离出泥潭。可人已成了泥猴，趴在对岸上回头惊骇。

哈哈哈，啊哈哈哈。

阿楞大笑，拍拍脖上的黑崽，揪揪黄崽的耳朵，如喝了一壶酒般陶醉，只遗憾对岸有一百多米远，看不清那人的脸上表情。

阿楞心满意足中听见了自己肚子咕噜噜叫，接着是黄崽的。黑崽的肚子则灌满了水，只在他脖颈上发出咣啷咣啷的水声，这才使他想起，自己还有正事要办。

有人在身后村路上喊，讨王，今日个去哪村上班啊？

阿楞见村人三三两两提包携匣往村西一座豪宅拥去。

又有人逗喊，阿楞，别去游村了，吃喜酒去，今日个村长二小子结婚，你去冲个喜！

阿楞何尝不想去，可村长家养的三条狼狗让吗？别说这喜庆日，就是在平时他也不敢靠近那座石墙红砖大院。村中百家都可讨得，唯独村长一家不可讨，不是主人如何，而是那守门的狗不知怎么也知道他是讨饭的，一点不给面子，只要一靠近门就疯了般追咬。他又不敢打那狗。

两个儿子一个从脖子上往下瞅，一个从其腿边往上看。婚喜宴有好吃，他带俩儿子曾赴过五十里外的结婚家，可近在咫尺的村长家不敢去，他好不懊恼。有个好心人悄悄告诉他，村长家今天拴狗，送份子人多。

阿楞拍腿。嗨，早应该想到的。给村长留面子，他没走正门，顺墙根悄悄靠近了后角门。门虚掩，里边挺热闹。后院中扎着棚子，是临时大厨房，案板上放着几条白漂猪，苍蝇和厨师们正一起忙活着。

奶……吃、扎扎……

阿楞脖子上的黑崽突然呻吟般嚷嚷起来。

原来后院树荫下，村长大儿媳坐椅上正给娃儿喂奶，白白肥肥的大奶子在阳光下闪耀，直叫阿楞眼晕。黑崽才两岁，正处哺乳期，见"扎扎"敏感，也只会说这仨字儿，是当初他那哑巴妈妈教的，哑妈也只会说这三个字儿。阿楞把黑崽从脖颈上卸下来放到地上，那黑崽不会走路，但很熟练而迅疾地向目标爬过去，唰唰地。这时大儿黄崽早不见了踪影，显然从角门溜进了院里。阿楞站在墙根下等待时机，看孩子们的情况发展。

不久，黄崽被大厨二秃爷从耳朵根拎着扔了出来。嘴里还骂骂咧咧，送份子的客人都没上桌呢，你小叫花子先抢馒头！滚！

黄崽捂着耳朵哭丧着脸，直咽口水。

阿楞揉一揉儿子发红的耳朵，低声问，逮着一口没有？

黄崽摇摇头，两滴泪在他那布满眼屎的眼眶里晃。

阿楞轻拍一下儿子头骂，笨玩意儿。也骂大厨二秃子是村长养的第四只狼狗。小时候，那二秃子还是和阿楞一起抓跳兔掏雀窝的要好朋友哩。

阿楞等候小儿子黑崽的动静。

也许，人的目光习惯了平视或仰视，注重两条腿直立的行者而容易忽略四肢爬行的矮物。何况那黑崽瘦小得实在像只猫崽，或者像只耗子，忙碌的人们根本没注意到在筐篮桌椅之间还穿行爬动着这么一个小玩意儿。而且，他的目标很明确，就是那对阳光下闪耀的诱人的"扎扎"——肥奶丰乳。

黑崽成功地爬到村长大儿媳膝旁。

奶……吃、扎扎……黑崽呻吟般嗫嚅和小脏手揪拉大儿媳裤脚，使她吓了一跳，几乎叫起来。但她很快认出了这脏猫崽，掩住口，没有出声。往四周瞅了瞅，迅速把那脏猫崽揽进双膝间遮掩起来。阿楞家是她娘家一门近亲不说，她作为一个村中有奶的女人，也曾给这脏猫崽喂过奶。那是去年，阿楞突然抱子携儿从外地回村，可他的孤老父亲已去世数年，留下的两间土房也成了野狗窝和村中偷情男女偶去交媾之处。阿楞抱着未断奶的幼子满村街讨奶吃，那些奶水足的哺乳期农妇，大多都能挤出一星半点喂一两回那个哭得撕心裂肺的脏猫崽。反正一个也是喂，两个也是喂，那多余的奶水留在奶房里还胀疼哩。就这样，阿楞的一岁崽吃百家奶熬到现在的两岁，几乎吃遍本村和四方邻村所有哺乳期的女人奶。弄到后来那些有奶的女人都喂怕了，一见阿楞脖子上托着脏猫崽出现，就都掩胸抱儿逃走。人的善心是有限度的，别人的恩惠不可多用。可除了这，叫讨饭王阿楞又咋办呢？他那干瘪的能数清肋条的胸上又挤不出奶来。除非把那猫崽扔了，卖了，掐死了。可阿楞又舍不得，他还想传宗接代。当初他阿楞不是这样倒霉，也有过好日子，他还想找机会重新过上正常人的日子呢。

村长的大儿媳，歪巴着脑袋，前倾起上身子，想把一侧肥奶的紫红色奶头塞进脏猫崽嘴里去。两眼又偷偷地乜斜着周围，人们各自忙着手中活儿，谁也没有注意她。

黑崽的双唇几乎是触到那红奶头了。

这时，村长的大巴掌扇到大儿媳的脸上了。"啪"的一声脆响。干活的人们都仰脸张望，以为谁放了鞭炮。

嫌多了是吧？多了留给我吃呀？骚婊子，偷偷喂别人的野种，断我孙子的口粮，你吃饱撑得慌！

老村长好大的脾气。知情的村人偷偷乐。他大儿媳当年是村宣传队中的美女，老村长带着这支宣传队走遍全县还参加过省城会演，后来他把这位美女娶到家里给自己瘸腿大儿当了媳妇。明白人笑谈，这叫肥水内流财富共享。

大厨二秃子对二厨说，阿楞的崽子想偷吃老村长的那份，找死哟！二厨子听后哧哧乐，也低声说老村长大白天也盯着那对儿奶，真紧哦，嘿嘿嘿。

二人的笑声招来了老村长的骂，笑什么笑，青麻籽儿吃多了是吧？闭上臭嘴赶紧干活儿。

厨子们缄口，剁刀声四起。

那大儿媳掩面而起，抱儿子就走。哭都不敢出声。

地上凸显出那小黑崽来。四肢着地，孤零零地仰脸张望，显得惶惶然，可怜巴巴地嗫嚅只会说的那仨字儿：奶……吃、扎扎……活似一只小狗崽在寻奶。

吃你妈的头！老村长抬腿就想一脚踢开小黑崽，后来不知为何又收了脚。也许是喜日子不想听到哭叫声吧，回头冲角门喊，阿楞！你这浑球，还不快领走你这臭崽子！再不出来我可喂狼狗了啊！

阿楞这才缩头缩尾地出现，嘴上承着说，喂吧喂吧，那我还省事了呢，省事了呢，嘿嘿嘿嘿……

老村长白他一眼说，午后散了席过来，管你一顿吃。这之前再让我看见你们，就打断你狗腿！

阿楞抱起儿子赶紧逃。

饥肠辘辘的阿楞爷儿仨，又回到了那河岸上。

折腾半天，一无所获，白受富户一顿呵斥白眼，还是回到这光秃秃的河岸上听自己大小肚肠三重奏。阿楞现在连叹气的意思都没有了。他也不知道为什么又回到河岸上来，或许还想看看对岸那个倒霉蛋泥猴怎么样了吧。一边捡个乐，一边消磨时光等候午后的一顿饱餐，是个不错的选择。自己越倒霉，越盼着别人比他还倒霉，这是阿楞的心态。

远远看见对岸那人还在，阿楞乐了。

快看儿子们，那个倒霉蛋泥猴还在嘿！快瞧瞧！

于是，阿楞脖子上的黑崽咪咪笑，腿边揪着裤子的黄崽拍起掌来，爷儿仨又有了忘掉饥肠寻快活的乐头儿。

阿楞也纳闷对岸那人为何还在。

不想原路退回去，久久坐在对岸沙坡上一动不动，模糊不清的那人影实在叫阿楞费解。他是还想着渡过河来吗？那就好玩了，有的好戏看了。

阿楞稳稳地坐下来，等候那人再下河来。

静默中，他总想起小黑崽差点吃到嘴里的那对白奶，村长大儿媳的大白奶。

其实，他也曾拥有过这样一对白奶。只不过他一赌气就留给了别人。那是在大北方，离这儿有千里之远的呼林河煤矿。十多年前，开发那座大煤矿时，光棍阿楞报名去当民

工，后来因打架被开除，又被一个开煤窑的矿主留用。从此
他过了一段好日子。

那矿主叫海虎，是个大秃子，一年四季头顶扣着一顶
毡帽，要是不小心风刮掉那毡帽，便有一股油腻酸臭的恶味
四溢而出。有一天，矿主海虎领来一个哑巴女人，是附近盲
流屯的一个穷老汉的女儿，阿楞就倒插门给这穷老汉当了养
老女婿。从此有了老婆有了一个家，白天下煤窑给海矿主掏
煤，夜晚趴在哑巴女人身上给自个儿掏儿子，日子过得不亦
乐乎。

那天，阿楞半夜才从矿上出来，累得几乎要吐血，拖
着快散架的身子回家后倒头就大睡。后半夜渴醒，下炕灌了
一瓢凉水后摸索着回来。昏暗中，他迷迷瞪瞪摸到炕边，伸
出的手却触摸到一个圆乎乎肉秃秃的东西，他吓了一跳，睁
大眼睛，借窗玻璃透进来的朦胧月光，发现自己摸到的是一
个人脑袋，一个秃脑袋。白斑斑，光亮亮，还闻到一丝酸腥
臭味。这秃脑壳紧挨着自己哑妻的脑袋。思绪混乱中他甚至
摸了摸自个儿的脑袋，脑袋还在，那不是自己的脑袋，自己
脑袋是有头发的。于是他才感到了问题的严重性。

他做了两件事，一手拉灯绳，一手撩开老婆的被子。
事情清楚了，亮晃晃的六十度灯泡下，赤条条地躺着两个

人，一个是他老婆，一个是矿主海虎。两个人搂着睡得死死的，这突如其来的强烈灯光才刺醒了他们的春梦。

阿楞鼻子都气歪了。

你，你，海……混蛋！你怎么睡我老婆！

嘿嘿，这哑妞，我从十五岁起就睡她了！

阿楞不信，问他老婆。哑妻点点头。

海矿主扯过被子盖住下身，又点上一支烟，慢条斯理地说：阿楞啊阿楞，地球人全知道，就你傻，我还一直以为你是装不知道呢。你不想一想，天下哪有那么美的事？白捡个老婆还有一个家，你应该跪下来谢我对你的恩赐，让你尝到了女人滋味，知道了自己鸡巴是干啥使的！

阿楞问，合着我这两个儿子也不一定是我的种喽？

那是你的，的的确确是你的种。原因是我没种，医生说我那精子都是瞎的，不能长苗。我的大老婆没给我生过一儿半女，我睡过的哑妞这样很多女人中哪个也没给我生过孩子，这是我最苦恼的地方，绝后喽，有钱管屁……还没等海矿主说完后边的"用"字，阿楞手中的砖头就拍在他那秃脑门上，开了瓢儿。情急中阿楞掀开了炕沿砖，当武器。

他行动开了。倒没杀了他们，只是把他们两个赤裸裸地捆在一起，扔在村中马路上。然后立马套上小胶轮车，把两个儿子扔到车上，就连夜直奔千里之外的老家黄泥河岸上的这个老沙村。

然而，老家也早已物是人非，没有他的立足之地了。老父亲去世后土地被收回，他的户口被注销，也没土地，他整个成了黑人。他曾多次求老村长允许他重新落户，给份地种，可没钱没物的他一次次被赶了出来，留给他的唯一一条路就是乞讨了。

阿楞此时想起了那哑妻。

心情挺复杂。不知道她现在干什么呢，或许彻底地当着海秃子十分之一或多少分之一的老婆，或许又母狗般被海秃子牵着嫁给了另一个像他一样的光棍煤黑子。

阿楞有些心酸，心寒，不是个滋味，不明白自己的路怎么会走成了这个样子。不过，他很快想到了马上能等到的一顿饱餐，对岸还有一个倒霉蛋供他看，于是他的心情又好了许多，开朗了许多。

他和他的两个儿子，继续耐心地等候着。

时间流逝得好慢。

习习的风，不时把西边豪宅的酒香菜香肉香吹过来。三根饥肠在河岸上绞扭着，吱吱有声。

太阳煜火般慢晒着，田地原野十分寂静。施用了多年的农药以后，田间地头连个蝈蝈都消失了，似乎小虫子也有毒，小鸟不敢吃，都绝迹了。树梢上只剩下些成精的乌鸦，发出不祥的聒噪。

这世界这土地真衰败了呢。阿楞牙间咬着苦草根，这么想。小儿黑崽枕着土坷垃睡着了，小肚子那儿一抽一抽的。等候的无聊中，黄崽在玩着自个儿的小鸡鸡，一会儿鼓捣硬了，变软后又给鼓捣硬了，最后鼓捣出稀稀的一泡黄尿来。阿楞骂儿不许玩鸡鸡。黄崽回嘴，不玩鸡鸡玩啥呀？阿楞无话，黄崽就接着玩鸡鸡，拿黄尿和泥搭房子。

对岸的那个人似乎歇够了，再次下到河里来。

阿楞赶紧推醒小黑崽说，快看，那个泥猴又下来了。

小黑崽揉着眼睛，哭泣般呻吟着，奶……吃、扎扎……

阿楞哄着，指着，很快培养起两个儿子和自己的兴趣，等着欣赏那人怎么陷泥潭怎么挣扎。

这回那人学乖了点。小心翼翼地，一边试探着踩实了才下脚，然后再挪动后边的脚。走得非常缓慢，一袋烟工夫还没走出几米远，不过还没陷进去，只是跋涉得很费力，半天才能拔出后边的脚，其实那泥潭还没超过他膝盖处。要是到了河床中心就好看了，那里的泥潭能没人。

可是啥时候才能到河中心呢？他走得跟蜗牛似的。黄崽抬头看看太阳，拍起手来，说阿拜（爸），日头偏西了，应该是午后散席了吧!

阿楞也醒过神来，赶紧看太阳。那火红的日头爷果然是偏西了，站直身子后，自己瘦瘦的影子也变斜长了。

是，到时候了，走。阿楞说着，一把将小黑崽架到脖子上，又牵起黄崽的手。

阿拜，咱们不看那泥猴陷进去啦?

不看了，吃大餐要紧。阿楞说得很坚决。

他们走离时，其实那人基本靠近了河中心。

还是走老路，绕到老村长后院角门处。可这次不同了，后角门已经上了锁，有人从里边回应说有事到前院大门。

阿楞只好又走了一会儿才绕到村长家的前院大门口。

这边很热闹。一拨儿一拨儿下酒席的客人，打着嗝儿，剔着牙，晃着身子，三三两两有说有笑地从他们爷儿仨跟前走过，而且有个共同点，谁也不看他们一眼，都装作没看见。浓浓酒肉香，从那扇朱门喷涌而出直钻人鼻子。

阿楞和孩子们更着急了，贴着墙根，从往外走的人群边上想挤进那扇红漆大门，可还是被出来送客的村长大儿子看见了。

嗨嗨! 站住! 往哪里走? 村长的瘸腿长子吆喝起来。

嘿嘿嘿，是这样，你们老爷子叫我们来的，答应午后散了席管我们一顿吃。阿楞满脸堆笑着解释。

老爷子？我爸去乡里开扶贫会了，走时没有交代，再说我们这儿还没散席呢，晚上等老爷子回来再说，你们先滚开！别在这儿丢人现眼的，娘家客人还没走呢！那瘸腿汉凶巴巴地虎起脸来，一丁点面子都不给。

阿楞懊恼起来。怎么能这样呢？老村长干吗骗人逗人玩呢？他还想掰扯掰扯先讨点吃的垫垫饿极的肚子，可瘸腿汉早已回头叫人放出了那三只大狼狗，如狼似虎地冲他们扑过来，再迟就非撕烂了他们不可。

阿楞只好抱儿拖子拔腿就跑，身后传来瘸腿汉的开心大笑和那三只大狗的狂吠。还有一股酒菜香味伴随他们好久，才渐散。

奶……吃、扎扎……小黑崽哭将起来。

黄崽咬着脏手指，满脸委屈，双眼也噙着泪珠。

无奈和痛苦的神色在阿楞那张黄瘦脸上聚集。他仰天大骂一句：操，这世道，怎么能这样饿人呢？

他拍了几户村民门都没有敲开，似乎村里流行着聋哑病。只好带着两个儿子又回到那坐惯了的河岸上。他决心熬到晚上等老村长回来，开扶贫会不会开到天亮吧，他要讨个说法讨到饭吃，村里的大头头儿怎么能这样言而无信呢？海秃子都比他强。

在村井上又灌满了一肚子凉水后，爷儿仨的肚子一时有些胀，绞痛的感觉变得淡了些，河岸上的风却干热了不少。

阿楞和孩子们不约而同地寻找目标——那个跋涉泥潭的人。

他还真在，依然在跋涉。

这人可是固执到家了，似乎跟这条泥河较上了劲，非蹚过它不可一样，坚韧不屈地，顽强不挠地，排除万难地跋涉着，那稀泥已淹到他肚脐眼那儿，可他依然前行着。现在他已不是迈步，而是四肢并用地爬行，双臂向前伸展抓挠，再拉动后边的双腿，好似一只蚯蚓在泥地里拱动。他现在正处在河中心地带，那稀泥深而面积大，如果是浅滩上一片泥能踩得着一两处硬底儿的话，在河中心地带可是巴掌大的硬底儿都没有，全是深不可测的泥潭。好在这人现在是爬行，平卧在泥潭上支撑面儿大些，一时半会儿不易沉下去，可不知他能撑多久。

这人还不笨，知道趴在上边。阿楞说。

他干吗一定要过河来呢？黄崽问。

有急事，可能也是个要饭的，来赶村长家酒席的！一说到这儿阿楞不由得乐了。

奶……吃、扎扎……小黑崽望着那泥人莫名其妙地吐着他那仨字儿。

他是泥扎扎、泥奶奶。阿楞哧哧笑起来。

那人有些筋疲力尽了，趴在泥面上歇半天才接着往前拱。整个人被一层黑黄色的泥浆包裹起来，身上的衣服浸满泥浆后变得厚臃，如披了一层铠甲般沉重，脸上头上全都沾满了泥，从嘴里不断地扑哧扑哧地吐出泥水，徐徐向前爬动时全然像个怪物，像个外星人，又像只夏天拱泥的老猪。

这人可真是，跟谁过不去呢？阿楞心中发笑。

他有点爬不动了。黄崽说。

是爬不动了。阿楞说。

奶……吃、扎扎……小黑崽依然重复着那仨字儿。

闭嘴，吃什么扎扎，那是泥扎扎！阿楞有些烦有些火。

小黑崽脏手指着那泥人又哧哧咯咯笑出声。阿楞发现那泥人的手似乎也往他们这方向张了张，抓了抓。然后他的身子开始往下陷入泥潭，他挣扎着想保持平衡，保持平卧的姿势，可显然身上没有一点力气了，拔不出被吸的下半身子了。渐渐地，那稀泥就淹到他脖子下巴处。他的双手又无力地挥了挥伸了伸。奇怪的是这人从未说话喊叫过一声。

　　阿楞静静地冷冷地蛮有兴致地观看着。就那么漠然观看着，身子一动不动。

　　黄崽和黑崽也那么观看着，无动于衷地观看着。

　　这会儿那泥人被淹到嘴巴、鼻子那儿，接着是眉毛、额头那儿，最后整个都被淹了，泥面上只浮出一把头发，像一绺沾泥的蒿草，乱糟糟脏兮兮地被大好日头晒着。

　　蒿草旁边冒出几个泡泡，又冒出几个泡泡。

　　阿拜（爸），冒出泡泡了。

　　是冒出泡泡，他在泥下出气呢。

　　奶……吃、扎扎……小黑崽又嗫嚅起来，阿楞给了他一巴掌。

　　那边的蒿草旁，再没有泡泡冒出了，彻底地不冒出了。那堆蒿草不下沉也不动弹，静静地搁浮在泥面上，偶尔有蓝翅膀的小蜻蜓飞落。

　　阿楞吐口痰说，操，没的看了，不经看。

　　黄崽问，阿拜，咱们下去看看不？

　　看啥看！

　　看他还冒泡不？

　　冒个屁，他也不是王八水蛤蟆。

　　爷儿仨依旧那么坐着，一动不动，等候着晚上或许有的一顿饱餐。风吹来，日晒来，树梢上的乌鸦长啼着，周围的一切寂静又寂静。被风和日吹干晒透的那绺蒿草，居然像旗帜般飘动起来，左几下右几下，然后又不动了。

河滩上寻猪的一老汉先发现了那把蒿草。他想捡回去，也许能烧开半壶水呢。他下到没膝深的泥里，此时泥潭底子已经硬了许多，其实再等几个时辰，整个河滩的泥潭都会变硬，也不会陷人吸人了。变成季节河灌渠的黄泥河就这个德行，河床里存不住水。

寻猪老汉嗷一声叫，松开了那把蒿草。

这不是柴草！是个死人头！

吓得老汉抱头鼠窜。没有多久，来了不少村里人。有人带来了铁锹，一锹一锹挖开那已凝固的干稠泥浆。人们七手八脚，折腾半天，终于把那人从泥潭中弄出来，平放在这边的干河滩上。这个固执而较劲的人，终于到达了河这边岸头，竟是以这样一种方式。

有人喊，是个女的嘿！有人往她脸上泼水。

但人们辨认不出她来，不是本村的，也不是前村的，是个陌生人。村里人都不认识。又过了一会儿，有人给尸体盖上一张旧席子。

阿楞撒泡尿回来，发现小黑崽不见了。

黄崽，弟弟呢？他问大儿子。

黄崽说，不知道啊，没看见，是不是爬到前边看热闹去了？他又叨咕吃扎扎来着。

阿楞就走过去了。在那边围尸体的人堆里找小儿子。三三两两议论猜测的人们，没有人搭理他，他也不跟人说话，只顾埋头找儿子。有人耐不住问一句，你找啥呢，这里也没有你吃的。

我找儿子，我的小黑崽不见了。阿楞瓮声瓮气地说。

人们都散开了，人们腿缝间没有他找的小黑崽。阿楞好生奇怪，这小兔崽子，转眼工夫钻到哪里去了呢？

有人惊呼起来。

不好，死人动了！死人动了！

只见那张盖在死尸身上的席子一耸一耸地动弹。

有个胆大的走过去掀开了那张席子。

于是，人们看见了这样一个情景：阿楞的小黑崽，正趴在那个死尸的胸脯上，拽出那一对泥浆裹着的大奶房，拼命吮吸着那个泥奶头，嘴里还不时呻吟般冒出奶⋯⋯吃、扎扎⋯⋯等含混不清的话语，嘴巴和脸上全涂满了泥浆。

人们惊呆了。

阿楞快步走过去，伸手抓起小黑崽。可他没抓起来。

小黑崽的双手紧紧攥着那一对死人奶不放，嘴里也紧紧咬着那紫红色的奶头不松口，甚至下边的死人尸体都被阿楞连带着拽起来，离开了地面。

阿楞无奈地笑一笑说，崽子饿急了，饿急了，没办法。

可没有人能笑得出来。都摇了摇头。

阿楞是无意间瞅了一眼那死人的脸，被清水泼净的苍白紫青的脸。顿时他脸上的笑容僵住了，凝住了。他梦游般自语，这不是哑妞吗，这不是孩子他妈吗……她怎么会到这儿来了……

人们都静静地看着阿楞。

阿楞又回头笑笑说，没事的，孩子吃的是自己妈的奶房，没事的。你们都不相信我有过老婆，她就是我老婆，我老婆……

人们都一言不发地看着阿楞，都觉得这个人饿晕头了，饿魔怔了，在说胡话呢。

阿楞费了很大劲才把小黑崽从那死人奶房上剥离出来。人们居然发现小黑崽的嘴角上沾着稀稀的混着泥的白色乳浆！死人奶房都能吸出奶来，人们唏嘘不已，不是亲眼所见打死也不相信。其实也不怪，哑妻正处于哺乳期，冥冥中思儿深切，又刚断气不久，人间事难说呢。

小黑崽哭叫：奶……吃、扎扎……

阿楞对小黑崽说，到晚上了，咱们去村长家吃大餐。

小黑崽这才停止哭叫。黄崽也不再瞩望那具似曾相识的泥渡母尸体。

于是，爷儿仨离开了河岸，又奔赴村长家的婚宴，咬定要吃顿饱餐，让老村长兑现承诺。

村民们也都散了。河滩上躺着那具尸体，孤零零，无人管无人认领。风又吹开了上边盖的席子，显露出她那泥糊的长发、苍白紫青的脸容、鼓胀瞪大的双眼，还有一双从衣襟里显露出的裸奶，泥裸奶，泥渡母泥裸奶。

那只泥裸奶的紫色乳头，居然还溢淌着不知是泥还是乳，一滴又一滴……

暖岸

老妈走出老屋看日头，这是第三次了。

那日头终于偏西，斜挂在西墙鸡窝后的树梢上。

咦，日头偏西了，这老爸咋还不回来？

老妈嘀咕着，往鸡窝里撒苞米粒。被圈好多天，防什么禽流感的鸡们叽叽咕咕发着牢骚，抢食。老妈说，俺也不愿意关你们啊，上头规定的。那郎村长还差点杀了你们呢，说是三十里外的沙龙村，天上掉下来一只大雁！说出来笑死个人，那大雁是盗猎的拿枪打下来的！哈哈哈哈。

老妈站在那里笑，叉着腰。鸡们似是听懂了，在鸡窝里格格唔唔斗。

喂完鸡，老妈走到院门口，朝河南岸的那条路上瞭望。

路上空无人影。百里外的某村已发现禽流感，封了路，那条国道如今也变成了摆设，安安静静，连个鬼影都没有。

老妈摇摇头，回屋开始包饺子。她寻思，等包完饺子，老爸该回来了。

她包出三十个饺子，整整齐齐码放在案板上。一人十五个。不，老爸二十，她十个，老爸肚子大。然后再给老爸烫上一壶酒。

可老爸仍不见人影。

老妈心里如长草，不安生了。又出去朝路口望。

日头已经很偏西很偏西，都挂到西墙树腰上。码放的饺子，有些塌了，歪巴了。

早上，郎村长像一头狼般在门口吼，来情六干（禽流感）啦啊！各家鸡窝门口前后院子都要撒白药粉啦啊！

可那白药粉，要自己去镇上领。老爸老妈无儿无女，老爸喊老伴叫老妈，老妈喊老头子叫老爸，相互当孩子。六十多岁的老爸只好骑上毛驴自己去了镇上，还顺便捎带两只猪崽去卖。

老妈瞅着那些塌窝歪巴的饺子，愈发焦灼。

这一生，她有过无数次等候，老妈突然想起老早前那次最心焦的等候。

那时他们儿子刚三岁，村里发生鼠疫，小日本逃走时散布给老鼠，有人吃野鼠染上了。村里天天往外抬死人，跟现在一样封锁了村庄道路。不久他们的儿子也染上，嘴里冒着黑沫，老爸趁夜背上儿子穿越封锁线，去镇上求医，结果半路被逮住，关进一所重病隔离区。那里四面都是冰冷的水泥墙，患者只许进不许出，横七竖八躺一地等着抬出去。三天后儿子在老爸怀里死了，他自己也奄奄一息，鼻腔流出黑血。于是他被人连同儿子一起当死人丢扔在乱石岗，点火燃着了。老妈在家一人苦等儿子和丈夫，却杳无音讯，五天后有人告诉他们都死了，她哭昏过去了。那夜下着大雨，她也包了饺子，供在丈夫和儿子灵位前，然后准备悬梁。这时她听见有东西碰门，还有依稀的喊声，她便从脖子里拿开绳套，去开门看看。原来是丈夫老爸爬着回来了，大雨浇灭了大火，他也奇迹般复活了……

老妈打了个冷战。骂自己怎么想起这件倒霉的事情来。

她把那些饺子，一一扶正，摆好。然后，为摆脱刚才的不祥情绪，又走到外边来。外边的冷气噎得她咳嗽起来。这时，那条路上终于晃出一个人影来，老妈迎上去，在河岸等候。那结冰的河，阴森森的。

不是她的老爸，是邻居孟和。

见小伙子浑身沾着白药粉，连头发和脸上都是，老妈忍不住笑起来。

你这是钻白灰窑啦？咋成了白面鬼！

嗨！婶儿，不用提了，镇北路口设了卡子，见人就喷药水喷白药粉！躲都躲不过，追着你打！

啧啧啧，难怪你身上全是六六粉敌敌畏的味儿呢！你见到俺家老头子了吗？他也进城了！

头晌进城时见过，他更麻烦了，带的猪崽不光要打药水，还要带去化验！结果那猪崽还给跑出来了，到处乱钻，吓得那些人鸡飞狗跳的，像见了狼！哈哈。

老妈忙问，逮回猪崽没有？

逮回是逮回了，可折腾得那对猪崽快成死耗子，不知还能不能卖出去！

唉，这事闹的！禽流感还没来，人都快疯了！

是这话，是这话呀婶儿。邻居孟和摇着头，拍一下身子，飞起一溜白烟儿，走了。丢下老妈一人留在河岸上，呆呆地张望，等候。

镇防疫站的那幢房子，白得像医院太平间。

老爸走出那道铁门后，回头看了一眼，身上不由得战栗了一下，就像男人小便后身上哆嗦一下一样。

驴牵在他身后。驴背上，驮着从那"太平间"领来的一口袋白药粉。怀里抱着的猪崽，在口袋里尖啼。他担心猪崽被他们打针打坏了，刚才抓回时人们又是踢又是踹的，可怜的猪崽别是哪儿伤着了。

农贸市场冷冷清清的。尤其卖鸡鸭鹅的那溜摊位，空空荡荡，往日鸡鸣鸭叫人欢的热闹场面不见了。老爸选个无人的角落，蹲在那里，前边摆出拴着蹄子的猪崽。

无人问津。半天，过来一个老太太，眼神儿不大好，摸索着问，卖的是啥物儿啊？是兔猫吗？噢，你说猪崽啊，咋老哼哼呢？不会是有病吧？

一听有病，旁边的人直往后躲。有人起哄，夏天南方闹猪恋球军（链球菌），死过好多人哩！

这一下可好，老爸的猪崽更是没人搭眼。现在的人，都很金贵，一个个像惊弓之鸟，唯恐染上什么。从河里捞个鱼吃，死人；杀个自家养的鸡猪吃，死人；连地里种的菜，吃后不死也让你上吐下泻折腾个半死。人不知现在吃啥才安全。

老爸熬到日偏西，才卖出一口猪崽，剩下那只没人要，只好带回去了。填完肚子，他还得赶二十里路，老妈在家肯定等着急了。

老爸牵上毛驴，在镇街上穿行，怀里还抱着个猪崽。

他要找到那家"切糕张"。他家的切糕，实惠又好吃。街旁新楼林立，别看是沙乡穷地，这些年老百姓生活没提高多少，楼房倒是盖了不少，都不大辨清老街旧巷了。老爸好久好久没进城来了，三年？五年？走在大街上，脚下踟蹰。凭印象，他找到"切糕张"旧址。可那里已矗着两层楼的酒楼，如一位贵妇，华丽又妖艳。

"切糕张"卖切糕，发了。老爸叨咕着，站在那里呆望。

有三五成群的人进进出出。老爸实在想吃切糕了，把毛驴拴在门侧一个不显眼的地方，顾不上自己寒酸不体面，便随一群人往里走。他纳闷，这些人基本都脸色凝重，步履沉缓，尤其使他惊奇的是，每人手里还捧着一束花！

那花鲜红鲜红，娇艳欲滴。

老爸稀罕得如醉如痴。惊诧寒冬腊月竟然有如此美丽的鲜花！而且是真的，不是纸捏的。老爸心想，城里人真好，吃切糕还这么庄重，捧一束鲜花来。他几乎是闻着一股花香走进大厅的。红衣红帽的门侍，犹豫了一下没拦他。也许把他当成前边那拨人中的一个。

厅很大，人很多，摆着好多张圆桌。很安静。

队伍排得很长。

老爸感叹，"切糕张"的生意真大，这么多人排队。

厅里回荡着低缓的音乐。老爸觉得耳熟，很多年前毛主席升天时村里来辆车拉他们进城，在县城广场听过这曲子。老爸一时奇怪，吃切糕放这曲子干甚。终于到达前头。老爸以为那里是开票交钱的地方，他早已掏出一张皱皱巴巴的五块钱票子等着呢，结果不是。那里放着一张蒙白绸的长条桌，桌后边墙上挂着很大一张人头像，黑框边垂着黑绸条。前边的人把手捧的花放在白绸桌上，然后向墙上的人像三鞠躬。

老爸这才吓了一跳。

糟糕！自己怎么糊里糊涂闯进人家追悼会来了！

他顿时身上冒冷汗。有人喊一鞠躬，他慌忙忙也一鞠躬。抬头时，他扫了一眼那遗像。觉得眼熟。二鞠躬后，他又仔细看了一眼。这一下认清了。他的嘴巴哆哆嗦嗦地嘎巴着，张合着，冒出一句，她是刘镇玉！

尽管声音不大，可周围的人都听见了，投来白眼。从哪儿冒出来一个乡下老汉，如此唐突。遗像一侧肃立着一排人，头一个走过来问他。是个女的。

大叔，你是哪儿的？

下杨村的。

你认识我妈?

她在俺村插队当过知青,当然认识。

我妈插队的那村子,可是叫红宝书大队。

那是"文革"中改的。你是你妈的长女吧?那你还是在俺村怀的呢。

对,对,一点没错。听我妈讲过,还有段浪漫故事呢!

老爸差点说,一点都不浪漫,为你我还坐了两年冤牢,被扣了一头屎盆子。但他咽下话,毕竟人已死,场面也不对。

你是怎么知道我妈去世的?你是代表你们村老乡来参加追悼会的吧?刘镇玉的长女很受感动,也不管老爸的反应如何,转身对大家说,这位是我妈当年插队那个村的老乡代表,大家不要见怪。老爸想,真不愧是她的女儿。

人们低声议论。

刘主任的人缘还真不错呢。

县妇联过早失去一个好干部好领导,可惜。

老爸进退两难。

当年老爸还是村里的民兵连长,那个刘镇玉当妇女队长,认老爸为干哥,成天长在他们家。后来,刘镇玉的肚子突然大了,天天在老爸家哭,可死活不说出那个弄大她肚子的男知青名字。有一天，她突然给老爸跪下了，哭哭啼啼求说，干哥你认下这孩子吧，要不他们两个人都死定了，一辈子都完了。当时，老爸和老妈以为她是让他们认下她的私生子收养，正好自那次鼠疫后他们两口子始终没有孩子，便答应了。然而，三天后情形完全变了。刘镇玉指认老爸勾引奸污并弄大了她肚子。警察抓走老爸，判了两年劳改。当时知青红得发紫，号称是毛主席派下来的红卫兵，极为金贵，岂容老农搞大她们的肚子。刘镇玉由此受照顾，回城安排了工作。老爸当了冤大头，跳海也说不清，人家也不信你的申诉，宁可信其有。肚子的确大了，又是女方指认，而且女方又长在他们家，这事板上钉钉。刑满回来后，老爸要拿菜刀去砍了刘镇玉。老妈苦苦拦住了他。那时的刘镇玉已当上县团委副书记，后又当上县妇联主任。

老爸一生咽不下的，就是这口气。

面对着那个遗像，老爸的心潮难平。可又一时无语。毕竟已过了四十来年，人已死，他又能如何。一个农民，劳改时干农活儿，回来后也是干农活儿，那年代国家主席冤死了也是没招儿吗。只是每每想起此事，他的心便隐隐作痛。不过这个女人死得挺早，算起来顶多五十出头吧，肯定是折腾的。这时他感觉自己还活着，挺好，还很硬朗，且活呢。

于是他也释然了，跟死人计较个什么呢。

三鞠躬结束后，有人拉他去入席。吃丧饭，对死人是个尊重。可他不想吃，怕咽不下。正这时，门外传出一声长长的驴叫声，呜哇——呜哇。

厅内人们一时惊愕。

随即有个保安跑进来，大声喊：

谁的驴？谁的毛驴？

人们顿时乐了。

俺的驴！是俺的毛驴！

人们这下哄地大乐，实在忍不住了。压抑低沉的气氛，一时间轻松许多，不像个追悼会了。

也许是地太滑，也许太着急，老爸又摔了一跤。十分狼狈。人们更是笑得前仰后合。哀乐声伴着他逃出会场。

毛驴本来是拴在大门一侧，花栏后边的木架子上。大花栏挡着，本不引人注意。可旁边的一辆轿车开走时，突然按喇叭，毛驴受惊，又蹦又跳的，一下子拽倒了花栏木架子，稀里哗啦倒下一片。

老爸赶紧拽住毛驴，拍拍它脖子，让它安静下来。

保安训斥他，咋搞的？老汉！毛驴怎么拴在这儿了？

那拴哪儿？他们的洋驴子电驴子也不都拴在这儿了！

老爸犯倔，也没好气。

那是人家的小车、自行车！不是毛驴！

毛驴就是俺的小车自行车！

老爸拽上毛驴往前走，昂着头，倔倔地直瞪着眼睛。

保安从他后边骂骂咧咧，可也无奈，人家毕竟是来参加追悼会的客人。

那倒地的鲜花，随风吹过来吹过去。有一朵，滚落到老爸的脚下。

老爸的眼睛顿时亮了，哈腰捡起来。他吹了吹上边的土。那花完好无损，纯洁无瑕，鲜美而芬芳。老爸稀罕得不得了，眉梢喜滋滋地张扬，粗手轻轻抚摸花瓣，嘴里说，是朵宝花哩，是朵宝花哩。

他把花放进怀里，小心翼翼。

心里觉得，自己终于从刘镇玉那儿，补偿回来点什么了。

老妈如下蛋的母鸡，从窝里进进出出。

她不知去了多少趟河岸了，冻得两腮通红，双唇发紫。她奇怪啥事拖住老爸了呢？比他晚去领药的，都已回来了，他死哪儿去了？猪崽卖不出去？那就不卖了嘛，死心眼儿，一出门总让她担心上火。门口拴着的黄狗冲她叫，她嘟囔一句，狗都饿肚子了。她拌食给狗。狗摇着尾巴感激不尽，狼吞虎咽。她摸摸狗脖，松开拴链，说大黄，吃完你去迎迎老爸吧，俺老眼跳呢。

那黄狗"嗖"地往外蹿出去，如箭一般。

老妈感到放心了些，这才回屋开始张罗着把饺子蒸出来。老爸爱吃蒸饺。闷在锅里，不易凉。

蒸完饺子，再烫酒。

老爸在城街上举步维艰。

见人就打听"切糕张"搬哪里去了。他固执而心诚。一定要吃到那个热乎乎、甜黏黏的切糕不可，何况他三五年才进一次城。

一个遛鸟的白胡子老者，给他指点迷津。

"切糕张"三年前就搬家了，你去旧城羊拐子胡同找找看吧。老者慈眉善目，鸟在蒙着厚棉布的笼子里鸣叫，格外悦耳。

老爸也不会像城里人那样说谢谢，只是木讷地冒出一句，老哥的鸟叫得人心痒痒的，好听。

白胡子老者爽朗地笑着走了。对他，这一句够了。

羊拐子胡同如羊拐，曲里拐弯。

可"切糕张"已改卖馄饨包子了。店堂小得也如鸡窝。

老爸大失所望。心说，原来他没发起来，还不如原来，丢了老手艺老本行了。

一个胖乎乎的闺女问他，大爸，吃包子还是馄饨？一口山西腔。

俺吃切糕。

胖姑娘没听懂，又问了一遍。老爸也又答了一遍。

胖姑娘也许是新来的，还是没听懂，回头看了一眼柜台后边。有个抹口红如吃了血耗子般的年轻女人，抬起头来说，哟，啥年月了，还找切糕吃？咱家早就不卖切糕了，再卖该喝西北风了。

老爸被噎得无话。转身出去时丢下一句，卖馄饨包子就能喝东南风了？

这时，从后堂颤颤巍巍走出一个老头来。拄着拐杖，哈着腰，嘴里说，谁要吃切糕来？小华，跟客人怎么说话呢！

"切糕张！"老爸认出来了，也喊出来了。

你认识我？老哥是……

俺是下杨村的铁宝！不认识了？那会儿，俺们老吃你蒸的切糕！

"切糕张"拍拍脑门，记得记得，想起来了，那会儿你还有时给我拎来个兔猫山鸡什么的，没带你媳妇来？那会儿你总带媳妇来，哈哈哈。

是，是，她也好这口。俺们俩的订婚饭，就是吃你的切糕呢，哈哈，一晃多少年了。

两个老相识老朋友，相拥而坐。一起热乎乎地怀旧，忆惜思甜。那个年月，对他们都很亲切，很温暖。

你能找到这儿来，真不易呢！难得铁兄弟还记得我这切糕张，岁月无情的。怎么？还想吃这一口？

可不！可惜，你们改手艺了。

"切糕张"的身上似是战栗了一下，然后说，没办法呀，铁兄弟，一是我老了，二是现在买不到上好的黄黏米了。你说你们坨子里的农民，现在谁还种着黄黏米？嗯？

老爸憨憨地摇摇头说，那玩意儿产量低，卖不出价，俺们那儿都种荞麦了，荞麦出口小日本，价钱高。

瞧瞧，这不结了，没人种黄米，我拿什么蒸切糕呀兄弟。"切糕张"感叹着，看一眼老爸，又说，不过，等一等，我一会儿就回来。

"切糕张"站起来，向老爸使了个眼色，神神秘秘地向后堂走过去。

老爸不知他要干什么，坐在椅子上等。胖姑娘给他端来一杯热茶，老爸一口喝了下去，身上热乎了些。瞅了瞅墙上的钟，时针还指着早上九点。脚下的猪崽没动静，他踢了一下。马上传出哼哼尖叫，把胖姑娘和那位红唇女郎吓了一跳。他歉意地笑一笑。解释没卖出去的原因。可没人注意听，他也就作罢。

"切糕张"终于笑吟吟地出来了。

铁兄弟，你有口福了！我把压箱底的那点黄米面，全拿出来了，老伴在后头和面蒸糕呢，上好的红芸豆也泡上了，你就等好吧。小华，给我们烫一壶酒，上两个下酒菜，记我账上，我陪铁兄弟好好喝一壶！

别、别、别，老哥哥，这哪儿成啊，这多麻烦啊，我还急着赶回家呢。老实厚道的老爸受宠若惊，一再拒绝，站起来要走。

瞧不起咱"切糕张"，是不是？认老哥哥的手艺进门来了，又是多年不见的老哥们儿，哪能说走就走？那会儿你没少往我这儿送老苞米，农家院新鲜瓜果什么的，你就宽心坐下来，吃完切糕喝完酒再走，着什么急，日头还早着呢。

老爸就这样，被那位念旧情的"切糕张"强留下来，尊贵如宾，坐在那里人模人样地喝开了老白干。烈酒撬开男人的嘴巴，过去时光的那些陈芝麻烂谷子，如海水般从他们口里往外冒。

红唇女人尽管撇嘴，可一想有了一次狠敲公爹的机会，便也没了脾气，倒被他们有趣的陈年旧事给吸引住了，听得如天方夜谭。

老妈的饺子蒸熟闷在锅里，也有一个时辰了。

老爸仍然没有动静，出去寻迎的黄狗也没有动静。

西边的日头，已掉到西墙下，快要落山了。老妈现在已不是下蛋的母鸡，而是热锅上的蚂蚁。树顶上落只乌鸦不停地聒噪，更让她心惊，举扫把挥走了那只乌鸦。

汪！汪汪！黄狗蹿回院里来，冲她叫。跑得急，伸出红红的舌头，呼呼喘气。

大黄！你咋跑回来了？老爸呢？老妈回头伸脖往外张望。

汪！汪汪！黄狗又一阵冲她叫，摇摇尾巴，似乎在告诉着她什么，可惜她听不懂。

黄狗有些急，咬住老妈的裤腿儿，往外拖她。

老妈终于明白，心咯噔一下，扎上头巾就往外走。

黄狗前边领路。它显得比主人还着急，噌噌地飞蹿出好远，一见老妈没跟上来，它只好站在那里等候。它也不想想，尽管老妈身体还壮实，可毕竟是六十年的老寒腿，怎么能跟得上它狗的四条腿呢。

黄狗跑跑停停。老妈可没有停的工夫，一路小跑，呼哧带喘。

走到河岸。又下了河，踩过那段一百多米长的冰面。平时那冰面上有一道人车行走的痕迹，昨夜下小雪把它盖住了。黄狗如蜻蜓点水般轻捷地跑过冰面，老妈可是艰难了许多，小心翼翼，一步一步提着一口气走着唯恐滑倒。到达南岸后问，大黄，人在哪儿啊？

黄狗扭头继续跑，沿那条进城的土路。

老妈赶紧跟上。

黄狗终于停在那段土路跟国道油渣路的汇合处。她也远远看见自家的驴站在那里。只见那驴竖着耳朵，警惕地张望四周，看见她后如得救般呜哇呜哇大叫起来，又是扬头，又是跺蹄子。

老妈也发现，老爸躺在地上，一个土坎上。

老爸！她大叫一声，扑过去。

准确说，老爸是歪卧在那里。老妈原以为老爸是从驴背上摔下来，起不来了。可她发现，他浑身酒气，嘴边地上全是吐出来的秽污，人却鼾声如雷，在睡大觉！

老天啊！咋喝成这个德行！老妈那颗悬着的心，稍稍放松下来。

老爸浑然不知来人，依然酣睡。黄狗舔他的脸和嘴边。

老妈推推他，擦掉脸上的草屑。可老爸没反应。他的鼻子和脸冻得发紫发青，身子僵硬得如木头一般。老妈从这边摇推，他又翻过那边，嘴里还含糊不清地吐着醉话，别，别碰，让我睡一会儿……"切糕张"，喝酒……你，你不行……

听他说话，老妈苦笑着摇了摇头。可在这寒冬腊月，零下二十度的野外，睡时间长人会醒不过来，会睡过去的。那年前村的一对兄弟进城卖苞米，也喝多了酒，回来时两人在驴车上睡，驴把他们拉回家时，冻死了一个，冻残了一个。

老妈的心一紧，她拼命摇老爸，拍拍他冻僵发紫的脸，又往他耳朵里大声喊叫，老爸！快醒醒！酒来啦，再喝一壶！

这话管用，老爸挣扎着要坐起，含混地问，酒、酒在哪里？

老妈掐一下他的脸蛋，酒在家烫着呢，咱们回家喝去！

老爸的眼睛红红的，咬着舌头，奇怪地盯着她，你、你是老妈……你、怎么在、在这里？"切糕张、张"呢？俺、再跟他喝、喝两壶！说完，他又要倒下去。老妈扶住他，并扶他站起来，一边说"切糕张"在俺家等着呢，咱们回家跟他喝。这话也管用，可他摇摇晃晃，站不稳，更是迈不开步。老妈一撒手，又如一堆烂泥往下出溜。嘴上还说，你先走，俺、俺先睡一会儿再走。

这可咋办哟，你会冻僵的，会冻没命的！

老妈叫苦，毕竟是农村妇女，尽管年迈，依然有股子蛮力。她把驴牵过来，让老爸靠驴身站住，然后再把老爸抱推上驴背。那驴也很配合，善解主人意。可老爸不配合，从这边扶上去，却从那边滑下去，像一捆羊草。几番折腾，终于让老爸趴在驴背上。

庄稼院的驴，调教有素。不用人牵，自己前边走，还根据老爸身体重量倾斜情况，调整它的身体和走路。老妈后边扶着老爸，不由得夸奖起自家的驴来，能把醉成这样的老爸从城里驮回自家附近，太难为它了。这"切糕张"也是，怎么能这么灌老爸呢，这不是要人命嘛。

野地，腊月的风很硬。吹在脸上，如刀刮般疼。

她才发现老爸的毡帽不见了，不知是路上丢了，还是落在城里，他那双招风耳冻得紫红紫红。老妈赶紧扯下头巾，给他包上头，又揉又焐那双耳朵。

终于来到河岸。

那毛驴站在冰河边上，犹豫。黄狗已经率先冲过去。

河的冰面，如镜子般光亮。那毛驴怕滑不敢走过去。老妈拍几下驴屁股，这才使那毛驴勉强下到冰河上，喷儿喷儿地响鼻，嘴巴几乎触到冰面上，闻着那条撒灰的痕迹慢慢走。

没走几步，毛驴还是蹄子一滑，摔倒趴下了。老妈拽它打它后来踢它，也不管用。那可怜的毛驴也试着站起来，可挣扎几下，终不成，鼻孔喷出两道热气，彻底趴那儿不动了。老爸也被摔落在一边。老妈回到岸上想弄点活土过来撒冰上。可大冬天，那土地冻得嘎巴嘎巴硬，没有铁镐别想弄下一块土来。老妈无奈，又跑回来，看看四周，可冰河上了无一人，空旷得吓人，老妈可是叫天不灵叫地不应了。

老爸跟驴一样，趴在冰上又睡起来。老妈赶紧推推他，老爸，你别睡啊，老爸你不能再睡了！

老妈不小心自己也滑倒了，四仰八叉，头昏眼花。

歪坐在冰面上，她几乎哭出来。前边还有一百多米长的冰河床。她这时看见驮在驴背上的那口袋药粉，有了主意。走过去，卸下药粉，一溜朝前撒下去。这一下好，防禽流感的药粉，真正发挥了作用。那毛驴踩着药粉，可以站起来了，并重新驮上老爸，沿那粉白的一条路，向前走起来。可很快那药粉撒光了，还剩下一截子路，那毛驴又趴在冰上走不动了。

老妈又没招儿了。

老爸在冰上，哼哼呻吟。老妈一急，四肢着地爬过去看他。突然发现，爬比站着走稳当很多，也不必担心滑倒。于是老妈把老爸背在自己后背上，朝前爬行起来。这招好使，老爸死沉死沉，压得她有些喘不过气来，何况是一个六十岁的老太太，在冰面上爬行实在太艰难了。

老妈的双手撑冰面，没有手套，光溜溜的，渐渐冻得发青，开始失去知觉。她咬牙忍着，身后拖出一条长长的痕迹，那冰面被擦得亮晶晶。

也许，趴在老妈温暖的后背上，老爸那冻僵的身体有些缓过来了，加上冰河上清冷空气刺激，那老爸微微苏醒，嗫嚅着问，俺，这是在哪里？俺这是怎么啦？

别动，你在老妈的背上，醒过来就好了，别再睡过去。

老妈，你在背俺？“切糕张”呢？他可是把我灌醉了。

知道醉就好，啥年龄了，还这么往死里喝！

让俺下来，老妈，你别背俺，应该俺背你。说着，那老爸硬要从老妈背上下来，争执着，结果两人都摔趴在冰上了。老爸哈哈哈醉笑。挣扎着，自己想站起来，结果他的手脚都不听话，马上又趴卧在冰上，如一只压蛋的母鸡，卧在那里嘿儿嘿儿地傻笑。

　　老妈看他傻笑，自己也忍不住笑起来。她搓搓双手，又塞进怀里焐一会儿，然后脱下脚上的毛袜子套在手上，再去哄劝着老爸，背上他。

　　他们又开始了冰上爬行。如一对蜗牛。

　　怕老爸又睡过去，老妈继续逗他说话。

　　老爸，你可是好多年没这么喝醉了。

　　今日个，老子高、高兴！老妈，你、你说，俺今日，看、看见谁了？

　　谁？

　　刘镇玉！

　　啊？那个恶毒的女人？毒蛇一样的女人？咋碰见的？

　　不是本人，是……是她的遗像，死人遗像。老爸咬着舌头，就把过程说了一遍。

　　老妈一时无语。片刻后，她才叹口气说，靠害人往上爬，红得发紫，没想到也有死的时候。唉，人啊，多大能耐，还是难逃一死。

　　说、说得是，都、都难逃一死！古代、那么多皇帝、也不都死了！要不、天底下哪儿都走着皇帝了，哈哈哈哈……

　　老妈也被说乐了。

可你怎么又跟"切糕张"喝上了？

老爸又拖着大舌头，啰里啰唆告诉她过程。

那你的猪崽呢？猪崽卖了吗？老妈突然想起来问。

卖、卖了一只，那一只、那一只……对了，俺就留给"切糕张"了，他够朋友，俺不能小气。

老妈苦笑，摇摇头。继续奋力往前爬。

她已经疲惫不堪，双掌完全没有了知觉，像是别人的什么东西挂在她的手腕上。额上浸出冷汗，脸色发白，因体力透支，快支撑不住了。她低声提醒自己，别昏过去，再坚持一会儿，快到北岸了……

其实，就剩下一二十米距离了。

这时，那只早到岸上等候的黄狗，冲下来了。这只通灵性的狗，咬住主人的衣袖，便往岸上拖。冰面光滑，没想到它又有那么大的力气，人被喇喇地拖走。拖几步，歇一歇，摇摇尾巴，汪汪叫两声，然后再拖。

最后的二十米冰河，就这么过去了。脚下是浑厚实在的大地。老妈感激大黄。

河的悬岸下，有个凹陷进去的坑窝，避风又暖和，一缕黄昏的阳光，恰好这时照在那里，显得暖暖的。

咱们歇一会儿，暖暖身子再走。老妈说。

歇、歇一会儿，剩下的路，俺、俺背你走。后背上的老爸清醒了不少，也这样说。

就这样，老两口慢慢坐进那个温暖的凹槽里，相互依偎着。那黄昏的最后一缕阳光，暖暖地照射着他们。

老爸的手哆嗦着，伸进怀里。不一会儿，摸索出一朵红花来。虽然有些蔫巴，花瓣也皱了些，可看上去依然那么鲜艳夺目，美丽娇红，红得醉人。

老爸的手哆嗦着，把那朵红花插在老妈那花白的头发间。那里已是土一把灰一把。

真好看！天下第一大美人！老爸啧啧感叹。

三九天，还有这么好看的鲜花！哪儿来的！老妈有些害羞，脸微红。

老爸没告诉她。

他的手接着往怀里摸索。

不一会儿，又摸索出一个塑料袋，里边装着一大块切糕。被他的胸怀焐着，还冒出一丝热气。

啊！"切糕张"的切糕！老妈像只鸟般欢叫起来。

是，"切糕张"的切糕。吃吧。

老妈点点头，打开来，轻轻咬了一口。

此时，她的双眼里，涌出两滴热泪。痴情而幸福地仰脸望着老爸那张醉脸。

她觉得这一切这么美好，这么幸福。

那缕阳光，黄昏的最后一缕阳光，依然照着这对老夫妻，似是也被感动了，不忍离去。

苦荞

　　大北方，有片沙地，盛产苦荞。铁子妈就生活在这片沙地的某村。她是个寡妇。

　　这一天，当东沙岗上刚蒙蒙亮，铁子妈就起早去驮水。她去牵圈里的驴。那驴恋栈，不肯出来。铁子妈就撅着屁股拉拽。她的脸涨红，浑圆丰韵的臀部撅得老高，冲着东方。那驴，依然纹丝不动，也跟主人一样，撅着屁股后退。铁子妈轻呵斥，你也欺负俺，你也欺负俺！

　　她委屈地丢下驴绳，眼里涌出泪水，就自己肩挑着水桶出去。丈夫死两年，家里的压水井坏了无人修，早起六岁的儿子小铁还要吃饭上学，铁子妈早上头件事就是去驮水。她擦着眼角，挑着水桶奔三里外的村南小河。感觉身后有动静，回头一看，她破涕为笑。原来，那头倔驴却跟在后边，还用鼻子触了触她的屁股。

铁子妈拍拍驴脖，把水桶架搁在驴背上，嘴里说现在只有你是俺的帮手，还犯倔不听话，唉。她说着又伤心。那灰驴喷儿喷儿地响鼻，认错，顺从地跟着她走。

村口，她遇见了丈夫的哥哥高黑柱村长。

高黑柱正跟两个外乡人也朝村南走，似是要过河。外乡人操着南方口音，不知在说啥，脸堆笑容，低眉顺眼。

大伯子看见兄弟媳妇，站住了。

大哥早。铁子妈低着头，打了一下招呼。

还在驮水呢？井还没修好？大伯子走过来，拍了拍驴背上的木桶。见弟媳低头不语，又说，瞧我这记性，本答应给你修井的，可这一忙，全忘脑后去了，这样吧，今晚，我过去看一看，合计合计。

别、别，大哥忙你的吧，今晚小铁到老师家补课，我得陪他去。铁子妈委婉地说。前一阵儿，这位大伯子晚上也来过一两回她家，不说修井的事，扯了很多别的，她就搂着儿子小铁念课本，讲故事，唯恐儿子撑不住睡过去，直到大伯子自己感到无趣走为止。

大伯子不再说什么。目光扫了扫弟媳那张虽憔悴但依然娇秀的脸，转身离去时，丢下一句话，啥时候想修井捎个话。

铁子妈牵上驴继续赶路。前边三人的话，依稀传进耳朵。

原来是高村长的兄弟媳妇，很漂亮嘛。

漂亮当饭吃？薄命，守寡两年了。

那你这位大伯子多关照喽！

啥话？避都来不及呢！我可警告你们俩，在俺的荞麦地里放蜂子可以，可别惦记村里的娘们儿！

我们哪儿敢啊。

有敢的！去年，西村老刘头闺女就被你们放蜂人勾跑，老刘头带人追到通辽市火车站，差点杀了那小子。

高村长，我们哥儿俩可是规矩人，放心吧，我们只采荞麦花，不干别的。

铁子妈听着他们的话，忍不住笑了笑。原来，河南岸的荞麦地来了养蜂人。她这才抬头眺望了一眼，这一下，她惊呆了。河南岸那片茫茫的荞麦地，昨天还绿绿的，可这一夜间就雪茫茫白皑皑一片了。啊，荞麦开花了！

铁子妈感觉鼻息间有股淡淡的清香，空气里也飘荡着荞麦花的芬芳。近几年，这苦荞麦突然吃香，还全出口到小日本，听说小鬼子更鬼，拿荞麦制成乌龙面，宣称降脂降压利尿排毒等等，一包卖几十块钱，倾销东南亚港澳台。铁子妈家的几亩地，也在河南岸，跟大家的连成一片，满山遍野，如雪似绒，白茫茫望不到边儿，煞是好看。

铁子妈下到小河边舀水。前边的高村长和养蜂人，过河而去，看样子是去查看他们摆放的蜂箱碍不碍事，少不了喝喝酒，让养蜂人意思意思。铁子妈把水驮回去，做了早饭，送走儿子上学，然后再来小河边驮白天和晚上用的水。

她正低头舀着水，突然，身旁的灰驴呜哇呜哇叫起来。接着，河对岸也传出了驴叫声。跟这边的驴一唱一和，一声长一声短，透着一股急切和强烈。铁子妈愣住了。抬头看，原来河对岸也来了一位牵驴驮水的人。是两个养蜂人中年轻的那个。

小河床只有四五十米宽，两头驴隔着河就那么对着。猛然，铁子妈的灰驴向河南岸冲过去，拦也拦不住。浅浅的河水，溅起一路水花，噼里啪啦的。只见对岸的那头小黑驴，也挣脱开主人的拖拽，犹如一头豹子向这边跑冲过来，连背上的塑料桶都没来得及卸下，嘀里当啷的，大有机不可失时不再来的感觉。

两头驴，在小河中央会师了。先是相互用鼻子触一触，嗅一嗅，咬咬脖子，灰驴又转到黑驴的屁股后头闻一闻，而后仰起脖冲太阳掀掀鼻嘴露露牙，又大叫了一声。口吐着白沫。

铁子妈脱了鞋，下到河里来，想把自家的驴牵走。嘴里嘿哈吆喝着。可她走到一半，走不动了。她不好意思了。因为她家的灰驴，后腿间忽然放出了长长黑黑的生殖器，来回晃动着，瞬间又踩上了那头黑母驴的后臀。而那黑母驴也十分顺从和配合，拱着腰，撅着屁股，嘴巴还一张一合的。就这样，这一对性急如渴的畜生，当着主人的面，不管不顾地做上好事了。

铁子妈的脸"唰"地红了。红得如夏日的牡丹，秋日的红叶，红到耳根，红得心跳。她站在那里，定定地站在那里，走也不是，不走也不是，闪避着眼睛，挽起的裤腿儿也掉进河水里。

这时，河南岸的年轻养蜂人从惊愕中苏醒，骤然爆发出大笑，前仰后合，接着又戛然而止。显然，他看到灰驴女主人的窘样，有了节制。

尽管场面尴尬，但两头驴的主人谁也没想去打扰尽兴的牲口。一时间，周围变得安静，没有任何声响，连树上喧闹的雀鸟此时也没了动静，似乎周围都宽容地等候着它们办完驴事。

驴办事，还很长。后来年轻养蜂人牵走驴时说，临时租借来用的，没想到来这一手。铁子妈则抿着嘴，数落自家的驴，真丢人哦，你今天可真丢人呢。那头灰驴晃晃脑袋，似是心满意足，还频频回头，向那头尽一夜情的情侣哼叫两声，显得意犹未尽。

两个主人，回到各自的河岸，接着舀水，已经耽搁半天了。突然，对岸的年轻人大呼小叫起来。

不好啦！我的塑料桶漏了！大姐，你的驴踩坏我的塑料桶了！

铁子妈一愣。抬头望了望对岸。然后，心里不由得乐了。

这咋办呢？大哥还等着我烧水喝茶呢，他请你大伯子到镇上喝酒，一会儿就该回来啦！

年轻养蜂人举着塑料桶，冲太阳照着看，十分着急。水从桶的裂缝里淅淅沥沥往外洒。铁子妈这才注意到，那个年轻养蜂人戴着副眼镜，很文气，年纪也不超过二十三四岁，乍一看很不像个野外放蜂人。

铁子妈对他有了些好感，刚才他的举止也不孟浪有节制，而且自家的灰驴也太猛了些，于是她冲对岸说，俺替俺的驴抱歉了，要是你很着急，先把俺的桶拿去用吧，反正俺驮过一趟水了。

谢谢大姐，谢谢大姐！

不用谢，你用完就放在河边好了，待一会儿俺再来取。铁子妈说完，也没等那个小伙子走过河来，留下水桶后自顾牵上驴走了。

说着，就偏晌午了。初秋的天空，清爽明亮，空气新鲜得吸进后胸肺如洗净了般舒畅，变得透明。铁子妈铲了一遍菜地，垒了垒塌边儿的猪窝，这才想起还没去取河边的水桶。她刚要出门儿，院门外就有人叫了。

大姐，这里是你的家吗？

是哩！是哩！铁子妈赶紧迈出院门。只见年轻养蜂人把她家的水桶从驴背上卸下来，放在地上，里边装满水。小伙子说，我是来还大姐的水桶的，怕放在河边丢了，耽误你用了，不好意思。

面对面站着，又经历过早上的事，两个人不免有些局促。倒是铁子妈大方些，那路事在农村田间地头常碰到，不算个啥，她招呼着年轻人进屋喝口水抽支烟再走。

年轻人说，抽烟喝水就免啦，我倒是想看看你家的水井。

你会修井？铁子妈顿时脸上绽出笑容。

在老家，早先做过修井的活儿，就不知道你家的压水井跟咱们那儿的一样不一样。

看吧，看吧，你真是个好心人，来，这边。坏俩月了，我会付你工钱的。铁子妈一边引路，一边这样说。

大姐你这是骂我一样嘛，这点事，我哪能收你钱呢！小伙子说着，察看水井。伸手压压井把，咕哧咕哧空响，倒些水进去也提不上来，敲敲听听，然后他拍拍手说，大姐，井的地下管子头那儿坏了，堵住了。

能修吗？

能修。简单，挖出来换个塞子，换个新的钢丝井纱就成了。

太好了，真是遇上明白人了。铁子妈高兴得直拍手。

这样吧，我写下零件名称尺寸，大姐哪天去镇上自个儿买回来备着，我抽空过来给你换上就是。

好、好，太谢谢大兄弟了，为这井的事愁死俺了，每天都去河边驮水，烦人不方便不说，这一入冬封了河，吃水就更困难了，唉。铁子妈说着叹气。

小伙子也同情地说，家里没了男人，大姐的日子过得不易呢，大哥是怎么没的？

嗨，两年前去城里打工，包工头欠他们工钱，他跟人家就动了手，不明不白地叫人给打死了。唉，俺命不好啊，幸亏俺还有个儿了……说着，铁子妈的眼圈又红了。

小伙子听后直摇头，不知怎么安慰这位好心的大姐才好，只说是啊，大姐还有儿子，日子总会好起来的，而且你还有个当村长的大伯子可以帮忙嘛。

他？哼，俺指不上哟。也许人家正等着小河冰封，等着俺娘儿俩吃不上水呢。铁子妈的脸变得阴沉。

小伙子赶紧打住话，表示等她买回零件后就过来帮她修井，然后告辞走了。

铁子妈手里攥着小伙子留下的字条，望着他远去的背影，心里热乎乎的。心中充满了期待。如果，她要是瞧见了离去的小伙子，在河口被她大伯子拦住说话的那一幕，不知她什么心情。

铁子妈第二天就去镇上，买回来修井的零件，就等候那个年轻的养蜂人。可好几天，都没看见小伙子，河边也不见他来驮水的影子。她好生纳闷儿，那小伙子咋就不见了人影呢，难道他病了或者出门儿了？可她远远瞧见，在河南岸的荞麦地地头儿，影影绰绰活动着那两个养蜂人兄弟的身影。于是，善良的铁子妈有一种被人耍弄了的感觉，自责说自己太天真太轻信别人了，人家就那么嘴上说说而已，怎能当真呢。

铁子妈苦笑，悄然把买来的零件丢进仓房不去管它了。

她要淡忘了这件事。

大约过了十天半月，有一天傍晚，天基本都黑了，铁子妈闩好院门刚要回屋，有人便当当当敲响院门。那敲声不大，轻轻的，似有似无，但铁子妈还是听见了。她手里拿着电筒，来到院门口问，谁呀？

大姐，是我，开开门。门外的人压低声音说。

大兄弟，这么晚了，你来有啥事啊？铁子妈听出是年轻养蜂人。

大姐，别误会，我是来帮你修井的，快开开门吧。小伙子十分诚恳，甚至有些固执。

铁子妈就开了门。

小伙子是骑着他的驴来的，还背着个工具包。也许怕再出尴尬事，他把驴拴在大门外。

铁子妈默默地看着他。

大姐还以为我是个蒙事的骗子吧？我就怕你这么想，也觉得做人要讲信用，所以才咬咬牙过来了。零件呢？小伙子笑一笑，十分坦率。

俺倒没想到你那么坏，大家都忙，你不来俺也怪不着的。铁子妈心里释然，觉得自己误会人家了，有些不好意思，赶紧去仓房翻找零件。

小伙子跟铁子妈要了一把铁锹，要挖开压水井。为照亮，铁子妈想把屋里的电灯泡引到外边来，再换个大灯泡，挂在井边柱子上，可被小伙子制止住了。嘴说太惹眼，又费电，用不着。

铁子妈这才慢慢明白小伙子为什么选择天黑才来，也大致猜到他前些日子为何没来。自己毕竟是个年轻寡妇，还有个那样的大伯子罩着，简单事情会变得复杂，她心中更有些感激这位好心的养蜂人了。

小伙子开始挖土。铁子妈在井柱上挂了个马灯，又拿手电照着。先是围绕井杆往下挖了两米深处，才摸到井杆的下边末端，又费了不少工夫才卸下那节管子。干完这些，小伙子成了泥土人，满脸汗水。他还真是个行家，很熟练地擦洗那节管子，换上新塞子，蜂眼处换上新的钢丝井纱，然后重新下到深坑里，安装上。活儿就这么齐了，埋上土压夯实了，一试水，水就哗哗地冒出来了。

出水啦！太好啦，出水啦！铁子妈高兴地叫起来，拍着手蹦跳，屋里熟睡的儿子小铁被吵醒，跑出来，见自家的井又冒水了，也乐坏了，欢叫着抱住井头嘴对着饮起那清凉的井水，还一个劲儿吧嗒嘴说，真甜！

铁子妈的眼睛湿润了。握着小伙子的手，一个劲儿说谢谢，又是递烟，又是递茶的，弄得小伙子都不好意思了。看着这对母子的高兴样子，他也由衷地欣慰了，更觉得这口井对这俩孤儿寡母何等重要。尽管内心有股隐隐的担忧，尽管身体有些疲累，但他那双眼睛善良而快意地闪动着。

铁子妈要给他煮碗面吃，要给他付工钱，被小伙子一一拒绝了。他拿起自己出汗脱下的褂子，说声太晚了，我该走了，便匆匆往外走。小伙子不让铁子妈送出院外，吭哧半天说了这么一句，大姐，别跟人说井是我帮你修的……另外，这话可能不该说，大姐，我看你还是嫁人吧。

嫁人？铁子妈苦笑。

大姐这么年轻，这么漂亮，早嫁人早安稳，日子也好过了，也省得……小伙子咽下话。

铁子妈明白他的意思，叹口气说，孩子爸活着时对俺很好，俺们是中学同学……眼下俺不想再嫁人，不想给俺儿子找个后爸，再苦的日子俺也得熬。她的脸变得坚毅。

小伙子没再说什么，牵上驴走了。

铁子妈满怀感激望着他的后影，然后返回井边。她压出一桶又一桶的水，装满所有的缸啊盆啊等器皿，还觉不够，又压出一桶一桶的水，去浇后院的菜地。然后坐在井旁，双手抚摸着那冰冷的铁井头，哭起来。她就那么无声地抽泣着，双肩一耸一耸的。黑夜的星星，静静地瞅着她。

那一声声驴叫，是在她回屋躺下后传来的。不是她家圈里的灰驴，声音是从小河那边传出来，呜哇呜哇乱叫着，十分急切而悠远。接着，她家的灰驴也回应着叫唤起来。仍是一唱一和，遥相呼应，但叫唤声怪怪的，乱嚷嚷的，不是那种打发夜的无聊或为求偶发出的呼唤。

铁子妈竖着耳朵，心里生疑。那小伙子早该到了河南岸的帐篷呀，他的驴怎么还在小河这边叫唤呢？而且，叫得那么急，声嘶力竭，似是受了什么惊吓，难道他和他的驴遇着野狼了？

铁子妈放心不下，穿衣出门。她要到小河那边去看看，临出门手里还拎了把砍刀。尽管平时胆小，一天黑早早锁上院门不出屋，但这会儿她顾不上那么多了，壮着胆子朝河边摸过去。手里的砍刀攥出了汗，拿着的手电抖抖呼呼的。

那驴还在叫着。

她发现，驴是站在河南岸冲着河中央叫唤。她举手电照过去。微弱的手电光，依稀照出了河里的一个东西。是一个黑团，趴在那里，在浅浅的小河水里一点一点地蠕动。像一只拱泥的猪或者电视上常见的那种泥潭里的鳄鱼。她还依稀听见了低低的呻吟声。

铁子妈的头一下子大了。紧张得心都扑腾扑腾乱跳，有股不祥的预感升上心头。

谁？谁在那里？她冲那团黑影喊了一声，又拿手电晃了晃。

救……救、救我……，救、救我……

那黑团发出了微弱得几乎听不见的声音，但铁子妈感觉到了。那是年轻的养蜂人。

她慌了，踢掉鞋就往河里跑，裤腿都来不及提。

年轻的养蜂人没个人样了。脸上和头上都是血，嘴角撕了一口子，眼睛青肿得老高，眼镜也不知跌落何处，浑身都是伤和血，衣服被撕烂，正艰难地在泥水里爬行。他身后留下一条长长的爬行的泥沟，爬过去的地方混合着从他身上流出的血和泥水。血肉模糊的身躯，怪模怪样，令人恐怖。

大兄弟，你这是咋啦？叫狼咬了还是遇着歹人啦？铁子妈急问。

狼咬？哼……是、两条腿、的狼……两三个，拦住了我。小伙子咧了咧冒着血沫的嘴巴。

铁子妈明白了。不再问什么，替他擦了擦脸和嘴角的血，想扶他站起来。可小伙子站不起来，身子骨软软的。铁子妈见状，背起他就朝河南岸走。没走两步，她滑倒了。这小河床别看水不多，可泥泞不堪，因碱性大那泥又滑又稀，人无法站稳，何况她又背着个一百多斤的小伙子。几步路她滑倒了好几次，很快她也变成了泥猴。索性，她就背着那小伙子爬行。四肢着地，头脸朝下，像蛇蝎般爬行，这样可稳当多了，不易滑倒。但变得十分艰难，嘴里灌进泥和沙子，脸上也糊满了泥，眼睛睁不开还杀疼，秋夜的河水又冰冷冰冷，浸透了她的胸和身子。她咬紧牙关，就那么爬行着，一步一步，犹如一只母狼坚韧而固执地爬行着。喘口气时，她问小伙子伤着骨头没有。

肋条、好像断了……喘气儿都疼……小伙子在她后背上呻吟着，他感觉到那后背尽管嫩弱，但很温暖很坚实。他又说，大姐，把我放在河岸上就行，你回去吧，我的事你别再管，我自个儿回去。

咋回去？爬回去？你的血快流干净了。不送你去医院抢救，俺还是个人吗？你别想那么多，已经这样了，咱们把这趟子事扛过去再说。铁子妈说得坚定。

终于爬到河南岸。

铁子妈从小河渡口那儿正要爬上去，有一双靴子踩住了她的手背。一束强烈的手电光，同时照住了她的脸，刺得她睁不开眼睛。

　　啧啧啧，我当是谁呢，原来是我的弟媳妇呀！真是天下奇景，这么黑灯瞎火的深夜里，你一个妇道人家身上背着一个野男人，这是咋回事啊？啊？大家瞧瞧，你们这是在干啥呢？村长高黑柱嘿嘿冷笑着，用手电晃着铁子妈的眼睛，一只脚踩着她的手，他身后站着两三个村里的小伙子。

　　俺在救人，他叫野狗咬了，你走开！

　　嗨！野狗就是咬死他，跟你这无干的寡妇有啥关系？啊？！

　　野狗咬他是因为，他帮我修了井，断了别人的念想儿。

　　胡说！啥念想儿不念想儿，你以为你是谁？看看你这样子，成何体统？伤风败俗，勾搭男人，你丢尽了我们老高家的脸面！

　　呸！你们老高家的脸面，跟俺有啥关系？告诉你高黑柱，自打铁子爸死后，俺跟你们高家就没关系了，俺现在是单身寡妇，别说背野男人，就是俺跟这野男人睡了，你也管不着，你不要欺人太甚！快走开，快把你的脏蹄子挪开，别耽误俺救人！铁子妈终于横下心，放出重话，撕破了脸面。

　　那高黑柱一时愣住了。一向以为柔弱可欺、退让三分的弟媳妇，没想到突然变得强硬。他有些下不了台，有些恼羞，依旧口逞强横说，要是我这脏蹄子，就是不挪开怎么着?

那这养蜂人流血过多死了,俺就直接背着他尸体去公安局,告你!

你敢!

试试看!

这时,那个年轻养蜂人呻吟着说,大姐,你把我放下吧,我自个儿走,我自个儿走……高村长,对不起,我做错了,你大人大量,放过我这不懂事的后生吧,求求你啦……

高黑柱这才哼了一声,狠狠地瞪一眼铁子妈,挪开了脚,关了手电,向后挥挥手便消失在河岸的黑暗中,如夜行的狼族。也许,他是真怕出了人命逃不了干系吧。本想悄悄教训教训养蜂人,没想到驴叫引来了铁子妈,弄得事情公开又复杂化。他毕竟是一村之长,事情闹大对他并无好处,有损他的声誉。

铁子妈长舒了一口气,赶紧背着小伙子上了岸,又把他扶上驴背,直奔二十里外的镇医院。由于铁子妈的及时救助,年轻养蜂人没耽误治伤,没出意外。他大哥还算有本事,痛骂弟弟爱管闲事,又息事宁人出钱摆平跟高村长的关系,他们的蜂箱继续摆在那片荞麦地旁,小蜜蜂们依然忙忙碌碌地进出荞麦地。

时间又过了一个月。

秋日愈加变凉了，天空中出现了南飞的大雁。那白雪般的荞麦花，也开始凋谢、枯萎，结出一粒粒褐红色的三角小果实。

望着眼前的萧瑟，年轻养蜂人诗人般感叹道，荞花谢了，大雁南飞了，我们也该南飞喽。他的胸肋上绑着厚厚的纱布，嘴角的伤痕也隐隐可见，眼镜片是碎裂的，其样子十分滑稽。

哥哥见弟弟那样儿，逗说，你还是回你学校读书去吧，不要跟我养蜂了。

那不成，我得挣够我的学费，不能老让你供我读书。弟弟遥望着小河北岸的村庄，那里正炊烟缭绕，不由得说了一句，不知那位好心的大姐怎么样了，好久没看到她了。

得得，又来啦，当好人还没受够罪呀？你给我老实待着吧。哥哥笑着数落。

于是，弟弟无话。哥哥也无话。

北方沙地的秋日，天气瞬息万变。这一天，铁子妈接到村上通知，各家准备两车柴草，最好是沙蒿子，运到河南岸荞麦地自家地边和指定地点堆放。气象预报说，这两天可能下霜，受西北冷空气影响，霜期提前了半个月。眼下荞麦正灌浆成熟，一旦叫霜打了，那都得冻死发黑，农民将颗粒无收。显然，情况非常紧迫。这一带农民长期跟老天周旋，受它恩惠，又受它迫害，实践中出摸索出一套用土法防霜的技能。那就是，当后半夜霜气从上空降落时，点燃堆放在荞麦地周围的柴草。那柴草和沙蒿子烟大火苗小，又耐烧，大面积的浓烟和火苗蒸腾升空，就会把这片田地上空的霜气化解驱散。这是个没办法的办法，从老天嘴里争时间争饭吃，再熬过几天，那荞麦就成熟变硬不怕霜打了，农民争的就是这么几天。

村民忙碌起来，气氛有些紧张。大家争分夺秒，家有柴草的直接往地里送，没有的现去割草凑够。铁子妈家无男人，日子过得紧巴，没有太多的柴草，只好自己去割，可毕竟有限。

村长高黑柱带一帮人来检查，冷眼瞟着说，就这么点柴草啊？别说赶霜，赶蚊子都不够！再去割，要凑够两车！

铁子妈无奈，只好又拎着镰刀去割柴。附近的草都叫手脚快的割干净了，她只得去远处割，毕竟是女人，手脚没那么快，不小心还割破了手指头，鲜血直流。她忍住泪，用布条缠上手指，继续玩命割，脸上汗一道流一道的。天黑了，看不见了，够不够只好就是它了。

　　傍晚村上又通知，夜里十点之后，各家派一人到荞麦地里值更守夜，听锣号行事，统一行动，统一点燃柴草，不得各行其是。铁子妈家里没其他人，只好自己去，儿子小铁害怕不肯一人留在家里，她只好又带上儿子，穿上厚衣，又抱了一床被子，去了野地里。

　　一入夜，天就阴沉下脸。湿气很重，阴冷阴冷的，气压又很低，典型的下霜前的征兆。铁子妈坐在自家的地头，挨着柴草，儿子依偎着她睡，浑身缩成一团，盖上被子都瑟瑟发抖。入秋后在屋里盖被子都嫌冷，何况在无遮无挡的旷野上，寒气从四面八方侵袭，会把人冻僵。铁子妈心疼儿子，把身上的大衣脱下来给盖上，儿子还喊冷。她一咬牙，笼了一把火，给儿子取暖。

　　可从不远处的黑暗中，立刻传出高黑柱的呵斥声，找死哪？不到时就点火，误导大家都点火了，这责任你负得起吗？快把火灭了！

　　铁子妈无奈，只好又把火给熄灭了。

　　夜漫长，黑沉得如一口大锅扣在头顶上。铁子妈上牙磕着下牙，哆嗦着诅咒般说，该死的霜，要下快下吧！别折腾人了！

　　后夜一点左右，当铁子妈又冻又困正睁不开眼时，前边的小山头上当当当敲响了铜锣。有人在喊，点火喽！大家点火喽！要下霜了！

铁子妈赶紧划火柴。可她那双发僵的手，怎么也点不着柴火，幸亏儿子小铁醒了，小手还没冻僵，帮助妈妈点着了火。于是，柴草就燃起来了，冒出了浓浓的黑烟，并向四周和上空弥漫开去。小铁子拍手叫唤，燃着喽！燃着喽！这一下暖和啦！

母子俩如得救的羔羊，几乎扑进那堆火里取暖，眉毛和头发都被燎着了。霎时间，这茫茫一大片的荞麦地里，家家点火，人人放烟，四面八方都冒出了红蓝的火苗。霜夜无风，那涌出的滚滚浓烟，弥漫在空中，一时间全罩在了荞麦地的上空，回旋，盘腾，久久不散。

这真是一幕奇特而壮观的景象。

一堆堆篝火，从这里连接到山的顶部，平阔的田地里到处都是晃动的人影，闪动的火焰和蒸腾的浓烟，远近相接，头尾相顾。黑夜被燃红了，大地被燃红了，一切都如梦如幻，神奇美妙。小铁子帮着妈妈往火里添柴，咯咯咯笑着说，真好玩！真有趣！

渐渐地，他们的柴草越来越少了，不久就烧完了。火堆，在慢慢地熄灭，而霜气还在下降。铁子妈的几亩地又靠在边上，霜气更大，可她干着急一点办法都没有，恨不得去烧了手指头。儿子小铁急忙说，妈妈，咱们没柴了，咱们没柴烧了。

这时有人冲她这边喊，东南角！火怎么灭了？快点上！快点上！霜气从你那儿漫过来啦，东南角，死人啦！

铁子妈呆站在那里，犹如一根木桩子。由着人骂，由着人叫嚷，她那烟熏火燎的脸也是木木的。受霜重的她家荞麦，开始发蔫，正在冻黑，而且受霜面积正逐步扩大，眼瞅着自己一年的汗水将付诸东流，将颗粒无收，她的心在流血，她显得绝望。两行泪水，流过她那张冰凉的脸庞。

不远处，又传出她大伯子冰冷的诅咒般的骂声，扫把星！克夫不算，还要克全村呢！

小铁抱住妈妈问，妈妈，我大爷在骂谁呢？

骂你娘呢，他已经不是你的大爷啦。

妈，没柴了，咱咋办呀？

看着，看着咱们的荞麦全冻死。

铁子妈脸上的泪水，已冰冷，已凝固。她的那颗心，也随着冰冷和凝固，如那外边的冰冷的世界。她就那么漠然地看着自家的荞麦地。

这时，儿子小铁突然叫嚷起来。

妈妈，你看！你快看！

铁子妈便侧过头去看。她发现，有人正往她家那即将熄灭的火堆上加柴加草。那人影似乎很熟悉。身上绑着纱布绷带，戴副眼镜，文气而瘦弱的身躯在火光中来回奔忙着。不远处，停着他的一辆套驴的胶轮车，上边装满柴草。很快，铁子妈的荞麦地旁，又燃起了熊熊大火，那滚滚升腾的浓烟又渐渐罩住了她家荞麦地上空。

是戴眼镜的叔叔！小铁欢叫。

是他，这里就剩下他一个好人了。

铁子妈的心"嗯"地热了，双眼涌满热泪。

她走过去。年轻的养蜂人冲她笑一笑，露出白白的牙。

你们这儿真好玩。我们明天就走了，还剩下不少烧饭的柴火，我就给你送来了，小伙子说得轻描淡写，因绑着绷带，行动很僵硬不方便。

大兄弟你送来的不是一车柴……铁子妈有些哽噎。

大姐不要这样，我这是举手之劳。我就怕别人掉眼泪，说这感谢那感谢的。小伙子制止铁子妈的话头。

于是，铁子妈不再说下去。她挨着他站着，一同往火堆里添柴加草，一同凝视着那堆温暖而热烈的火焰。那是他们用人世间心与心的真诚和善良，共同烧燃的火焰。

大姐，我向你讨个东西，不知行不行。年轻的养蜂人片刻后这么说。

大姐是个穷寡妇，不知大兄弟讨啥，尽管说。铁子妈笑了笑，显得坦荡。

大姐的姓名。

俺的姓名？

是啊，到现在我还不知道大姐叫什么名字哩。小伙子说得认真。

铁子妈不由得咯咯咯乐了，这才想起他们还真的没有交流过姓名，也没想到互相问一下。

俺娘家姓田，名叫一苇。

一苇？一苇渡江，从古诗里取的，其实一苇就是善，上可渡人，起得很有学问。

俺父亲是乡中学的语文老师，爱读些书。那大兄弟呢，你叫啥名字呀？

我叫杨乐。等攒够学费，我还要去读书，想当数学家，像那个杨乐。年轻养蜂人眼里闪闪有光。

难怪呢，大兄弟还真是个读书人。儿子，记住这名字，要记住一辈子。

火光映红了他们的脸。

　　周围变得暖融融，阴冷的霜气在消失，荞麦地在复活，重新挺起了绿色的麦秆。哦，苦荞。

　　夜，变得很美丽。

夜行者

　　这是我们刚才来的路吗？王文的质疑没什么力度，只是问问而已。

　　干裂的盐碱地面，脚底下碎裂时哧喇哧喇发响，也许这响声诱惑了他提问的欲望。

　　初夜无月。荒野的上空已经布满星星，每颗星星看起来都在向你微笑。然而它们善意的微光，还不足以照得清地面上的路径。

　　没问题，这条小路我已经走过两趟了。同行的青年晃了晃手里电筒，部分自信也来自它，尽管射出的微弱黄光已证明电快耗尽。青年的一张脸，十分稚嫩，顶多十八九岁样子，身材也比瘦高的王文矮了些。

你都走两趟了？王文听后陡增信心。看得出，他的胆子还没有比自己小十多岁的青年大，声音怯怯的，唯恐惊动了黑暗中的什么。也许出于礼貌，他并未问青年因为何事走过两趟。

二人继续赶路。脚下盐碱土片的碎裂声，犹如狗在用尖牙嚼碎干透的骨头片。干校过年偶尔杀牛，丢弃墙外的牛骨头被野狗啃吃时就会发出这样的声音。也像乡下孩子冬天站在河边嚼冰块，喀啦喀啦的，冰块在嘴里碎裂声听着十分美妙诱人。

他们就这么踏出美妙的声音，默默地走着。

你说，村供销社那坛酒缸里，真的没有酒了吗？王文问青年。

我看、是没了吧？

可我，明显闻到一股强烈的酒味儿。王文的鼻子上扬，似是还在捕捉那个味道。

那个胖子，把酒缸底都亮给你看了呀。

也许，他另外还藏着一缸呢？在他的里屋库房。

那就不好说了。青年说得心不在焉。似乎对酒的事不怎么上心。

他是成心的，不想卖给我们。

那为什么呀？村民大多又没钱买酒。

你别觉得不好听，在他们眼里，我们——不是好人。

青年本想争辩，想了想放弃了。数百号从城里下放的知识分子和干部，集中生活在荒野上一座大墙院里，统一穿劳动服，分排连营管理，可又不是军队或民兵，算什么？离此不远处有一家劳改农场，就是这么个建制。干校，当然头上冠着很多好听的红色帽子了，被誉为灵魂深处闹革命之熔炉，可人家附近村民们却不这么想。有一次他们集体浩浩荡荡步行到公社听传达最高指示，就听见背后就有人指指点点说，看，这些带工薪的劳教犯，训练得多齐整！

见青年无话，王文安慰说，你会很快离开的，刚分来的学生，只是来充数的。

二人又走了三四十分钟或更多的时间。脚底沙沙声，已让他们听麻木了。

这真的是我们来的路吗？王文再次提出疑问，声音稍稍提高。

应该是呀，你看看这手电光，明明照出一条路嘛。青年把手电筒抬高往前照了照，一条黄线像路又不像路似是而非地照出很远去。

咱们歇会儿脚吧，有点累了。要是咱们走得对，按时间算快到了，就十里路嘛。

青年听他话停下脚步。二人就地坐下，喘口气，把心定一定。

你的名字，为何叫郭尔罗斯呢？郭尔罗斯是什么意思呀？王文拍了拍自己发酸的小腿。然后点上一支两毛八的蓝色迎春牌香烟，那会儿月薪三十五块的都抽这牌子。

王老师，郭尔罗斯是蒙古部落的一个姓氏，据说是成吉思汗女婿的后裔。青年边说着，也拿出自己九分钱一盒的无图案白皮经济烟。他刚参加工作月薪只二十八元，一年后转正升三十元，还挤出点贴补更困难的老家农村爹妈，抽不起两毛八的。王文递给他一支自己的迎春烟，他摇摇手没好意思接，说习惯了抽这牌子，换牌子咳嗽。

成吉思汗女婿？你们祖先还是皇亲国戚呢，呵呵。王文的笑声不无讥讽，那会儿帝王将相都不招人待见。

出身的事，我是没法自己选择，只好随遇而安了。青年郭尔罗斯也自嘲。

往后我就叫你小郭吧，行不行？王文知道刚才的讥讽有点那个，客气地征求意见。

随你好了王老师，叫全称是有点长，有时我自己也烦。小郭不在意，是爷爷给起的名，老忘不了祖宗，可祖宗也没有关照过我什么，反而老受牵连。

二人默默地抽着各自的烟。荒野的夜空中，飘散出一股苦涩呛人的两种烟味儿。

有酒就好了，这会儿嘬一口多美。王文还在为没买到酒而耿耿于怀。

还可以压压惊是吧？王老师是城里人没走过乡下夜路，有点害怕，我知道。小郭逮住机会也嘲讽一句。

我害怕什么呀？没走过夜里路是不假，可我比你大着十多岁呢！天上还有这么多亮晶晶的星星陪着，我怕什么呀，有月亮就更好了，那就更有诗意了。王老师是中学语文老师，文采好，三派联合成立革委会的充满激情的宣言书就出自他手，很爱面子。小郭对他的好感是春节干校联欢，一直想当诗人的他朗诵了普希金一首诗《假如生活欺骗了你》，也许气氛太正经又有点强作欢乐，加上刚来干校陌生和紧张，当朗诵到"一切都是暂时的，转瞬即逝……"就卡住了。脸憋得通红，全场静悄悄的，都定定地瞅着他嘴巴张了又张，就像瞅着跳到岸上来的一条鱼在张嘴巴。这时，有个声音在墙角黑暗中提了词儿："而那逝去的将变得可爱。"

下来后他才知道，救自己的就是王文老师。从此，有事无事就往王老师那儿凑。

今晚王文跟人打赌去村供销社买酒，喊他做伴儿时，他二话没说从被窝里爬起，穿上衣服就跟出来了。

你就真的那么爱喝酒，好那口吗？小郭问。

也不完全是，还不是被赵排长和那帮家伙逗激的！

干校晚饭后，休息一小时学习一小时，然后上炕睡觉。一个排二十多名学员，在一间旧仓房里搭了南北炕睡，有时免不了相互逗笑几句，常常因谁放了一个臭屁而争论不休。今晚入睡前赵排长说了一句，听说西村供销社来酒了。这下不要紧，一提西村，全排人都来情绪，加上来酒。原因是，他们这排的"忠"字舞辅导员，就是来自西村的一个女"知青"。校部规定晚饭后集体跳"忠"字舞，开始由专门去学习的政工干事辅导，大家冲墙上挂的毛泽东伟人像，站成几排随政工干事魁梧的身板手挥红宝书学跳。校部对学员们笨熊似的舞姿以及懒散的样子不满意，尤其王文和小郭这一排，几次点名批评。

有一天傍晚，寒风萧索中他们齐齐站在伟人像前，正等着跟随政工干事那宽阔臀部完成这一"晚祷"仪式，突然，大家的眼前一亮。

同学们，我是你们的新辅导员，我叫鲁红霞，西村的北京知青。

声音清灵如鸟叫，梳两个羊角辫子，黄军帽黄军衣扎着军皮带，胳膊上的红卫兵袖章显得格外耀眼震人。大家先是一愣，转而喜笑颜开。尤其当鲁红霞转过身子，屁股冲着大家做示范，青春女孩子的臀部在大家眼前左扭扭右扭扭，与细腰双肩形成柔美的异性曲线舞动，然后她再转过身来双手捧着红宝书向右侧方向扭举，一双被皮带扎腰后更显凸出的丰满胸部，随着舞姿似两只管不住的小兔子往外蹿跃而出，于是这群在大墙干校里待了太久的老爷们儿一个个如打了鸡血般兴奋起来。很快他们排的"忠"字舞，比赛中拿了全干校第一。

小郭这会儿看着黑暗中模糊的王文老师脸蛋，这样说，现在看来，赵排长说供销社来酒，纯粹是逗你玩儿的。

不会吧，当排长的消息多。

他们想了想当时的情景：赵排长先放出供销社来酒的话，尔后又说，谁有尿性现在去打来三斤酒，好喝的比拼一下，酒钱由他出。他还点名王文爱喝酒，学"忠"字舞时又老爱向鲁红霞请教舞蹈动作，西村知青点正好挨着供销社，激王文应该跑一趟，借此还可见到红霞辅导员纠正动作。说完，赵排长大咧咧又不怀好意地呵呵一笑。

这下，南北两炕上被窝里闲得无聊的这帮家伙，忍不住都乐开了。拿某个人开涮逗闷子，松弛下自己心情，已成这里的风气。昏暗的灯光中，王文的脸有些发红。有人替他辩护说，王老师不是那样的人，他是认真，追求动作的完美，是吧王文老师？

对对，我就想跳得准确一点而已。这么一说，可怜的王文不知自己又跳进套里去了。

就说嘛，为了证明自己清白，你就给他跑一趟，身正不怕影子斜嘛。

如此一来，王文去也不是，不去也不是。去，证明清白？不去，不清不白？

有点欺负人了哈，人家王老师别看是写大文章的，可胆子小着呢！那天挖土，窜出个老鼠他扔下铁锹就跑，这会儿天这么黑，他哪儿敢走夜路呀？有人说这话还是火上浇油。

王文终于忍不住，"噌"地坐起。掀开被窝赌气说，去就去，有什么呀？那夜路不是人走的吗，我知道今晚是躲不过了！郭尔罗斯老弟，能陪我走一趟不？

一直在心里气不过的小郭，这会儿自然没有退缩。

有人立刻也拿他揶揄：鲁辅导员老拽着小郭出列，给大家做示范，你去也正合适！

怎么啦？我一个单身青年，就是跟鲁红霞搞对象了也不犯法，你吃的哪门子醋？你们这些有老婆孩子的老爷们儿，脑子里产生惦记她的想法都是犯错误！小郭这话一甩出，顿时一片安静，那人立刻闭嘴。

小郭不慌不忙下炕，走到赵排长铺位前一伸手。

钱！

真去呀？

把人都逗激了，哪能不去？快拿钱，大排长说话算数，别耍赖。

就这么着，王文郭尔罗斯二人夜走西村十里路，来打酒。现在默默坐在这里，想起来都有些荒唐。酒没打着不说，顺便真到隔壁看一眼鲁辅导员，也扑了空。有人笑着告诉，你们的鲁红霞老师跟着村书记去搞夜战，在北洼地掰苞米呢。二人听后，好一阵失落。苦笑这趟算是彻底白跑冤枉路了。

咱们还是赶路吧王老师，已经大半夜了。小郭先站起来，拍拍屁股上的土。

好吧，是该赶路了。王文扔掉烟屁股，像是扔掉什么不快的思绪。

他们继续向前。可前方在哪里？在哪个方向？

手电筒的光，愈加不顶用了，小郭使劲晃了晃，似乎又亮了些。黄黄的弱光，勉强照出仍旧似是而非的一条线。迷惑人的这条线，继续引诱二人走了半个小时。然而，想象中早应该到的干校大院，已然无影无踪。难道魔鬼把它搬走了不成？

王文再次站住了，问小郭，咱们走的路，真的对吗？

他把左手腕凑在小郭手电筒前面，低着头看表，然后失声说，都快夜里一点了！我们走了足足两三个钟头，来的时候我们只走了一小时哎！

是吗？不会吧？有这么长时间了吗？小郭不大相信，也低头看王文手表，这才惊愕地叫起来，天啊，真是走了两个多钟头！差在哪里了？你看看，手电筒明明照出一条路了呀！

他抬起黄黄的手电光，向前照射。

你把手电筒给我。王文从小郭手里拿过电筒，向东西南北四个方向都照了照。这下可好，每个方向，同样都照出似是而非的像路的一条黄线。很显然，他们走过来的根本不是什么路，只是沿着一条手电光线走来而已。

坏了，是手电光骗了我们！回干校的那条小路，我们遗失在哪里了？我们这是走到哪里来了？小郭顿时一脸的疑惑，叫起苦来。

黑暗中的茫茫荒野，在他们四周无限扩张。站在没有月亮的星光下，黑蒙蒙夜色中往哪个方向看都是一个样子。荒野的夜，死般寂静。

看来咱们偏离小路太多了！我想，可能是从干校北边的野滩上直接穿越了，干校肯定落在我们身后，我们应该往回走才对。王文这样说。

往回走？往哪儿？原路？原路在哪儿？往这儿？往那儿？

小郭拿手电往回照了照，干裂的盐碱滩上根本没留下他们的脚印，辨别不出任何痕迹。往哪儿照都一个样，显黄显白的盐碱土地面摊在那里，分裂出无数的一踩便发响的纹络向四处扩展而去。

我们究竟是走到哪里来了？小郭再次发问，摘下棉帽，揪自己一头乱发。

迷路了，咱俩是迷路了，小郭，这可咋整？胆小的王文，声音变得抖抖的。

小郭四处查看，在左侧二三十米处发现有一棵孤零零的老树，他顿时泄气。低语，王老师，我们可能走进干校东北边那片野狐滩了，有一次赵排长派我随牛倌找牛，好像来过这里。

野狐滩？说闹鬼的那个野狐滩？王文身上一阵战栗。村民曾传言，野狐滩上有一只百年老狐，变幻人形诱惑人迷路，引进这片荒无人烟的盐碱滩，再趁他们累倒后吸血。

也叫鬼打墙，人进了这里后鬼迷心窍转来转去，总是走不出去。奇怪了，这里离干校足有二十里远，我们真的是被鬼牵魂了，莫名其妙走到了这里！小郭心悸，来回转着圈。

突然，从那棵孤树上传出夜猫子啼声，吓得二人一哆嗦。

王文揪住小郭的胳膊问，那个鬼狐、是不是已经来了？

这时的小郭也有些六神无主。但毕竟是个农村长大的孩子，野外的事儿经历过不少，壮着胆子安抚王文说，没事，王老师，那是猫头鹰叫，没事，有我呢。

王文看看他欲言又止。意思再明显不过，有你才迷失在这野狐滩。太倚赖，太相信了那个该死的手电筒，还有点自负。但他没说出口。自己没有资格埋怨人家，事儿是他经不起撺掇一时性起闹出来的，也是自己喊这个仗义的小伙子出来做伴儿的。

我兜里有一根铁钉子两寸长，钉牛棚时留下的，可防身。王文说。

小郭笑了。觉得王老师好痴。

钉子兴许也管用，王老师。实在不行，咱们就坐在这里干等天亮就是。咱们哪儿也不动，天一亮，太阳一出，什么都可以看清楚了，就能找到方向回去了。小郭毕竟有点胆识，也有主意，未乱了方寸。

嗯，这法子行。王文立刻赞同。片刻后又迟疑，恐怕不行啊小郭，离天亮还有五六个钟头哪，这大冬天的夜里坐在这儿，不到半钟头就得冻僵喽。

王文说得不假，就停下这会儿工夫，他们身上已经开始发冷。刚才赶路出的热汗落下后，汗湿的内衣如冰袋裹着身子，不由自主打冷战。保持身上热度唯有运动才行，寸草不长的盐碱滩想取火也是不可能的，只能继续走，或者原地跑步。

原地跑步？万一，真的引出来那只老妖狐咋办？我可不想让它吸干了我宝贵的血，我还想把它献给毛主席革命路线，献给共产主义伟大事业呢。王文使劲摆手，说得一本正经。

于是，二人选择赶路，离开这里再说。其实小郭这会儿也心里已发毛，不想在这儿干等天亮。可问题是，往哪个方向迈步好呢？虽然通过北斗星能确定东西南北大致方向，但最好是选择更接近干校的方向。另外，他们现在所处的位置，真的是在干校的东北边吗？他们真的从干校北面穿越了吗？他们究竟身处何方？经一番讨论，二人重新陷入一片茫然。

小郭回头，向刚才走来的那个方向遥望。突然说，王老师，你看，那边远处，好像有个灯光！

应该是偏西北的方向，真像是一个灯火在闪亮，很微弱，显得十分遥远，看上去小小的若有若无。它的位置比天上的星星低了很多，光也没有星星那般明亮醒目。

不会是鬼火吧？王文悄悄地问。

鬼火是发蓝绿色，而且来回飘动，我在老家夜里见过。这光发黄色，固定的，绝不会是鬼火。小郭十分肯定，从方向判断，那块儿应该是干校西村靠北边些，不是说生产队搞夜战吗，也许那是个夜战的照明马灯。

差不离，可能就是照明马灯！王文这回认可小郭的判断。同时，二人脑子里不约而同映现出挑灯夜战的鲁红霞倩影，跟随着她的村书记。这种女孩子走到哪里都吃香受宠。

他们决定走向那个灯光。那个灯光让他们感到温暖。在这暗黑寒冷的荒野上，有什么比这更迷人更温馨，更让人感觉到心里尚存一丝希望呢？

拖着变沉重的脚步，王文和郭尔罗斯重新走上希望的荒野。

足下的盐碱土被踩声依旧，漫漫黑夜的窒息般包裹依旧。唯一不同的是，他们有了方向。心里也有股莫名的冲动，热乎乎的。觉得黑夜没什么，荒野没什么，老鬼狐也没什么。赶夜路如此迷失，感觉真美妙，比那些躺在被窝里睡大觉的排里人有趣多了。也许他们还睡不着呢，惦记着他俩深夜不归。让他们想入非非去吧，这很好玩儿。

小郭你刚才说，去西村的这路都走过两趟？王文还是忍不住问，也是找话说壮胆子。

是啊，两趟！小郭的声音清澈，透出某种自豪。

为什么事呀？给厨房打酱油买盐吗？

不、不，小郭迟疑了一下，是送鲁红霞辅导员回去。

唔？送鲁红霞回去？王文的眼睛顿时睁大了，黑暗中格外亮。

对啊，她去给别的排辅导，傍晚回去害怕，非得叫我给她做伴儿。

难怪嘛，她老是带你去给别的排人做示范。王文语气中掩饰不住几丝羡慕。埋怨般说，走过两趟今晚还走迷路了，你光顾说悄悄话，忘了记路吧？

没、没，说哪儿去了王老师，路上跟她都是交流跳忠字舞的心得，她选我做示范也是因为我在校时跳过，动作比较规范。没有迷路是那会儿太阳还没落，傍晚能看得清路。也没有进村，赵排长说，送到村口就马上回来。

赵排长？是他让你送红霞的？

你以为呢，没有领导的话我哪儿敢擅自乱走啊，人也是他请来的！咱们排挨批评后，他亲自去西村，通过村书记请来的鲁红霞做辅导员。

原来如此。王文若有所思，眼睛望着前方那盏迷人的灯光，幽幽地说，小郭，依我看，其实你和红霞两个挺般配的。

去，去，又说哪儿去了？人家是首都北京来的知青，我一个土包子，哪里配得上人家呀？我心里有点喜欢她是不假，可不能癞蛤蟆想吃天鹅肉啊。小郭如实吐露内心，他很相信老大哥一样的王文老师。说完，轻轻叹口气。

王文不再说话。迈动着瘦长的两腿，小郭紧走几步才能跟得上。

小郭看了看他，笑说，王老师，我知道，你也挺喜欢鲁红霞的，是吧？呵呵。

不不，没那个事儿，你可别瞎说。

我没瞎说，赵排长他们那么挤对你，是有道理的，每当鲁红霞一出现，你的眼睛立马就亮，话也变多了，想着法儿凑近她，别不承认。小郭停顿片刻，眼睛望着远处那迷人的灯光，有些想入非非，低语道，话说回来，谁不喜欢她呢，脸蛋长得那么好看，身材又那么迷人，高的高低的低，说话的声音好听得像百灵鸟，这样的女孩子谁不喜欢呢？喜欢她并没有错，是吧王老师？

没有错，那有什么错？但说清楚，我真不是像你和他们说的那样，我只是……

你只是想纠正舞蹈动作，跳得更完美些，我知道，哈哈，哈哈。你呀，真是王老师！

黑夜里，小郭的笑声有些夸张。

王文为掩饰尴尬，也跟着嗬嗬两声。

两人的脚步声，明显不怎么整齐了。

疲惫的感觉，强烈地袭上来。王文提议休息片刻。

两人站在那里，先撒了泡尿，身上都激灵一下。然后，默默地坐下。屁股下的土地，这会儿已不是干裂的盐碱地了，而是长着野草的坨岗子，生硬的蒿棵子有些扎屁股。谢天谢地，由于奔来灯光，他们终于摆脱那个闹鬼的野狐滩了，正如陷入沼泽的人抓住一棵救命的树枝。不过，抬眼望去，前边的灯光依然还在遥远的地方闪烁，不是说到就能到，他们还得走很长一段路才行。这没什么，心里有方向的人，身上总是有股子使不完的劲头。

不知走了多久多远，当他们几乎筋疲力尽快走不动时，终于抵达了那盏灯的所在处——西村北洼地打谷场。这时，东方的地平线上正展露出那无数的文学作品中描述过的迷人的鱼肚白。鱼肚白，究竟是什么白呢？累惨的小郭，倒在打谷场上柔软的苞谷叶子上时，望着远处天际的那个鱼肚白笑了，向语文老师王文说，王老师，看，鱼肚白！你给学生常讲的鱼肚白，就这样的。

王文听后也乐了。

他们的旁边有根柱子，柱子上就挂着那盏马灯。它，如一盏神灯高擎在那里，在晨风中微微摇曳，为黑夜里的迷路者指明方向。不过此时，在鱼肚白光芒投射下，马灯已显得黯然，变得毫无生气。没过一会儿，也许灯油耗尽，灯芯跳了两下，就灭了。

打谷场上，空无一人。王文和小郭好生奇怪。那些热热闹闹农业学大寨挑灯夜战的社员，这会儿都哪里去了？难道天亮回家睡大觉吗？守护打谷场的老汉告诉他们，出事啦，社员们都回村开群众大会呢。

二人一惊，问出了什么事。

老汉豁牙的嘴里喷着唾沫星子说，咱村书记和鲁红霞，叫人给逮住了！

二人听后头都大了，拔腿就往村里跑去。

当他们赶到时，群众大会已经散。警察逮捕了中年村书记，原来他领着鲁红霞搞夜战，在谷仓里搞了另一样子的夜战，被紧盯的民兵连长捉奸成功。鲁红霞哭哭啼啼，梨花带雨成了泪人，捂着红肿的眼睛期期艾艾诉冤，她是受欺侮的、清白的，村书记是找她来谈话的。上边政府的"知青办"都来人了。从北京毛主席身边来的女知青被奸污，这是大案子，政治案子。尽管那个可怜的村书记被带走时嘴里一个劲儿喊冤枉，不是奸污，是两人相好。可没人听他的。到这份儿上了，谁还相信他的话呢，就是相好，你也相了不该相的好，摘了不该摘的花儿。作风问题，是个严重的问题。

鲁红霞向知青办来人提出坚决要求，自己已经没法在村里待下去了，政府必须还她公道，送她上工农兵大学或招工安排工作，让她离开这块受侮辱受欺凌的地方。不然，她要进京找国家知青办告状，找毛主席告状。知青办干部自然是一通安抚和同情，理解她的要求。答应先带她离开这里，其他的事儿回去再商量，需要逐级报批。

供销社旁边，知青点门口。王文和小郭遇见正匆忙整理行李的鲁红霞。

看见他俩，她变得很高兴，如见了老朋友。

这时候的她，脸上又恢复了往日的阳光灿烂。人依旧美丽大方，笑声如鸟唱，身上哪儿都在乱颤。丝毫看不出，刚才还是个受侮辱嘤嘤啼啼哭泣的可怜女孩儿，颓废伤心要死要活的样子。

原来是你们二位？也听到信儿了？消息传得可真快，感谢你们俩特意来看我。这里的苦日子算是熬出头了，我要选择上大学。都答应两年了。

听了此话，二人怔住，掉进五里云雾。谁答应她两年？村书记？知青办？或者是谁？

又听见鲁红霞在那里说，干校你们这帮臭老九也挺好玩儿的，尤其你们这排，爱好写诗的人特多。小郭你赠我普希金的《假如生活欺骗了你》，王老师别看是书呆子，还送我高尔基的《海燕》，哈哈，就数赵排长最有意思，说是自己创作的革命诗歌，我念给你俩听啊：红日当头照，我把忠舞跳，解放全人类，一点不疼腰。哈哈，瞧人家这诗，够伟大吧！

说着，鲁红霞把一沓子牛皮纸信件拿出来掂了掂，递过来说，还给你们吧，我要跟这里做彻底的告别。悄悄的我走了，正如我悄悄的来；我挥一挥衣袖，不带走一片云彩。

王文的那双眼睛，几乎要从眼眶里冒出来。完全傻了。

他惊心动魄地看着完全变陌生的这个女孩，满胸疑惑：难道是野狐滩的妖狐，在这里复现？那个曾经的无限美好的女孩儿，哪里去了？是个幻觉吗？

鲁红霞似乎来了兴致还有话说，开导他俩道，困在荒野红墙里的熔炉里，诗写得再好，也不可能把你们炼成钢铁块儿的，日子久了，不小心会变成废渣儿的，尤其小郭你年纪轻轻的。我是听领袖老人家的话了，向这片广阔天地献了青春献了自己，够了。

说完，鲁红霞提着箱子一扭一扭走了。

王文摇头又似点头，忽然想起什么，手伸进衣兜里，紧紧攥住一沓纸。他兜里，除了藏有一根铁钉子，还有一沓折得整齐的纸。那是他新写的一首长诗：维纳斯之歌——献给红霞。

兜里攥着那团纸，他向前紧跑两步，后又颓然停下。

这边的小郭呢，呆呆地望着那个正在远去的无比诱人的身影，突然感觉到心里变得很空，似乎见到一个美丽的泥塑像，正在碎裂，溃塌，变成一堆散落的石灰。有种撕裂般的疼痛。一股莫名的哀伤袭上心头，他好想哭。

两人谁也没听见供销社那个胖子，正向他们搭话。

喂，还打酒吗？卖给你们，今日个，爷高兴！

不知他为什么高兴。

这时候日头已晃晃的了。听见东边干校那儿，传出军号声声。

呼伦格勒的晚上静悄悄

　　荒原上戳立着一座土房，门口有一眼井一羊圈，人们称之呼伦格勒。

　　格勒，当与苏俄列宁格勒斯大林格勒之"格勒"同义词，意思是家宅或宫堡。呼伦的"格勒"，只能算是个家宅，瘫痪七八年的呼伦奶奶所住的这座野外"套卜"——即远离村庄的一个驻牧点，无论如何是称不上宫堡的。

　　偶尔，有一两个荒野迷路人，会闯到"套卜"来讨水喝。每见有人来，呼伦奶奶的八岁小孙女花儿便飞奔而出。她笑眯眯先打量人，然后踮起脚伸手摁一下门口木桩上的一个摁钮，顷刻间，有一股清凉的水就从抽水井里哗啦啦喷流而出，灌进相连的水泥槽里。花儿一指水槽子便说，喝吧，管你饱。那水槽是她家百十只羊饮水用的，两尺宽十多米长水泥造，上边沾着羊毛牛粪。讨水者虽犹豫，但耐不住口渴便把干裂的嘴巴如牛羊般伸进水槽里去，一阵咕嘟咕嘟听响，那肚子便撑开了。偶尔，也有昆都冷山的狼来光顾，它们则不完全是为了舔吃水槽里的存水，而是惦记圈里的羊而来。瘫在炕上的呼伦奶奶耳朵倒聪敏，能辨得清那兽儿接着要干什么，便吩咐小孙女说，花儿，出去放个炮仗吧，再把那几条叫唤个不停的大獒放出去。昆都冷山的狼们日子久了渐渐明白，饮水是允许的，偷羊会遭殃，达成默契后不再骚扰牛羊只来饮水。有个盗猎者在山里遭野猪袭击受伤，摩托车骑到呼伦格勒这儿灭火，豁开的肚子在流血。呼伦奶奶从屋里坐轮椅出来，用缝衣针缝好了他肚子上的豁口，可她见摩托车上还驮着一只黄羊，一怒便推着轮椅回屋里不再理睬。

荒野上的呼伦格勒，远近颇有点名气。

这一天中午，太阳正下火般酷晒的时候，呼伦格勒的井边来了一位特殊的乞讨人。跛脚，除脚上鞋有点烂之外，穿戴倒很整齐，长紫袍虽有补丁洗得干净，头上戴杏黄色圆顶法帽，手腕上缠绕着一串黑色念珠，肩上还搭着一个破旧的粗布褡裢。从那张挤满皱褶的脸上可以看出，他的岁数怎么也跟七十多岁的呼伦奶奶差不多老了。

站在井边，他冲正抽水饮羊的花儿双手合十。

小施主，小姑娘——

我叫花儿，不是小姑娘。

花儿小施主——

小施主是什么意思呀？

小施主就是——

行啦行啦我忙着呢，想讨水喝是吧，那就喝吧。

花儿"嘿哈"地赶开脑袋挤成一排抢水喝的羊们，弄出一条缝儿给他。

她歪下脑袋款款地说：喝吧。

谢谢小施主，小施主善良，功德无量。

跛脚人口念着佛，从褡裢里掏出一个木碗往水槽里舀水。但不着急喝，一只手端着碗洗另一只手，换过来再洗这只手，尔后洗洗嘴巴和脸，最后才不慌不忙地盘腿坐在井边。也不嫌弃，就从羊嘴下槽里舀水，有模有样地端在嘴边慢慢地享用，那样子如饮着仙露。同时闭上眼睛，嘴里念念有词。

八岁的花儿，在她这年纪算是见过世面的，见过各色讨水者，但这模样这架势的还头一次遇到。小姑娘心里一阵疑惑。

老爷爷，你这是在干什么呢？

作课。

作课？奶奶给我上课不是这样的。

跛脚人笑了笑，不说话。

你不是个正经讨水讨饭的乞丐，是吧？

报小施主，老衲才是最正统最正经的乞丐。这行叫"巴达尔钦·喇嘛"，意思就是化缘陀僧。

巴达尔钦·喇嘛？喇嘛是做什么的？

念经人。

说着，他从褡裢里掏出一本旧窗户纸般发黄的老书，郑重地放在膝盖头上。那老书散发出一股庙里香烟熏出来的味道，那是花儿很熟悉的味道，跟她奶奶的佛龛味道相似。于是，感性的花儿对老喇嘛乞丐生出几分亲近感来，态度也好了许多。

那书是你的课本吗？

是的，小施主，我的课本，经书。

经书？跟我买的课本不一样，你的书有柏叶香火熏过的味道。也是拿来念的吗？

是的，拿来念的。

看来你念得不怎么好呢，书念得这么老这么旧了，还在念，还没念完。

老喇嘛莞尔一笑：是啊，小施主批评得是。我的这课本呀，看来这辈子也念不完喽，呵呵。

那你念它做什么？我念课本是为了快快识字学文化，你念得这么久都念不完，图什么？多耽误事呀？

不耽误的。我这本书，念得越久越想念，图什么呢？嗯，就图从善，图助人为乐吧。

从善、助人为乐？真的吗？太好了，那请你念念你的经，助我奶奶站起来吧，她瘫了好几个年头啦！

这下，老喇嘛脸有难色。

这时候屋里传出奶奶的说话声。

花儿，别打扰老爷爷作课！饮完了羊，快把羊赶进圈里去吧！

听话的花儿立刻捂住嘴，那银铃般喳喳的童音戛然而止。荒原也一下子安静了。只有风在轻轻吹，路过的鸟儿啾啾两声也不肯落下脚来，都嫌弃这里太安静了。花儿悄悄赶起那些喝饱了还发懒不愿离开井边的羊儿，散漫地徜徉，三三两两地走回圈里去。远处天边有堆起的乌云，小花儿心想，要是能下场雨就好了。

乞丐喇嘛坐在井边继续作课，摘下缠在手腕上的那串紫黑色小粒念珠，一粒一粒数着。大约念了半个时辰的经。尔后，才从褡裢里掏出干干硬硬的一块馎馎，慢慢啃起来，就着清凉的井水，眼睛盯着前面，不知想着什么心事。

那位喇嘛师傅，进屋里来歇歇吧，暖壶里有热奶茶呢！

呼伦奶奶从屋里炕上喊，透过玻璃窗她把外边的情景看得清晰。

乞丐喇嘛从冥想中拽回现实，犹豫了一下，还是站起来，在赶羊回来的花儿引领下走进那座老土房。屋内分里外间，里间住人，外间灶屋，中间隔着一扇很大的玻璃门，里外透明。显然，这是方便呼伦奶奶炕上指挥花儿在外间做事而设置。里外间收拾得都很干净，明亮舒适，几乎一尘不染。

乞丐喇嘛有点拘束，站在外间，不敢走进里屋去坐。里间炕上有喝茶的方桌，碟子里放着奶疙瘩和油炸果条，墙上供奉的佛龛旁边还挂着毛泽东像。佛龛前燃着三炷香，青烟袅袅，味道清淡而不熏人。这是很熟悉的味道，老喇嘛心里一热，有一种久违的感觉。

呼伦奶奶招呼几次，乞丐喇嘛终是没有移步走进里屋去。

身上净是灰土，我坐这里就行。

　　他谦和地笑笑说，就在灶口边席地而坐。外间地上也铺着瓷砖，十分洁净。

　　呼伦奶奶没再勉强，指使花儿把一小毡垫送过去垫在屁股下，又把桌上的奶茶还有嚼咕儿都端过去。勤快的花儿往喇嘛的木碗里斟满热奶茶，放在灶台上，就茶的嚼咕儿也摆放在灶台上。家有客人来，她格外高兴，奶奶每次喊过路的乞丐进屋时，她都好像来了远方亲戚般热情。

　　走的路，远吧？鞋都磨破了。呼伦奶奶透过玻璃门瞧着喇嘛的脚。

　　远，很远，青海那边。老喇嘛说，吹了吹热奶茶轻轻啜一口。又言，好香的奶茶，好久没喝到了。

　　青海呀，这里是东蒙古的科尔沁草原，走得确实不近啊，有两千多里路呢。呼伦奶奶显然清楚这个距离，感叹。接着说：我儿子有一双旧鞋在柜子底下，可能合你的脚。

　　不用了，到镇上我买一双新鞋。喇嘛收了收脚，几分窘迫。

　　那双鞋，儿子早不穿扔一边了，他在镇上开拖车跑运输，不废鞋。

　　呼伦奶奶说着就让花儿把鞋从柜子底下拿出来，送到喇嘛脚边去。还是一双翻毛粗皮鞋，虽然旧了些可看着结实。乞丐喇嘛摩挲着那双鞋，很喜欢的样子，但并不急于往脚上试。

我脚臭，一会儿到井边洗洗脚再试吧，谢谢老施主这样善心，谢谢了，佛祖保佑你。老喇嘛向里屋欠欠身子，合十念佛。

在这儿歇一天脚再走吧。呼伦奶奶这样劝道。

不成啊，要走的路还很远，耽误不起。老喇嘛的眼神变得悠远，望着门外茫茫大地。从他眼睛里闪射出的坚毅目光，屋里的呼伦奶奶也能感受得到，那是一双无比深邃的不被任何世事动摇的目光。

那好吧，你的事重要。还准备走多远呢？

出家的那座庙，快要塌了，庙里喇嘛们都出来化缘，三年后大家回去修缮。

噢，你们够辛苦的，政府也不管管。

管过一点，杯水车薪，叫我们自己想辙子。政府也难吧，如今要管的寺庙很多。

听到这里，呼伦奶奶不再说话。她的眼睛望着窗外远处，似乎也陷入了什么往日的沉思。

喝好奶茶，老喇嘛出去了。去井边洗脚，准备试穿那双结实的鞋，如果不够合脚就得放弃了，路远辛苦不能背多余的物什。

花儿好奇，悄悄跟着去看了一眼老喇嘛洗脚试鞋。很快，她就捂着嘴噔噔跑回来了，一脸的惊愕。

奶奶，他的那一只瘸脚，不是真脚！

说什么呢花儿，不是真脚，那会是什么？

真的，是塑料的，不，好像是钢的，发亮，银白色的，装在小腿上。

奶奶这下"呃"一声长叹，这出乎她意料。迈着一只假腿满世界行走，这个"巴达尔钦·喇嘛"可真够难为他的。过了片刻，乞丐喇嘛从井边回屋来了，高兴地宣布鞋能穿，合脚。呼伦奶奶看着他一脸的皱褶子笑时挤成一团，如老鸡皮，也忍不住乐了。

笑着，呼伦奶奶的眼睛盯住喇嘛手腕上的那串念珠，就不笑了。似乎勾起了什么往事。乞丐喇嘛在外间行走时，她的眼睛时不时地往那串念珠上瞧一眼。也不说话。

歇够了时间，乞丐喇嘛要动身赶路了。呼伦奶奶捐给他二百元，又让花儿往他的褡裢里装了几碗炒米和一些奶疙瘩奶酪。花儿揪住老喇嘛的袍子袖口，有些不舍。老喇嘛举那串念珠往她额头上抚摩几下，嘴里念祝福经。呼伦奶奶从里屋瞅着那串念珠，想说个什么话，后又忍住终没有开口，默默地注目送行。

乞丐喇嘛刚迈出门槛要上路了，突然间，天上轰隆隆响了几下。

远在天边聚集的那堆云，不知何时已移动到这边来了，浓浓的，黑黑的，头顶上如扣了一口大黑锅。紧接着，铜钱大的雨点就噼里啪啦砸下来，干裂的土地上顿时冒起一道道白烟儿。眨眼间，变成了瓢泼大雨倾盆而下，从天上如挂下一张白茫茫的汪洋水幕一样。

喇嘛爷爷，这下你可走不成了呢。花儿拍手乐。

老天留你了，还是等雨停后再走吧。呼伦奶奶也挽留。

没办法只好这样了，老天爷留我继续给你们添乱，没办法。老喇嘛自嘲般笑一笑，又说，好在这样的急雨，下不长，我会很快就动身的。

其实你真的不必这么急着走的。呼伦奶奶说。

乞丐喇嘛说错了，大雨下了整整三天。感觉头顶上的天好像被谁捅了个大窟窿，又好像把那块厚厚的雨云就钉在这片草地上空，这是十年九旱的荒原上很少遇到的情况。行程被耽搁在呼伦格勒，老喇嘛心里十分着急，早看东南天色晚看西边云际，甚至还冒雨赶了一段路，无奈泥泞难行只好又回来投宿。老天这是怎么啦？不光乞丐喇嘛奇怪，呼伦奶奶心里也十分不解。牛羊高兴了，冷雨洗澡身上的虱子虫子会被剿杀，土地上的草木高兴，除了滋润雨水还能浇死啃草根的洞里野鼠。

乞丐喇嘛搭铺睡在灶口边瓷砖地上，身下边铺个老羊皮防凉，上边盖呼伦奶奶儿子用的线毯子，夏天反正冻不着。数千里一路风餐露宿，哪儿没睡过，这个条件对他来说已如天堂。唯一令呼伦奶奶不解的是，这个"巴达尔钦·喇嘛"为什么从那么老远的大西北，跑到大东北的科尔沁草原来化缘？人心不古，百姓生活不富裕，那边讨不到钱，还是因为蒙古草原尚存众多佛教信徒，特意绕远来这里行乞？呼伦奶奶如此这般想着，在里间渐渐入睡。外间灶边，那个老喇嘛躺得很安静，呼伦奶奶渐起的鼾声中，不知他是在睡着呢还是醒着想事儿呢，如只猫一样不发出任何的动静。

半夜里，外边的井边传出了微微响动。

呼伦奶奶即使在酣睡中，耳朵也能捕捉到微小声音，这是多年的荒野生活养成的习惯。初以为是山上的野狼又来偷羊，可羊圈旁的更感性的狗们没有吠叫。窗外黑夜朦胧，她拾起枕边的手电筒，往外照了照。这下看见了，苍白的手电光中有个人影正在井边提水，突然的电光也把他吓了一跳，站在那里尴尬地笑一笑。是老喇嘛，感觉像做贼时被逮住了一样。一手提水桶，一手胸前举掌，为吵醒她而抱歉。原来他是提来水，坐在门口房檐下洗衣服。呼伦奶奶心里好笑，都说喇嘛们爱干净，果然不假。本想告诉外间有洗衣机可用，可一想他悄悄做事未必愿意在屋里折腾，于是作罢。由他忙活去吧，呼伦奶奶继续自顾睡去，呼噜声再起。

第二天一早，花儿先嚷嚷起来。

喇嘛爷爷，你怎么把奶奶的那堆脏衣服都给洗了？

房檐下的晾衣铁丝上，如挂着万国旗。半身瘫痪的呼伦奶奶，有时免不了屎尿沾染内裤内衣被褥，平时都堆放在外屋墙角的土筐里，留给三五天回来一趟的儿子集中清洗。这下可好。

呼伦奶奶脸色窘红。本想也训斥两句多事的乞丐喇嘛，可一见他如一犯错误的孩子，毕恭毕敬站在花儿面前，垂着双手木讷解释夜里睡不着闲着也闲着找点事打发时间等等时，她就不言语了。老喇嘛毕竟是好意。问题是，他怎么忍得下自己的那些脏衣物恶臭？这些年，她的儿子都洗烦了，洗厌倦了，有时统统扔掉重置新的。

花儿，不许冲爷爷嚷，洗就洗了吧，省得放在屋里发臭。

乞丐喇嘛朝花儿挤了挤眼睛。

这一天又是阴雨连绵。不能上路，乞丐喇嘛如一只要下蛋的母鸡般进进出出。

他向呼伦奶奶央求，陪着花儿姑娘出去放羊。

呼伦奶奶告诉他：家里的羊，不用放的，从圈里赶出去就行了。草场都有网围栏围着，跑不出去，也丢不了的。

噢，那我去修修加固一下围栏吧，我看着有些柱子已经东倒西歪了。

乞丐喇嘛的眼睛瞅着远处那些失修已久的网围栏，继续请求，执意找事做。

外边还飘着毛毛雨呢。呼伦奶奶说。

这点雨，虽不能赶路，但做点活儿不碍事的。

乞丐喇嘛在呼伦奶奶无声默认下，戴一顶草帽，扛着铁锹一拐一歪地走出去了。他真是一个闲不住的人，显然做外边的活儿也是一把好手，别看腿脚不利索。

花儿和奶奶，从屋里远远看着他干活儿。整固木桩子，补漏铁丝网眼，再修葺羊圈，活儿干得利利索索，都比老太太的儿子强，成天忙着跑运输见不到个人影，家里活儿能躲就躲能拖就拖。

奶奶，我真盼着天天下雨才好呢。花儿突然这么说。

傻丫头。奶奶笑了，明白孙女的话意。

劝喇嘛爷爷别走了吧，就留在咱家，多好呀奶奶。花儿天真地做起奶奶工作。

喇嘛爷爷肩上担着重要的责任，不能不走的。

不就是乞讨钱，回去修庙嘛。

是啊，那是他的信仰，他一生活着的信仰。

信仰是什么东西呀？花儿突然问。问得奶奶一愣，一时无法回答。

你不用回答，奶奶，我知道的，去年镇上上学那会儿老师教过我们，信仰是共产主义。

呼伦奶奶笑了，不置可否地自语，哦，共产主义……是啊，那也算是个极乐世界，是个美好的梦。

干活儿的乞丐喇嘛扛着铁锹一瘸一拐地回来了，袍子前还兜了一堆新鲜的雨后长出的蘑菇。冲花儿说，那个洼滩上还长着好多呢，花儿，快找个篮子，咱再去捡回来吧。

花儿高兴了，欢欢喜喜地随着喇嘛爷爷去捡蘑菇，穿了件小雨衣，蹦蹦跳跳的。呼伦奶奶看着也高兴，心里想，听说青海那边高原寒冷喇嘛们允许吃荤，如果可以的话，晚上就做羊肉炖蘑菇吧，给老喇嘛补补身子赶路有劲儿。

低洼的草滩上，长着一朵一朵白嫩嫩的小蘑菇。刚从泥土里拱出来，个个像是新出生的小娃娃，头上顶着个小白帽秀丽而鲜嫩，他俩都不忍心下手生生扭断捡拾，结束其生命的美丽绽放。老喇嘛嘴里叨咕着什么，选择性地找些大点的轻轻捡拿，唯恐弄疼了它们。他总觉得祸害任何生命都是罪过，都是不应该，可又很无奈。恐怕这也是他终生的烦恼，无法摆脱的烦恼。

花儿姑娘，为什么不去上学呀，你这么聪明。老喇嘛为排解自己莫名的情绪，如此问。

学校都搬到镇上去了，住校又花费大，爸爸忙着跑运输没人陪读，也没人照顾奶奶，我就退学了。但我奶奶能教我学课本，她原先是小学老师。

花儿小鸟儿般说着，看不出丝毫的不高兴或失落的样子。

噢，原来是这样。那你妈妈呢？

妈妈她……去年跑运输出车祸，没了。

小姑娘顿时黯然神伤，脸沉下来，有点抹眼泪的样子。老喇嘛拍拍自己嘴巴，后悔瞎打听事儿。他不知如何安慰小姑娘才好，半晌无语。老少两人默默捡着蘑菇，潮湿的草地上，到处留有一大一小的脚印，如印刻的泥花。细雨中的荒野更加寂静了，都能听见蘑菇拱出土的沙沙声音，而一根根斜飘的雨丝如琴弦，在为她们的出生伴奏。

还是花儿先打破了沉默。

喇嘛爷爷，你这么辛苦乞讨要钱，还瘸着个假腿，什么时候是个头儿啊？对了，你这腿是怎么瘸的呢？

童言无忌，不管不顾地这样问。

说起来话长啊，孩子，你真想听吗？

真想听，我就愿意听故事，奶奶给我讲过好多的老故事神鬼故事。

老少二人，就地坐在土坡上。

一段遥远的往事，便从老喇嘛嘴里慢慢流出来。

——爷爷年轻时腿脚并不瘸。老家青海那块地方叫"德都蒙古"，挨着西藏，知道西藏吧，那边的国境上出了大事。爷爷就被征去当兵了，还是个骑兵呢，骑马挎枪风一样奔驰，威风得很。开始时我们吃了败仗，对方的武器厉害，我们地形不熟，死了好多人，只好先后撤。我那会儿小才十八岁，都不知道在跟谁打仗，先以为是跟俄国老毛子打，后来连长告诉我们，是印度人。那些印度兵，黑不溜秋的被太阳晒干了的紫茄一样，冲锋时先念一会儿经，说是念的刀枪不入经，挺唬人的，使的全是英国美国造枪炮。仗打得惨呢，海拔四千多米的高山上，人喘不上气，战马都跑炸了肺子，你想想。知道昆仑山喜马拉雅山吧，就那里，世界屋脊，印度人还叫成什么"天堂门口的战争"，我看就是地狱门口的

杀戮。无缘无故地听英国人撺掇，闯进麦什么洪线的这边地
界来，流血打仗。

　　——后来，援兵来了。从漠南蒙古高原来的骑兵，马
好人猛，我们这些来自青海的"德都蒙古"士兵也补充到他
们那里。蒙古草原的战马肺活量大，耐力强，所向披靡，印
度人再念经也不管用了，我们很快把他们赶出藏南夺回地
盘。一个据点一个堡垒地打，零下二三十度，下到齐腰深的
冰河架桥，渴了吃雪饿了啃冻馒头糌粑团。最危险的事儿
是，遭遇印度人埋下的地雷。我的班长叫铁木勒，一口东部
蒙古腔，马术好枪打得准，性格活泼，打仗总是冲在最前
面，大伙儿叫他打不死的铁疙瘩。我们是尖刀排，排长率领
大家追击时闯进了雷区，排长连人带马炸飞了。身体残缺不
全的排长，用最后一口气往前滚着，继续引爆埋雷开路。我
跑在排长后边，也被炸昏在地上，突然感觉被人如小羊羔般
拎到马背上往前冲，一看是班长铁木勒。这时才发现，我的
一条小腿炸没了，零碎在空裤管里丁零当啷挂飘着，血如水
一样往外流。铁班长挥着战刀喊，小子快把裤管扎紧，别让
你的血流干了，我就在他怀里扎紧了裤管。跑着跑着，又一
声炸响，这回铁班长连人带马被炸飞了，我们掉进一个小石
沟里去，铁班长躺在我身边。当时我在班长怀里没再受伤，

可班长就惨了，炸弹碎片全扎进他的后腰和胸肋内，人只剩一口气，奄奄一息。唉。十八岁的我，抱住铁班长号啕大哭，没有一点儿辙。我是吓坏了，嘴里只喊着班长你别死，班长你别死——

老喇嘛陷入沉默。有些讲不下去了。撕开了往日刻骨的伤口，痛苦使他嘴唇微微颤抖。

后来呢？花儿揪着心，不放松，继续追问。

旁边有一个隐蔽的山洞，我把班长拖进山洞里去，等候救援。我流血过多，一时清醒一时昏迷，也不知过了多久，始终没有等来救援。也许，那会儿部队已冲过去转战别地，也许早把我们列入阵亡名单，因炸飞后掉进山沟了嘛。只能自救，不能等死。零下三十度寒冷，我的断腿那儿血已冻僵不再流出，铁班长是全身瘫痪，人虽然苏醒过来但只有胸部以上能动弹。我爬出洞口一看，周围已经没有人烟，死一样安静，好像这里从来没有发生过战争一样，天那么近，云那么近。洞口有班长的战马死在那里，我就割些马肉带进洞里来，和班长一起生吃马肉，渴了吃雪。洞壁上长有干草菌类，我就拿它取火取暖，整整熬了一个多月，又熬了一个多月。马肉吃光了，能啃的菌类啃光了，能烧的东西也烧光了，班长劝我说你走吧，自己早晚是个要死的人，不要守着他了。我不肯，要死一起死，绝不会丢下他自己走。有天夜里，铁班长从怀里拿出一串紫黑色小粒念珠，送给我说，这是他出征时新媳妇送给他的护身神物，祖上传下来的，还称自己家在遥远的科尔沁。我感到班长的目光有些异样，脸色铁青，我赶紧抱住他的头，抹眼泪。接着，他轻轻哼起一首歌，反复地哼唱这首歌，整整唱了一夜。那是一首很苍凉的歌。天亮时分，班长静静地合上双眼，唱着那首歌静静地走了——

老喇嘛哽咽起来，花儿的双眼也浸漫泪水。

那是一首什么歌呢？花儿低声问。

老喇嘛的嘴唇颤抖着，轻轻哼出那首歌来：

> 坐在黄金色草原的源头上，
> 我想念远方的亲人，
> 在愁苦中唱起了歌；
> 在这没有纸的地方，
> 我撕下了衣襟当信纸，
> 在这没有墨的处所呀，
> 我咬破手指以血来书写——

此时，小花儿在一旁幽幽地说，我也会唱这首歌。

只见她含着泪缓缓启口，接着哼起这首歌的下半段：

> 遇见我的父亲，请你告诉他吧，
>
> 我还在归去的路上——
>
> 遇见我的妻子，请你告诉她吧，
>
> 我还活在人世间——

稚嫩的嗓音，让这首歌的旋律变得更为伤婉，悲凉，穿透心灵。

老喇嘛愕然，盯住花儿惊问：花儿姑娘，你怎么会唱这首歌？

是奶奶教我的，她独自一个人时，老唱这首歌。花儿拿手背抹一下眼角，悄悄说：喇嘛爷爷，告诉你一个秘密吧，奶奶的丈夫我的爷爷，听说当年也去当兵打仗，走了以后再没回来。奶奶一生没再嫁人，我爸爸是她领来的养子。

原来是这样。老喇嘛失声，半天说不出话来。

他突然感到，这是冥冥中的天意。这么多年来自己苦苦寻觅，今天来到这里，是佛的指引，是天意。感念中，他侧过头眺望不远处的那座土房，忍不住泪水再次静静往下流淌。慢慢地，那两行泪水犹如两条河流，淌过他那张布满沟壑的脸庞，流过塌陷的嘴角和下颌，滴落在袍襟上，很快把那块儿袍襟湿透。

喇嘛爷爷，后来你是怎么离开的那个山洞？

我一个人不能再在山洞里熬下去了，没吃没喝的，只好把班长遗体掩埋在山洞里，自己离开。瘸着腿，连滚带爬去寻找部队。遇到一位当地的藏民告诉我，仗已经打完了，两国签下停战协议，中国部队已经放弃藏南这块儿离开了，现在印度人又回来占领了这里。我一听傻眼了，怎么会这样呢？政府真大方啊。我一下子心灰意冷，放弃寻找部队的计划。然后一路乞讨，艰辛无比地悄悄回到青海老家，找一座小庙出家当了喇嘛，反正我是已阵亡的死人。终生遗憾是，把班长遗骸就那么留在不知名的藏南山洞里。唉，说那里是世界屋脊，神住的地方。

老喇嘛的故事讲完了。脸色如铜铸般凝固，泪水也凝固在脸上。因一时血液偾张，使得那张脸变得扭曲，更显刚毅而坚硬。后来他的情绪渐渐归于平静，眼神也平和许多，整个神情又恢复了平时的超然和落寞的样子。

雨，终于停下了。

黎明时分，"巴达尔钦·喇嘛"悄悄离开呼伦格勒。

走之前，他长跪在呼伦奶奶窗户前的泥地上，久久念经文，手里数着那串黑紫檀小粒念珠。随后，他匍匐着把那串念珠郑重留放在窗台上，下边垫着一块写有字符的黄布手帕。那些字符，发着陈旧的黑色，如血。

一切皆缘。相遇是缘，相去也是缘。

他轻轻站起，转过身，一瘸一拐，头也不回地离去。

在黎明前的黑暗中，屋里的呼伦奶奶倚坐炕墙，眼睛如烛。当见到老喇嘛把小粒念珠留下，还有那块黄色布帕时，泪水终于涌满她的双眼。这是一场几十年的漫长等候，漫长守约。静静地看着，她一动不动，一言不发。微红曙色中，凝固的她如一幅神殿里的女神雕像。

半个月后，一个放羊人在小溪边发现了乞丐喇嘛的遗体。在一片干净的白色沙地上，他盘腿而坐，双手合十向西，脸呈安详坐化，夙愿已了，再无挂念。不知从哪里来的两条黄狗，始终守护着他遗体，不让闲人杂物靠近。令人称奇。

民政部门收殓了他的尸体。从褡裢内留有的证件得知，他叫次仁桑布喇嘛。按照地址，把他化缘得来的一万三千六百九十九元钱，一分不差地寄给了那座待修缮的小庙。

呼伦奶奶让儿子领回来老喇嘛骨灰，安葬在他曾经捡蘑菇的那块草坡上，能望得见西边远处，望得见家乡那边。

每天，呼伦奶奶不时凝望那座新坟出神。

如是望着早年送郎出征时的铁木勒。

她的铁木勒，是那么的英俊勇武。

半年后，呼伦奶奶也去世了。儿子把她安葬在离老喇嘛的不远处，让两位懂得人生的人相互有个伴儿。之后，花儿她爹处理了牧场和羊，带着女儿搬到镇上去住，这里就彻底荒废了。

草青了黄，黄了又青。风吹来，又吹走，雨下过又放晴。

两座坟，终被荒草遮没。世人谁也不知道，这里埋葬着的那段遥远的故事。

人们只是依稀记得，这里荒原上曾有过一座房一眼井一羊圈，叫呼伦格勒。

很多年过去之后，从城里来了一位年轻的女大学生，久久地坐在那个长蘑菇的草坡上，默默流眼泪。手里拿着一本杂志，上边记录着她写的那个遥远的被遗忘的故事。

呼伦格勒的晚上，自此更是静悄悄，亘古的静悄悄。

再过了些年，呼伦格勒这地名也被彻底遗忘。世人已不知还曾有过这么一个地方，发生过那样一段故事。呼伦格勒似乎从未存在过。

　　但风知道。

　　为纪念曾卧床十八年的老母亲而作。

　　老喇嘛遗留的紫檀念珠至今献放在家里佛龛。

一个女孩的大雾之夜

那会儿，我背个黄书包满世界游荡，从这村走到那村。

有一天，从花犊子公社下长途汽车，扬起的尘土落定后发现，路边除了我另外还站着一个女孩。灰头土脸，从额头挂下来两三道汗泥印，如斑马线竖着裹卷到下巴上，留着男孩子的寸头，一件蓝布褂补丁加补丁倒也洗得发白，也背着一个黄"军挎"。那会儿车站或小镇上常遇见这等模样的青年男女，三三两两，说是城里来的"知青"，个个浑不吝的样子。

我正琢磨着上前搭讪一句，打听苏根塔村怎么走，人家头也不回地走开了。眼神淡淡冷冷的，像护羊犬的目光，除了一丝悲天悯人外剩下的全是警惕。

不远处飘着一家饭馆的幌子，进去时没几个人，食物笸箩里只剩四张已变冷的韭菜馅饼。我刚买下要端走，风风火火走进来刚才那位女"知青"，也要买吃的。开票的麻脸汉笑嘻嘻地说，黄雀儿妹子，这会儿才来，早说我不就把那四张馅饼留给你了！厨房关火了，除了蟑螂啥也没了，嘿嘿。

麻脸汉有意把"雀"念成"qiaoer"，带几分戏谑意味。

她并不在意，失望地扫一眼我手上的馅饼，很快转过头去。

麻脸汉又开口说，哥家离这儿不远，要不到家去吃吧，哥给你烙张葱花饼喝蛋花汤。

不了不了，我还急着赶路呢。她并不拿正眼瞧那热情的麻脸汉，转身走人。

等等，我不知当时想的什么一张口就喊出去了，这一喊不要紧，喊来了一生最刻骨铭心的一段经历。她站住了，回头瞧瞧我。

这馅饼，你吃吧，我不要了。

你让给我？那你呢？

包里还有两个干巴馒头，蘸他们点酱油吃吃就行了。

她迟疑，显然是饿了，盯我手上馅饼的眼神像狼一样狠狠的。我把馅饼退给麻脸，找回钱，然后坐一边掏出馒头啃，又去水缸那儿舀来一碗水就着喝。她看了我一眼，犹豫着买走那四张馅饼坐一角默默地吃着，一脸心事的样子。

我向麻脸打听去苏根塔村的路，他一听就嘿儿嘿儿乐了。

你就跟黄雀儿走就行了。

这时吃完馅饼的她，站起来，冲我点点头说一句，跟我走吧。目光依旧超然而冰冰的，话也不多，只一句。

苏根塔村还有二十五里沙坨子路要走，不通汽车，只能徒步。秋日的午后斜阳，依然毒毒的，望一眼前边茫茫沙路心里不由得发怵。黄雀儿一上路就自顾一人前边走去，不屑和我并肩同行。我也知趣地默默跟在后边，一抬头便瞅见她瘦瘦的肩膀瘦瘦的屁股在眼前晃，手里还拎着个包裹。我的上司王站长曾开涮我说：你这年龄的"生个子"马哟，见母狗都起性。可现在，看着眼前这只蹶哒蹶哒赶路的小"母狗"，我一点感觉都没有，想着那话我忍不住笑起来，嘿嘿嘿——

你傻笑什么？她回过头绷下脸，以为我在后边笑话她。斥责说，你这人怪怪的，别打什么歪主意啊，姑奶奶手上带着家伙呢。说着就亮了亮右手里攥着的一把剪子，之前一直被包裹挡着我没看见。

喂喂，姑奶奶，你想哪儿去了，借我三个胆儿也不敢呀，满天下谁还敢惹你们北京来的"知青"呀，贫下中农称你们是睡在毛主席身边……啊不，从毛主席身边来的客人！

又胡嚼不是！她差点扑哧笑出来，绷住脸，知道就成，也有胆儿大的——欲言又止。

像那个麻脸汉？

他家的葱花饼可不是好吃的，当然也有发贱的。

她转过身，又一蹶哒一蹶哒在前边迈开了步。怕她再疑神疑鬼，我在她后边拉开了一段距离走，彻底放弃跟她聊天打发时间的打算。沙坨子路很荒凉，一片片起伏的沙包沙坨，连个像样的绿草都瞧不见，还不如我们广播站王站长的秃头，后脖颈上好歹长着几根黄毛。路景累眼睛，走得寂寥，我索性从黄军挎里拿出一本快被翻烂的小说，边走边读，反正旷野上连个耗子都没有不用担心撞到什么。

她在前边似乎说了一句什么，回头见我的样子扑哧乐了。一笑她那张脏花脸倒显得不怎么难看了，还很生动。嗬，走路看书，也不怕跌跟斗，什么书让你这么上瘾？

我把书向她晃了晃，随便说，闲书，赶路无聊，打发时间的。

牛皮纸包着书皮，她看不清，固执地想知道书名。

你非要知道？

她用力地点点头，我见她站在那儿不走的样子，只好打开包书的牛皮纸。

《简·爱》？她眼睛登时亮了，啊，听说过这部书，另一村知青点有一本，就是不肯借给我们看。

我也是从学校图书馆偷出来的，嘿嘿，别告诉他人啊。我故作神秘状，那个年代这类书的确是紧俏货，属于半个封禁读物。

咯咯咯，见你一头卷毛，不像好人，没想到办事还挺正点。

你也这么看我的头发，我完啦，娘啊，你为什么肚子里就给我一次性"烫"头发？洗也洗不掉！

她又被逗笑了，咯咯咯，没办法，现在八亿人民审美标准都一致，烫鬈发就是代表资产阶级，电影里刺杀列宁的女特务就是一头鬈发！她然后一本正经地端详着我说，不过你嘛，看着还蛮老实，心挺善还知道让人。

谢姑奶奶夸奖，你还是把那把剪子攥在手里的好，兴许我一会儿会变坏。

呵呵，你还挺逗哏！咱那村子，没听说过谁家孩子在城里读大书呀？你是去串亲戚？

不是读大书，也不是串亲戚，是去乡下串饭！

串饭？她没听懂，疑惑地看我。

我只好如此这般把自己的情况大致告诉她。

原来你是旗广播站的大编辑！真没想到！下来采访，村里应该派马车来接你才是！

可不敢摆那谱儿，回去我们那王站长会扒了我皮！我赶紧摇摇手，苦笑说，本来王站长派我下乡时训我说，你这刚分来的学生娃子还缺练啊，成天抱些烂书看，一头鬈发像烫了似的，典型的资产阶级思想流毒，听说你还一闲下就上街瞎逛，这保康镇哪扇门后边藏着几个姑娘，你都门儿清了吧——我挤着嗓子惟妙惟肖学话，让黄雀儿笑弯了腰。

你听听，他当我是春天发情的牙狗了！他哪儿知道，因广播站没有食堂，我是顿顿上街找便宜饭馆买窝头馒头或一碗面条！所以他一派我下乡，我高兴得就像只从笼子里放出的猫头鹰，嘎嘎叫！

看出来了，黄军挎里放一本《简·爱》和两个干巴馒头，满世界游荡。她又叉着腰站在那里，嘲讽道。

不是游荡，是采访！当然，也可以称为来乡下串饭！

这年头，来我们乡下串饭的还真不少——她冷冷地噎我一句。

什么意思？还有人抢这一行？

你不知道现在满农村全是从上边来的"学大寨工作队"吗？咱那苏根塔村就驻扎着二十个人，天天挨家吃派饭，老百姓自个儿都没啥吃的，都犯忧给他们做啥嚼咕儿喂饱。

天啊，那我的饭辙又成问题了呢，老天爷呀，你可别饿死我这只瞎家雀儿啊！我哀伤地呻吟。

这可真不好说，听说当年这屯子抬出去过不少饿殍。她又挤对我。接着轻轻叹一口气，不再言语，似乎又想起了自己什么心事，转过身去默默走路。

这两年我也见过不少知青，个个都理想啊浪漫呀的，她的样子怎么就这样怪怪的，心情时好时坏，一张似乎从未打理过的脏花脸时阴时晴，手里还时刻准备着一把剪子，想跟谁拼命。我暗暗摇头，不再打搅她。想起自己马上面对的饭辙事，不免也叹气。

走进苏根塔村时天已黄昏。

绕过一幢幢东倒西歪的土房，按照黄雀儿的指点我找到村队部。绿漆板门上挂着锁，有个豁牙子的小孩儿告诉我，队上的人都在黄毛家，他家死人了，你到那儿找他们吧。

我听后身上一激灵，心里说真背，去闯死了人的家门，合适不合适？可不去，找谁解决饭辙？那豁牙子鼓励我，去吧，全村的人都在那儿喝丧粥呢，可香了，我都喝两回了。

死的什么人？这么大排场。

俺村"贫协"主席苏爷爷，队上管粥。

难怪呢。我问清了地方，大着胆子摸过去，怎么也得赶个丧粥吃呀。有两只乌鸦在老树上咕呱叫，这鬼东西嗅觉真灵敏，从很远的地方就闻到死人气息。据说，人死后由它们引领亡魂去阎王爷那儿报到，结算活着时的善恶账。也有说，人死后若来黄莺啼鸣，说明那亡魂将直接被引到天堂极乐世界不用下地狱了。照此说，这位"贫协"主席老爷子是要先去阎王那儿报到，算清账目了，如当年村里饿死人有没有他功劳呀，这几年"运动"中"革"了多少人"命"啊，等等。

两间歪歪扭扭土房，家徒四壁，"贫协"主席真名副其实。屋里屋外都是人，有的蹲着有的站着，有的在哧溜溜喝粥，有的喝完了手捧着空碗左顾右盼不知等候什么。静悄悄的，这么多人一点声息都没有，弥漫着一股令人窒息的压抑感。村领导在里屋，我顾不上其他，低着头往里进，因闻到丧粥香后肚里饿虫都爬出来咬肠子了。

里屋点着好几根蜡烛，挺亮堂。外屋的木板上躺放着死人，上边盖旧毯子像是在睡觉，不知为什么还没入殓。里屋土炕上一老太正无声抹泪，有位二十七八岁的年轻人在一旁劝慰她，穿孝服的晚辈在里外走动着招呼人。屋地角，有一人正嘎噔嘎噔踩着一台缝纫机，忙得顾不上抬头，似乎正在赶制丧服。难怪还没入殓，原来"主席"老爷子是在等候最后的正装，以便追悼会上接受全村老少三鞠躬。"贫下中农协会"当时是农村较权威的基层组织。那位缝纫手的瘦削肩背十分眼熟，我差点叫出来。见她顾不上看人的样儿，我没敢唐突。有人往那位炕上哄老太的年轻人耳边嘀咕几句，他转过脸看看我，不冷不热地问，你找我？

我找苏根塔生产队的领导，我是旗广播站来的。

有什么事？跟我说吧。那年轻人态度依旧不冷不热，透着一副故意的严肃。有人悄悄告诉我，他是新建村党支部巴书记。我心里暗暗吃惊，这么年轻。其实那会儿全国上下正重建党组织，提拔任用了好多"优秀"年轻人，成为"文革"后期一道风景。

巴书记，这是我的介绍信。我赶紧拿出介绍信递过去。

看完信，他上下打量着我，似乎有几分意外，你是来采访的？可咱这村有啥采访的呢？采访死人？

不不不，我们站长说你们村出了一位英雄，为救集体一头母牛献出了自己生命。

哈哈哈——巴书记突然爆笑，又意识到这么笑不合时宜，马上闭住嘴，接着正下脸告诉我，咱村没那福气哟，他是东苏根塔村的"英雄"。

东苏根塔？那这里是？

西苏根塔。

天啊，那东苏根塔——在哪儿？

自然是在东边喽，从这儿往东再走十五里，就到了。巴书记脸上闪过一丝幸灾乐祸的笑纹，把介绍信还给我，重新坐回老太太旁低声说话，不再理我，态度比屋里的气氛还阴冷。

我顿时傻了，呆若木鸡，心里懊恼着想喊出来，站在原地，一时不知如何是好，求救般地望了望屋角那个瘦弱的背影。只见她踩缝纫机的脚慢了那么一下，还是没回过头来看我，继续低着头忙活儿。唉，想指望人家是不可能了，四张馅饼的情连句帮衬的话都换不来，兴许心里还笑话我像只无头苍蝇般瞎窜吧。现在，只好拉下脸去求那个拒人于千里之外的书记大人了。

巴书记，这事闹的哈，整差了，都怪我不细致误会了，嘀嘀——我结巴着，干笑着，让眉毛鼻子都挤出笑模样，你看这天已经黑了哈，我也不好黑灯瞎火地赶路了，又不认路，麻烦巴书记，咱村上能不能安排个吃住啥的？帮帮忙，嘿嘿嘿——

噢？你还没吃饭哪？哎呀，这事整的，都这么晚了，真不知你是从哪儿冒出来的，俺队部那儿也没有伙房，要不，你就在这儿喝碗粥凑合凑合，行不行？

行，行。

二嫂子，给这位旗里来的客人装碗粥吃吧。

外屋有个妇女应声进来说，巴书记，粥吃光了，连锅巴都撬味没了，就剩下给黄雀儿姑娘留的那一碗了。

瞧瞧，你来得真不凑巧呢，今晚全村没起火，看来你得熬一宿挺挺了。

我顿时从头凉到脚，没想到这巴书记会这么说。

二嫂，把我的那碗给他吃了吧。缝纫机前的黄雀儿这会儿突然开了口，很随便的样子，也就这么说了一句，依旧咯噔咯噔缝着丧服头也不抬。

这哪儿成！那位巴书记却不悦了，十分关切的样子，你忙活一天了，一大早去城里买布，回来又赶制，连一口热粥都没顾上喝呢——

下晌我在花轿子吃过几张馅饼了，还不饿，饿了回去自个儿再做点儿就是。二嫂，快端来给他吃了吧，打发要饭的也给点吃的不是，何况人家是旗里下来工作的。她的声音不大，口气坚决，暗中还挤对着我。

我笑不出来，但心里一时热乎乎的，看着她瘦瘦的背影，不知说啥好。二嫂见巴书记不再吱声，就依着黄雀儿意思领我走到外屋，从大锅里端出那碗温着的粥递给我。在灶台昏暗的灯光中，伴着旁边那死人"主席"，我风卷残云地狼吞了那碗苞米糁子粥，感到长这么大这是最好吃的一碗粥。趁肚里有了点热乎气儿，我鼓鼓勇气再走进西屋，答谢巴书记说，巴书记，真谢谢你们了，唉，下边，这、这——

嗬嗬，解决了肚子问题，还想解决睡觉问题，是不是？你老兄不知是咋闯进俺村来的，还黏上了哈，不瞒你说，队部炕现在住满了工作队，一个空铺也没有，老百姓家又没盖的——他掰着指头算起村里各户。

工作队不是去公社开会了吗？黄雀儿在那边又说一句。

他们一会儿就全回来，队里的两挂马车全派去接他们了，所以没车去花犊子接你。咦奇怪，你对他的事还挺关心的哈，难道你俩认识？巴书记的目光锐利地闪了一下。

不不，我是随便说说。黄雀儿赶紧摇头。她这样又把我给弄糊涂了，认识就认识，有什么好隐瞒的，不知她葫芦里装的什么药，云山雾罩的。

嗯，队部大炕招不开，百姓家又不合适，那就只剩一个地方了。黄雀儿又说话了，这会儿她显得倒大大方方。

哪儿？

我们知青点的男宿舍，正好有铺，还有盖的。

嗯，这倒是个办法，可是你们那男舍炕，半年没走火了吧，又潮又凉的，行吗？巴书记转过脸看我，那劲儿恨不得我马上摸黑滚出他的村子才好。

我赶紧回答说，没关系，俗话说，傻小子睡凉炕全凭火力旺，一宿的事打个盹儿就挺过去了，我就当一宿傻小子吧。

巴书记的嘴角歪了一下，挤出"嘿儿嘿儿"两声干笑。

跟着黄雀儿来到知青点时，已是夜里十点多钟。

那栋黑乎乎的知青点房子，静悄悄，没有灯光没有人声，好像也死了人般一片沉寂。我好生纳闷儿。

他们都睡下了哈。

谁们？

其他的知青们啊，男生女生。

黄雀儿摸着黑捅开那栋房门锁，边说一句，没有其他人。在这儿等着啊，别乱动。

进了外屋黑咕隆咚，什么也看不见，我想动也动不了。只见她从门口灶台处摸着火柴，点着了墙上一盏油灯，接着打开左侧西屋的门锁，很快走出来，手里拎着一把钥匙，又打开了东间屋的门锁。

这东间是男舍，你进来吧，串饭的。她冲我招招手。

一股潮气、霉气扑面而来。她点着了一根蜡烛，有只大黑蜘蛛从窗口织网处仓皇逃去，也有一只不知怎么钻进来的家雀儿忘了出去的道儿，扑棱扑棱乱飞乱撞，搞得满屋子冒灰尘，最后从窗户上方一小窟窿吱溜一声窜出去了。偌大土炕上只有两个铺位，一处铺位的行李用绳捆得整整齐齐放在那儿，另一铺位被褥倒没捆着，叠卷在那里随时可以打开睡。铺位一侧有一溜三四个旧木箱。

别听巴鹰书记说得那么邪乎，这铺被褥我常拿出去晾晒，不潮，一会儿再往炕灶里走点火就行了，你不用担心睡凉炕。黄雀儿安慰我，她淡淡的目光落在这一铺被褥上时，格外闪了一下。

我心里很惊讶，原来她一个人在这儿过，跟蜘蛛麻雀一起。

你们点儿上的人呢?

我不是人啊。

你当然是人，还是天下难得的好人，可其他的平时趾高气扬成天说毛主席派来建设新农村的男生女生们呢？

他们——都走了，先不说这个了，快过来帮我烧火，弄点苞面贴饼子吃，我可是饿坏了，不像你好歹还吃着一碗粥。她接着轻叹一声，自语般说，过一会儿，这里也许不得消停呢——

不得消停？什么意思，这儿闹鬼？

比闹鬼还闹——你就别好奇了，跟我来烧火吧。

我又被弄得摸不着头脑，跟着她在外屋灶台处忙活开了。她和面，我往灶口塞柴草。大锅底放进两瓢水，她把和好的面双手团巴团巴很熟练地沿锅边贴了一溜，那饼子个个人脸那么大，三天都吃不完。

贴这么多？我问她。

这是广积粮，以备不时之需，又多了你这专门来串饭的，咯咯。

回到村里第一次听见她这么笑，心情稍畅亮了些。不知是遇死人还是因那个阴冷的巴书记，我心里一直有股压抑感。她挨我坐灶口添火，一边说起他们知青点的事。最初这个点儿有十个学生，五男五女，后来上"工农兵"大学走两个，招工走三个，病退两个，一个嫁了公社干部儿子，一个转到另一知青点。

哇，这个点儿，现在就靠你一个人支撑着？真了不起！我感叹。

倒霉的命呗！没别人本事大"奉献"大，离不开这儿，哼！只要有一丝机会，姑奶奶立马扇翅膀飞走，回北京！她狠狠擦一下眼角，不知擦的是汗水还是泪水，愤愤。锅里的贴饼子熟了，她揭开锅盖放气，然后拿铲子揭下两个大饼子放在碗里连一碟酱葱塞给我，去吧，回你的男舍吃去吧，那碗丧粥撑不到天亮的。

你不跟我一起吃？

谁跟你一起吃，没脸没皮！孤男寡女在这儿一起吃饭，成何体统？有人会想要拧断你脖子！

谁这么恐怖？这儿还这么封建？

算了，不跟你多说了，快去吃吧，过一会儿就明白了！

听她又说这么一句，我心里咯噔一下。只见她走过去把外屋门插上闩，又拿根粗棍顶上，然后这才拿两个贴饼子和酱葱自顾回西屋去，连看都不看一眼在一边发愣的我。只听见西屋门咯噔一声响，从里边也插上了。

妈呀，她这是防盗防贼还是防恶鬼？这阵仗真让人身上发冷起鸡皮疙瘩，我不敢待在外屋转身回东间，也想插门，可男舍门没有门闩，只好由它去了。

刚吃完一个贴饼子，就听见外边有动静了。有人敲门喊话。

小黄！黄雀儿！开开门，是我！

我一听，是巴书记的声音，吃了一惊。这可出乎我的意料，难道防的是他吗？不会吧。一个村里的党代表，好得不能再好的根红苗也红的好人尖子革命青年，对他有什么可防的呢？我马上否决了自己的判断。

巴书记又喊了一嗓子，西屋的那位才有了回声，是巴书记呀，有啥事吗？

是这样，明天给老"主席"开追悼会，我是来想跟你商量着一起起草追悼词，快开门让我进去吧。

巴书记，我正在洗澡呢，你进来不方便。你去找工作队的同志商量吧，他们可比我高明，更专业。

工作队的人还没回来，我着急着哪！

这咋整好呢，这一天可把我累散架了。西屋里一时缄默，显然在想着对策。有了，东屋的客人是旗广播站的大编辑，墨水高，你求他帮一下好不好？

我吓了一跳，姑奶奶哎，你怎么把祸水引向我这边来了呢？我似乎看见她在那里坏坏地哧哧笑的样子。姓巴的真要是找上来，欠他一碗粥和没赶出村的情我还真不好拒绝，那这一夜就甭想睡觉了。其实我真傻，项庄来舞剑，那意思是在我身上吗？

巴书记还要开口，正好，这时从远处传来了有人喊话声。

巴书记，工作队的人回来了！叫你快过去哪！

啊哈，谢天谢地！这一下解救了我，也解救了她。

知道了！我这就过去！巴书记悻悻然，声音里透出十分不快不耐烦的样子。这时，我突然看见我屋的窗玻璃上，贴上来一张扁扁的人脸，吓了我一跳。

葛大编辑，睡这里还行吧？嗨嗨嗨。巴书记那双圆鼓鼓的鱼眼，透过玻璃窗扫视了一遍屋里，又说，你就好好歇着吧，别胡思乱想啊，做个好梦！

是，是，不胡思乱想，做好梦。我心里嘀咕，我有啥可胡思乱想的？对了，他这是有点警告我的意思，真逗，有啥警告的？怕我对那边的她胡思乱想吗？你可饶了我吧。

外边的脚步声走远了，屋里屋外又恢复了宁静。夜色沉沉的，天上连个星星都没有，而且忽然间下来了很大的雾，白蒙蒙潮乎乎的，只见一股股浓浓的潮气往屋里涌，像瀑布。看来要下雨了。

这时，西屋的门咯噔一声轻轻推开了，我赶紧也开门看看，只见黄雀儿光着脚悄悄走到外屋来，冲我吐了吐舌头，手里还端着个洗脸盆，自语道，这回姑奶奶可以洗洗脸卸妆了。

我没听懂她意思，问她，原来你是在防他呀？

你以为我防谁？

盗贼或者鬼什么的。

盗贼或鬼？哼，告诉你，现在人比鬼可怕，比盗贼可怕。

她从水缸里舀水，再端着脸盆回她西屋去洗洗涮涮，折腾半天后出来，冲东屋里的我嘱咐一句，别看书了，抓紧熄灯睡觉！兴许过会儿还会闹鬼，消停不了。

啊，还来呀？我忍不住喊。

有可能的。这个人顽固得很，不到黄河不死心。他要是问你，就说我有急事去前村南苏根塔知青点了。

还有个南苏根塔？我的妈呀，我算是掉进苏根塔迷魂阵了！

掉进来的何止你一个。你有啥担心的，明后天就能走出去，可我呢，何时是个头儿啊？一想想就害怕！奶奶的，如果——到最后真走不出去，姑奶奶宁可去上吊！她发狠道，咬牙切齿地。

别别，姑奶奶，你可别往绝处上想！窝头会有的，奶牛会有的——听我胡嘞嘞她又咯咯笑了。我趁机问她，一会儿你真打算去南苏根塔躲避呀？

躲他个头哟！姑奶奶这么跟他周旋，也不是一天两天了——给你脸盆，出来拿一下，你也洗洗脸洗洗脚，别那么脏兮兮的，那床被褥我可是前几天才拆洗过。我在屋里笑了，她还嫌我脏？

这是谁的被褥呀？不是都走光了吗？啊，我明白了，这是给别人——那个人——备留的吧！

你胡嚼什么呀！要不要脸盆了？她生气了。

要，要！我赶紧放下书出来接脸盆，在外屋油灯光下突然看到她洗干净的脸，一下子惊呆了。

你昏了头了？不接脸盆，像只苍蝇死盯着我的脸干吗？她冲我翻白眼。

我的妈呀，你还是个不大不小的美人、美女哎！我明白了，原来你是故意往脸上抹锅灰装丑！哈哈，你真超前，光听说过去闹土匪兵祸时村里姑娘媳妇这么干，现在可还没时兴装丑之风哩，乖乖——

她眨巴着大大亮亮的眼睛，扬一扬黑黑细长的眉毛，翘翘的小鼻子两侧小酒窝里盛满讥讽的笑容，俏丽的瓜子脸上呈出不屑人的傲气，冲我冷冷地噎一句，看你这傻土包子样儿，也没见过什么美女！我这倒霉模样还算美女？你可拉倒吧！快去洗你的臭脸臭脚去吧，别像个色鬼似的盯着我发傻！记住我交代你的话，一会儿编得圆乎点！

说完，她扭摆着只穿薄薄花睡衣的娇小身段，走回西屋去，留下一路雪花膏香。只听咯噔一声插门，噗的一声吹灭蜡烛，然后什么动静也没有了。

我突然有一丝怅然若失的感觉。

望望那关紧的对门，望望屋外黑黢黢的雾夜，不知为何我长长叹了一口气。有只秋蛐蛐不知在屋里的哪个暗角里孤独地鸣唱，吱吱嘤嘤，声音哀婉动情，还透着一股坚韧。

外边的雾，这会儿似乎变得越来越大了，一个劲儿从门缝里涌进来。

我舀了水，回屋抓紧洗脸洗脚，然后打开那铺现成的干爽被褥，舒舒服服地躺进去。这一天猴儿累的，不管三七二十一，吹了蜡烛我倒头就睡过去了。

不知过了多久，我被一阵敲门声和不太高的喊话声给吵醒了。

小黄，小黄，你醒一醒！果然还是巴书记。

黄雀儿那边鸦雀无声。

小黄，快醒醒，这事还真得你来帮忙！快醒一醒！

黄雀儿那边还是没反应，始终死静死静的。年轻的巴书记叫着叫着自个儿也怀疑了，以为黄雀儿没在屋里。他推了推门，后又噔噔跑到我这边窗户外，登时一束刺眼的手电光照进来，在我身边左右和屋炕上一通乱照。这小子居然以为她在我这边！西屋有厚厚的窗帘挡着，照不见里边，我这儿可随便照个透照个遍。

谁呀？干吗呢这是！都夜里一点了！我嘟囔，看看表。

对不起，葛编辑，我问你，西屋的小黄不在家吗？咋叫不醒呢？巴鹰的脸又在窗玻璃上贴成了饼子。

她不在屋，走啦！我没好气地对他说。

啊？走啦？走哪儿去了？玻璃上的面饼变大了，一双鱼眼恨不得钻透了那层窗玻璃。

去南苏根塔知青点了！刚才你走没多久，那边来了两个知青，说是那边她的一个同学得了急性盲肠炎，都穿孔了，叫她过去看看上医院，走了好大一会儿了。我临时编完这套嗑儿，心里很得意，差点笑出来。

噢，她去南苏了呀——窗玻璃上的面饼慢慢溜下去不见了，声音显得很懊丧。他是相信我的话了，没有想到我这外来的生人会替黄雀儿编瞎话。

我冲朦胧发暗光的窗户发愣，这叫什么事啊，这种戏法她还能演多久呢？

被大雾弄湿润的窗玻璃上，那张面饼的印痕清晰可辨，怪怪的。我心想，这可是名副其实的一场老鹰捉黄雀的游戏，但愿可怜的黄雀能支撑下去，会躲过最后。

翻来覆去的，一时无法入眠。不知过了多久我才迷迷糊糊睡着，老做噩梦，梦里老有一只张牙舞爪的黑老鹰追着叼我。接着，在睡梦中我好像听见有人在抽泣，那声音轻轻的，悄悄的，像是在天边，又像是在身边，又像是梦幻中。闹鬼了？我稀里糊涂这么想，后来，终于被这鬼缠身般的抽泣声彻底弄醒了，睁眼一看，登时吓了一跳！

那抽泣声就来自我身边，来自右手一溜旧木箱——回城知青们遗留物的另一侧。我提着心透过木箱缝隙望过去，模模糊糊瞧见，似乎有个人躺在那边正低哭，吓得我霍地坐起喊，闹鬼啦！

别喊，求求你啦，也别点灯——那人仓皇地抽泣着求我。

黄雀儿，是你？！我认出她，心扑腾扑腾乱跳，不知如何是好，尽量压低嗓门问她，你什么时候过来的？我一点都不知道，吓死我了，你这、这——是在干吗呢这？

我害怕，害怕一个人睡在那边——

巴书记已经被我支走了，不会再来了。

不是怕他，我是害怕——

害怕什么？

害怕这下大雾的黑夜——说着，她又低声抽泣上了，哽着嗓子求我，你就让我在这儿躺一会儿吧，别赶我走，求求你了，做个伴儿——

她可怜巴巴地在木箱那侧哭泣着，诉求着，令我完全摸不着头脑。我没想到的是，原先那个有勇有谋胆大心细的知青黄雀儿不见了，而变成了一个十足的孤弱无助惊恐万状的邻家小女孩。这一个黄雀儿，倒是比硬撑的白天那个黄雀儿实实在在了许多，可我实在弄不懂，她为什么会如此伤心呢？她还有什么难言之隐，令她这般痛苦，寝食难安？

好，好，你愿意睡在这儿就睡在这儿吧，反正这房子是你的。我安慰着说，不过，你能不能告诉我，你为什么这样伤心，为什么这样害怕下大雾的夜晚？

你真想听？

是啊。

那你别坐着，躺下来，什么也别说，躺在那儿听我说。

她稍平静了一下情绪，下了决心，就自怨自艾地轻轻说起来。

我是个孤儿，有一继母，当初我不愿意下来，希望留在城里当工人，可继母不让，招来街道上的人硬给我戴上红花敲锣打鼓送我下来的。跟我一起下来的还有我表哥，我俩从小一起长大，又是同班同学，算是常说的青梅竹马吧——她停下来，叹口气，犹犹豫豫接着说下去，我们俩在这儿一起熬了五年，多数人都离开了，就剩下我们俩，去年，队里终于又下来一个上学指标，他不跟我争，只是天天哭，我心一软就让给他了——结果，他一走就杳无音信——

噢，我明白了，看来我睡的这铺被褥就是他的。你隔几天就晾晒拆洗，盼着他哪天突然又回到你身边来。

我听见她在那边又开始抽泣上了。

我大着胆子，试探着又问一句，那你，为什么这么害怕下大雾的黑夜呢?

她先是沉默，接着是一声沉沉的叹息，那叹息阴冷得如从地狱里传出来的。然后，她一吐为快地，开始伤心地哽嗫。都怪这该死的大雾——他走的最后一夜，也下着这样的大雾，好大好大的雾哟，白蒙蒙灰蒙蒙，什么也看不见，像潮水般涌着，掩盖了所有的东西，活的，死的，树木、草垛、房屋、村庄——这世界上好像就剩下我和他了，像是在伊甸园——就你现在睡的那铺上，我们就做了那事——结果我大出血——差点死过去，住了半年医院——

我身上一阵战栗，是不寒而栗。一股寒气从我身上穿过。

不知过了多久，只听见她凄楚地低声自语，我肯定会死在这儿了，离不开这儿了，继母不帮我回去，那只黑鹰肯定会逮住我这只小黄雀儿的，我已经有预感了，呜呜，呜呜——

怕什么，你不答应，他敢强迫你呀？再等个招工招生指标，远走高飞就是！我给她打气。

没有指标了，往后这村再也不会有指标了，他吃定我了，人家是有权有势的书记，又二十七八岁没讨上媳妇，现在他死死认定我了！呜呜——我可咋办呀，我真不想一辈子埋在这里呀，呜呜呜——

她说着，哭着，伤心欲绝，渐渐那哭声变成压低的哽咽，绝望而痛苦无比的哽咽。

我心里也变得酸酸的，苦涩涩的，全不是滋味，也不知拿什么合适的话语来安慰她。

无意间，她一边哽咽着，一边从箱子缝隙间伸过一只手来，摸索着，抓住了我的手，然后就不放开了，像一个落水者无助地抓住了任何被逮着的东西一样。我感觉到，那只小手冰冷冰冷的，还不时一阵阵地战栗、抽搐，万分的不安和紧张。她就那么紧紧地揪攥着我的手腕不放，唯恐失掉了，像一个濒临深渊的人，身体的痉挛带动她的手也痉挛着。我感到自己的手和腕子很疼很疼，钻心的疼痛，好像她的手指甲都掐进了我的皮肉里。我咬牙忍着，不忍心抽回手，就让她掐着攥着，就那么咬牙忍着，忍着，后来都麻木了，没感觉了，这时天快亮了——我也稀里糊涂又睡过去了。

醒来一看，箱子那边不见了黄雀儿身影，我脑子里似乎做了一场梦，恍恍惚惚的。

手腕隐隐作痛，一看那里整整齐齐留有五个指甲印，很深，瘀血后变成紫黑紫黑。整只手臂木木的，半天提不起来，好像整个膀子都被卸掉了一样。

我起床下地，慢慢晃着手臂，一边揉着眼睛走到外屋。外屋门已经敞开，早晨的阳光落进来一片一片，夜里的大雾这时也消散得干干净净，又是个明亮的一天。这时西屋的门打开了，黄雀儿肩膀上背着一个医药箱走出来，脸上依旧是一道道汗泥印和涂点的锅灰，整得乱八七糟，一双眼睛却红肿得老高老厚，嘴唇也肿着。她并不看我，眼睛瞅着门外，漠然地说，村东狗生家女人生孩子，我得去一下——

村里女人生孩子你也管？

我还是村里的赤脚医生，社员们生老病死都归我管。广阔天地大有作为嘛。她苦笑一下，斜着眼瞭一下我，求你一件事好吗，把你的《简·爱》借我几天，看完寄还给你，行不？

我想了一下，虽舍不得还是从包里拿出那本《简·爱》，递放到她手上，郑重地说，我明白你为什么想读它，我把它送给你好了，给你做个伴。但愿你有真爱的收获。

她的眼里闪了一下炽热的光，很快又寂灭。

我只有"简"，无"爱"的，谢谢你。走时帮我锁上门，锅里有昨晚的贴饼子，你都带走，省得你老串不上饭。

原来她贴那么多都是为我准备的——我心里涌上来一股热潮，默默看一眼她忍不住问，本来是一张挺好看的脸蛋，干吗弄得这么脏兮兮乱七八糟，不人不鬼的？

不人不鬼？你算说对了，我真的白天是鬼，夜里才是人。还嫌不够呢，恨不得拿这再划上两道！她拿出那把我昨日见识过的亮晃晃剪子，往脸上比画了几下，唉，就是自个儿下不去手，怕疼，要不你帮我划上两道儿吧！

我吓得直后退，急忙摆手，得得，我可不想蹲大牢，迫害毛主席身边来的知青，你知有多大罪过吗？

知道。其实，我们是他老人家嘴里嚼的甘蔗，现在是被吐出来的渣儿，城里和乡下都不待见哟。好了，我走了。她转身又一蹶哒一蹶哒走出屋去，嘴里还一边大声说道，东苏根塔的那个查老光棍，并不是什么英雄，听说那天傍晚他把队上的小母牛赶进水泡子里，想亲热来着，结果被踢昏淹死的，咯咯咯——

啊？！

他还是你们王站长的一个堂弟哩！

屋外传出黄雀儿一串小鸟般的咯咯笑，显然她又恢复了那一副顽强的坚韧的白天当鬼的生存状态。她的话令我大吃一惊，回过味来后又猛然大笑，忍不住骂出一句，王秃子哎，你咋这么折腾人呢？这世道咋这样的荒唐呀？！

从此，我也因个人命运的沉沉浮浮，再没见到过黄雀儿。

十多年后的九十年代初，我因调查个什么历史资料重返花犊子乡。

还是那家饭馆，现在改成什么酒店的门口小广场，停着一辆卖香瓜的马车，车上车下玩耍着三个小孩儿，有个中年妇女坐在车上拿着秤大声叫嚷，尝尝买了，又脆又甜的沙地香瓜咧，刚从地里摘下还带着露水，才五毛一斤咧！

我听到后心里一惊，这声音好耳熟。

我忍不住走过去，果然是她，黄雀儿。赶马车的中年汉子，居然是那位巴鹰书记！

认出来了，但大家不知说什么好。已物是人非。

　　在一边卷大炮抽的巴鹰问我卷不卷一颗，他现在已经不是书记了，普通农民。黄雀儿在村小学当民办教师。老鹰和黄雀的游戏终于有了结果，还孵出三只雏儿。这真出乎我意料，那场大雾之夜的绝望哽咽，言犹在耳，像是昨天的事。

　　哪儿的黄土不埋人呢。黄雀儿淡淡地这么说了一句。

　　我半晌无语，随后轻声应她，是这理儿啊。

　　她的话，让我心里波澜起伏，并对这荒诞年月的荒诞结局，无言以对。也许，人总得活下去，得有个活法儿吧，无论高低或好坏，无论城里或乡下。似乎能看得出她现在白天也是人了，素面朝天，想必也不用再害怕什么下大雾的黑夜了。当年的权威书记现在的老实农民巴鹰，在一旁笑眯眯地抽烟。落了翅膀的黄雀，还能怎么样呢。那年头，没那么多理想可追。

　　我买了她的两个香瓜走，就像当年带走她的两个贴饼子。

　　尝尝买了，又脆又甜的沙地香瓜咧！

　　我身后又响起那脆脆亮亮的带一丝北京腔的叫卖声，久久不散。

//包尔希勒草原的风//

包尔希勒是个只有几平方公里面积的紫褐色草岗，据说是呼伦贝尔最富有的一片山岗草原，一锹可挖出会燃烧的石头。蒙古人千百年来宁拣牛粪烧，从未挖开过那草皮，认为草皮如人皮挖了会疼。在草岗西坡有一黑洞，洞口趴着一只烧焦风干的黑狼尸体。自此一切都改变了。

窗口，就是她的世界。

窗口不大，一米见方，朝北。能望见远处的草地山岗，如果工地脚手架不挡视线，还能望见更远处的天际云霓。天气晴朗时，数一数飞过的白鸽子。而蜻蜓，刚六月底就出现了，今年雨水大，能促生这一会闪飞的小虫，个个像精灵。

她的窗口，夜里也不拉窗帘。对，压根儿就没有窗帘。

夜里就看星星，朝北看不见熟悉的古尔本·诺海星——即三星，只能看到北极星和北斗七星，它们安安静静挂在幽蓝的天空上向她眨眼。这已经很好啦！北极星更令她喜欢。北极星拿蒙古语说就是阿拉坦·嘎达苏，意思是金色的钉子。蒙古人给星星起名也充满诗意，古尔本·诺海是三狗星，北斗七星叫道依乎尔·道伦敖都，意思是弯曲的钩钩。

"你看北斗七星的勺把，总和那颗闪金光的北极星处在一条线上，知道为什么吗？"她问端一盆热水进屋的儿媳莎仁娜。

"我不知道天上的事，额吉。"儿媳把热水盆放在她床边。

"对了，你只念过小学，你那点'阿、额、伊'还是我教的呢。"嘲笑中她咳嗽起来。"阿、额、伊"是蒙古文元音字母。

"是的额吉，那会儿你是我的老师。该给你擦身子了，额吉。"儿媳说。

她自顾说下去："因为啊，勺把的心，被拴在阿拉坦·嘎达苏星上。金钉子，就是要拴住勺把心的。所以呢，北斗七星的五颗勺头无论怎么变幻倾斜，那两颗勺把是永远不会离开金钉子北极星的。"

儿媳咯咯笑了："这话，您在我上小学那会儿就讲过了。

再说，星星哪有心啊，额吉。"

儿媳把白白软软的毛巾，在热水盆里拧了拧。

"无知了不是？什么东西都是有心的，只是你感觉不到而已。阿拉坦·嘎达苏和道依乎尔·道伦敖都，都是有心的。要不，它们早就从天上掉下来了，天上就没有指明方向的金钉子，地上的人也找不到北了。"

她凝视窗外的眼神，变得迷蒙。

从她被子下沿的缝隙里，一股强烈的味道正冉冉溢出。儿媳早已闻到那股味道了，但手上拿着湿毛巾耐心地站在一旁等着。她已习惯了那股味道。或者说她的嗅觉早已适应了这股味道。

那夜，往北突围，朝着阿拉坦·嘎达苏星的方向。子弹从他们的头顶上咻咻飞过。

她紧搂着他的腰，不时朝后头冒火星处打一枪。屁股下的铁青子载着二人奔驰，硬邦邦的马臀颠得她屁股生疼。她已经来不及心疼自己已倒下的那匹战马小枣红了，当骑铁青子的这个男人经过她时，如拾一只小羊羔般把她拎到自己马臀上，只喊了一句：抱紧喽！她就贴在他后背上了。

鬼子潮水般从后边涌来。好多人在机关枪扫射中倒下了，前后左右就剩下二十来人，个个玩命鞭打着战马逃命。她心想，两百多号人啊，就这么玩完啦。颠簸的马背上，她看见前方上空正闪烁着北斗勺把和阿拉坦·嘎达苏星。

叫什么名字，救命的大哥？她抱着那个铁柱般坚硬的粗腰问。

阿拉坦·嘎达苏。抱紧，要跳坎了！

我没问星星，我认得阿拉坦·嘎达苏星。是问你！

阿拉坦·嘎达苏。

咯咯，原来你名字就叫阿拉坦·嘎达苏呀，真有意——猛地一下马跃中她差点跌下来。

鬼子的步兵群体渐渐被甩远，可摩托队依然紧追不舍。架在摩托车斗里的歪把子，又扫掉一两个人。他们从包尔希勒草原，已驰进一条狭长的山谷地带。

这样不行，兄弟们，你们先走着！

阿拉坦·嘎达苏朝同伴喊一句，吁——勒住铁青子，跳下马背。

快下来，帮我搬这根木头！

她懂了他的意思，就下来帮他抬那根很粗的木头。毕竟是女孩儿，抬不动，他骂了一句粗话。一激，抬动了。木头横放在峡谷窄道上，二人再骑上马飞奔而去。

不一会儿，从背后黑暗中传来摩托车撞翻的动静，夹杂着鬼子八格牙路的骂声。

一梭子弹扫过头顶。阿拉坦·嘎达苏轻哼一声，捂住肩头。

中弹了，不算太倒霉——爷命还在——你来驾马吧。

她向前跨坐马鞍子里，把他抱在怀里，从他手上接过铁青子的缰绳。他们继续纵马奔驰，水般流出的血浸透了她的胸脯，热乎乎的，发痒痒，有股异样感觉。

大哥挺着点，别睡过去啊。我们这是奔哪里去呀？

继续跑，跟上前边的！阿拉坦·嘎达苏咬着牙尽量不让自己昏过去。

她就打着马不停地跑，朝着阿拉坦·嘎达苏星方向，怀里抱着叫阿拉坦·嘎达苏的男人。

不知过了多久，她看见了前边的那条河，月光下，如一条长长弯弯的银色绸带，静静地流淌。大鱼悠闲地游戏在水面上。它们可真性情，也不知战争的可怕，只知游水、嬉戏。

前边有条河，大哥！

是额尔古纳河，渡过河去——

河那边是苏联了，俄国大鼻子哎！

对。马会泅水，快，提马嚼子往下跳！

扑通！扑通！

他们和幸存骑士们纷纷跳河。跳入额尔古纳河。

冰凉冰凉的河水，一下子浸透了身子。铁青子真是一匹好马，驮着他们二人凫水，水面上只露出它的头脖，高高地昂扬着——

"额吉，我要给你擦身了啊，这水温乎乎的，不烫也不凉。"儿媳再次提醒。

她的目光，依旧盯视着小窗口，盯视着能看得见的那颗阿拉坦·嘎达苏星。

"勺把儿，今夜往上扬了，快数伏了。唉，你就知道擦呀擦呀这把烂臭骨头。"她像是在赌气。

"是啊，知道这个也不容易呢，额吉。"儿媳只笑笑。

"难道你没有一点脾气吗？莎仁娜。佛都会生三股闲气哩。"

"有的，额吉。"

"有什么？"

"我现在就对你儿子朔勒亥很生气，几天没有回家了，我们快断顿了呢。"儿媳的已有褶子的嘴巴，终于微翘了起来。

"断顿了更好，省得你擦呀擦的，没完没了。"

"那怎么行呢，额吉。"

她的头，终于带着一双目光从窗口方向转过来，能抬动的右手攥住木床边儿，使着劲把身子侧过来一点。就这，额头上已浸出细汗。

儿媳莎仁娜轻轻撩开捂着的薄被子。她就看见了在那个瘦细瘦细的大腿根处，沿内裤边挤溢出来的稀稀一摊黄色物体，自由随便地涂满褥子、被子、臀部。一股浓烈的味道，顿时威力无比地喷散周围，填满了小小房间。这股味道，能把人撞一跟斗。

"额吉，你又没有忍住哈。"儿媳从容地拎出床下塑便箕，又拿出宽宽的长条便纸。

"谁叫你老喂羊肉汤呀牛肉馅饼呀，我又吃了一根生黄瓜。"她责怪儿媳的不是。

儿媳顾不上申辩，忙活起来。用厚厚的卫生纸把黄黄稀物抓进塑便箕里，再用卫生纸沾吸黏在臀部上的排泄物。然后，把下边那层变脏的褥单连下边塑布一起撤走，薄被子也撤走，这些东西都被她抱进厕所里待洗。接着，儿媳把放在凳子上的那盆温水移近点，开始给她清洗臀部。很认真地清洗，抬起那个不能动弹的干缩的左边腿时，她嗷嗷叫起来。儿媳冲她歉意地笑一笑。

"对不住，额吉，把你弄疼了。"儿媳往上撩了撩被汗水浸湿的一缕头发。

"那条腿早就不知道疼了，你胳膊肘子压疼这边好腿了。"她说。

儿媳依然是歉意地笑笑，没说话。默默从一旁柜子里拿出干净的薄被床单塑料垫布等，换铺在床上。她把变脏的水端去厕所倒掉，再换上一盆新的，准备给她擦洗全身子。

一双干干巴巴的、胸前耷拉着只剩皮囊的长长奶房、瘦骨嶙峋数得清肋条胸骨肩胛骨的老太太裸体身子，就呈放在那张床上了。整个的人，显得瘦小瘦小，若是姚明那样的大块头几乎可以一把抓在手掌上，如泥娃娃般摆弄。

"我这身子骨啊，都是被你没完没了地擦呀擦呀，擦成这样一小团的。"她这样叨咕。

"瞧额吉说的，我有那么大本事吗？"

"有啊，你本事不小的。都擦了多少年啦？"她似乎议论着其他什么东西。

"我不记得了，额吉。要擦这边了，还得把您侧过来。"

"我就烦这侧过来呀侧过去的。你真不记得了？我可记着呢。"

"谁还老数着年头过日子呀，那多累。真不记得了。"
儿媳开始擦另一侧身子。把白白软软的毛巾往清水里拧了又
拧，水在盆里哗哗啦啦响动。她手腕上的一对儿银镯子碰到
脸盆沿叮当响。

"以后擦身子，不要戴镯子，那还是我娘留下的传家
宝呢。"

"是，额吉。刚才本打算去找朔勒亥，回来后再给你擦
身子的。可闻到——"

"闻到我又拉被窝了，是吧？难怪那对儿银耳环也戴上
了，嗯，也换穿新衣裳了。至于吗，都二十年老夫妻了，见
面还打扮成新媳妇儿样子。"

"额吉，我不光是为朔勒亥才这样的。我是怕别人说他
娶了个脏烂老婆，小看了他。"

"可他呢？你和酒瓶子一起站在那里，他只会看见酒
瓶子。"

"那也是他这些年心烦的吧。"

"你总是替别人找辙儿，他都成酒鬼了。"

她把话题又拉回来："你刚才说谁还老数着年头过日子，
我就数着年头熬日子呢，今年是第十六个年头，你擦了这把
烂骨头整整十六个年头了。"

"有这么多年啦？一点不觉得，还像是昨日才进的额吉的家门，那会儿我们还住在包尔希勒草原的老家，婚礼就在——"

"别跟我提包尔希勒！"她断喝。

儿媳莎仁娜伸伸舌头。继续干她的活儿，默默地擦身子。

气氛有些压抑。白毛巾在有些变黑的脸盆水里涮不干净，儿媳又端出去倒掉换新水，也缓解一下各自的心情。

"擦了十六年，难道你不烦吗，莎仁娜？"看着儿媳又端着一盆水回来，她这样问。

"不烦，额吉。"

"一点不烦？"

"一点不烦。要不然我做什么呀，儿子出去读书了，朔勒亥也不住家里，不侍候你我能做什么呀？额吉。"儿媳说得实实在在，没有一丝粉饰。

"你可以去逛街，去广场跳舞，也可以像城里人一样找个可心的男人幽会，过个正常女人的日子！"她幽幽地说。

"说啥呢额吉，咯咯咯。"儿媳忍不住笑起来，"我现在过的这种日子呀，才是我想过的本分日子，我算是改不掉自己牧民女儿的这个老土德行了。"

"我可是烦透了！"她有些愤愤，眼睛又盯向窗外，"烦透了这种日子，烦透了自己，烦透了这把不能动弹的烂骨头！十六年啊，僵尸般躺在这张床上，朝着那巴掌大窗口发呆，夜里数星星，白天数飘过的云彩飞过的鸽子，冬天数雪片夏天数雨点——烦透了，还不如痛快死掉了好呢。"

"额吉不能胡说，呸呸。"儿媳惊恐了，赶紧吐避邪唾沫，"我能理解额吉的心情，可想想啊，这十六年都熬过来了，还怕再熬个十年八年呀？额吉今年八十五岁了，我听说额吉的额吉姥姥都活了九十五呢。看看这额吉的皮肤，别看瘦，这么大年纪了，还这么白白细细的。听人家说过，过去的贵族王公小姐才会有这样白玉般的皮肤呢。"

她的心似乎变软了些，嘟囔着说："我的爷爷倒是一位贝勒爷，白细管什么用？卖光开光了祖上留的草场，让子孙蒙羞。你夸我皮肤白细像玉，是不是想让我说，这都是托你的福擦洗十六年的结晶呀？"

"我可没那个意思，额吉，你的皮肤天生就这样，不是擦洗的事。呵呵。"

"我看你就是这个意思呢。"

说着，她能动的右手拿手边的长挠挠，有意无意推翻了放在凳子上的那盆清水。

哗啦啦——这一下，满地都是水，儿媳脚下一滑，一屁股坐在湿漉漉的水泥地板上。

"额吉，你这是何苦呢，你不就是想让我也烦，让我忍不下去，想赶我走嘛，我不会走的，额吉，我不会走的。"儿媳拧了拧湿透的刚换的裤子。

"你看你看，开始烦了吧？"

"我不是烦，是心疼。心疼额吉。"

她见儿媳眼中，有明显的泪光。她漠然地看着。

其实她心里，何尝不在流泪。

铁青子，终于游到额尔古纳河彼岸了。

马上岸时滑倒了两次，马和人都湿漉漉的。铁青子噼里啪啦甩头甩耳，她抱着阿拉坦·嘎达苏踉跄着趴倒在湿硬的泥岸上。也许血被冷水凝固了吧，不怎么流了，她撕下袍襟给他包扎。人迷迷糊糊的，低声说着一个名字：扎亚，扎亚——

你们当中有人叫扎亚吗？她冲陆续上岸的那些人喊。

我就是扎亚！有个三十多岁的大胡子刚上岸，气喘吁吁，噔噔跑来，见况很吃惊。阿连副挂彩啦？不要紧吧？

我——还死不了，老班长，我命令你带队，领大家往里走，跟苏联军队联系，就说我们是满洲国骑兵朝鲁团的残部，他们就会收留咱们。她就是老团长的女儿索伦花。

阿拉坦·嘎达苏冲她努努嘴。

你就是咱老团长的那个宝贝野玫瑰呀？传说浑身都长着刺儿！

别惹我，老爸要是在天上知道你们把他留下的老底儿都打光，结果还没赶走鬼子开拓团，会气疯的！

嗬，还真名不虚传。是啊，今天这仗打得窝囊，中了鬼子埋伏！老班长叹气如只狼在喘息。

你还是个连副哪？不过感谢你救了我的命！她冲阿拉坦·嘎达苏嫣然一笑，转过头说，喂，老班长，你们快把阿连副抬走吧，这匹铁青子我留下了！

你、你要干——什么？阿拉坦·嘎达苏有气无力地问。

我还要游回对岸去，找那些被我动员来支援你们的牧民弟兄们！

不可，鬼子会大面积搜索，你回去是送死！再说，人都打散各自逃命躲藏，这会儿上哪儿找人去？

阿拉坦·嘎达苏咬着牙坐起来，眼睛瞪得老大。

那我也要回去，决不会跟着你们去俄国大鼻子那儿仰人鼻息躲起来！

她牵上铁青子，就要下河。

快拦住她！阿拉坦·嘎达苏下令。大胡子扎亚就挡在她的前边，揽过去铁青子缰绳。

你们这一群胆小鬼！她愤怒了。

你知道啥？谁说我们去那儿是要躲起来？我们暂时避风头休整几天，准备跟那边挨着的蒙古国军团联络，补充武器弹药，再回来打鬼子开拓团，赶走他们，保卫包尔希勒。诺门罕战役，老团长跟他们有过来往，有交情！

阿拉坦·嘎达苏说着咳嗽起来。

我凭什么相信你们？仗打得这么烂！她其实心里已经基本相信了，只是嘴硬不肯饶人而已。

损失这么大，我们内部有奸细。你必须相信我，三年前打诺门罕战役时我给老团长当警卫员，后来下到连里，临终前老团长给我留有一封信，信中把你托付给我，一生照顾你——

哈，听听索伦花姑娘，阿连副可是老团长替你定亲的女婿！扎亚老班长击掌大笑。

胡说！

事情突然猝不及防地转化，她本能地大喊。黑夜中脸上也飞红。

我没有胡说，到时候你看了信就知道了。

信在哪里？

信——放在河对岸一个安全的地方，你先必须跟我们去休整，然后再打回河那边，才可看到信。也就是十天半个月的事，趁这机会你这学生娃也可学学军事，练练打枪，要不怎么赶走侵占咱家乡包尔希勒的鬼子开拓团？

她半信半疑，但后边的一句诱惑力很大。报杀父之仇，赶走进驻家乡包尔希勒的日本移民和开拓团，不练练军事本领，仅凭自己一腔热血肯定不行。于是她被连哄带劝着离开河岸，向黑森森的苏联境内走去。

三年前的诺门罕战役，不仅改变了"二战"趋势，也改变了她的命运。正是那场战役夺走了她老爸的生命，还不是战死在沙场。为报父仇，她才弃学从戎。

1939 年 5 月 11 日，日本关东军唆使满洲国骑兵与蒙古国骑兵在诺门罕交战，鬼子与苏蒙军鏖战一百二十七天。日本损兵折将五万多人，参战的伪兴安省蒙古骑兵师四千五百多人，被苏蒙军"歼灭"后只剩三十一人。其实，以朝鲁团为主体的骑兵师，不愿与蒙古国同族同胞相残，开战后先是朝天放枪，达成默契，后来就以各种方式"溃败"、开小差、以排连整编逃离战场。鬼子臭名昭著的"731"细菌部队，往哈拉哈河投放鼠疫和炭疽病菌，也未能挽救惨败，反而使一千三百四十名日军染上伤寒赤痢和霍乱，军医和敢死队员被自己细菌传染亡命四十多人。日本人被迫停战求和，承认诺门罕之役是"日本陆军史上最大的一次败仗"。关东军司令官植田谦吉辞职，前线总指挥小松原一年后病死，参谋长冈本双腿被斩断，日军精锐第23师团全军覆没。指挥苏蒙联军的朱可夫元帅由此名震世界，诺门罕战役扭转"二战"进程甚至结局。

鬼子把一股邪火撒在战争中"溃败"的兴安省蒙古骑兵师身上。出毒计，重新招募溃散逃离战场的骑兵师官兵，诡称不计前事依旧用人。好多游荡在山林和社会上的官兵，受诈骗招抚，回去后却被抓捕杀害。

老团长朝鲁手里还剩着三百来人，躲在索伦山里静观事态。

有一天，他的先期被招抚的副团长山丕勒来找他，动员他回去，称很多旧部属都回去了，日本人说只要老团长朝鲁回去，大家都没事，不然统统军法处置。还带来一封新任关东军司令亲笔信热诚邀请他归队。为解救众部属，明知有危险老团长还是回去了。结果，三天后被秘密处决。回去众人，只活了山丕勒等几个。受老团长之命留下带队的阿拉坦·嘎达苏副连长，巧妙躲过鬼子袭击，打出抗日义军旗号，伺机袭击关东军为老团长报仇。前些日子得知，鬼子要往包尔希勒草原进驻日本移民和开拓团开垦草原，还派出山丕勒这个陷害老团长的罪魁蒙奸带队维持社会治安，于是年轻的阿拉坦·嘎达苏带队袭击开拓团和日本移民。谁承想，队伍中有一人是山丕勒的妹夫，告密设伏，几乎全军覆没。

朝鲁团长在苏蒙联军那里名气很大。阿拉坦·嘎达苏他们受到热情接待和整训。一个多月后，伤愈的阿拉坦·嘎达苏带着人马又潜回呼伦贝尔兴安岭一带，打游击，重点袭击包尔希勒草原的开拓团。一年后暗杀山丕勒，为老团长报了仇，如愿娶索伦花为妻，一起并肩作战，后参加解放军骑兵一师，纵横东北战场。

由此，阿拉坦·嘎达苏便成为她心中永不落的金色钉子。

她的目光，又回到窗口，呆望。

今夜阴，天上没有星星月亮，低压的雾霾遮住了她的那颗金色的钉子。她就盯那乌涂涂的雾霾，飘过来飘过去，在城镇夜灯中如无数的群魂在匆匆迁徙。不知迁往何处，也不知来自何方。

我知道自己来自何方，也知道去往何处。她心里这么说。自己还没失掉信念的坚定。

擦洗过后她干巴身上格外清爽，没有了腻腻歪歪，似乎睡意也被擦走了，人很精神。

儿媳走了有快半夜了。自儿媳出门后她的一双眼睛就没有离开过那窗口，就那么呆望着，目不转睛地呆望着，当然一对耳朵也捕捉着楼梯上传出的任何细微动静。别看半身不遂手脚不灵光，可耳朵却十分敏锐，把别处的老化退化给她补在了这一零件上。

看来儿媳是被她酒鬼丈夫缠住了，就在那儿过夜了吧。她暗自乐了。如果是这样甚好，今夜自己可以自由了，一个人睡觉了，无人再半夜蹑手蹑脚摸进房里来，塞塞被子闻闻床，烦死个人。她一时感到轻松了许多。然而，这种独立解放的感觉没维持多久，又被另一种思虑打破了，良好的情绪随之消失。万一不是被她丈夫缠住，而是被别人或者遭到什么情况了呢？这座草原上凸现的新城，好比一匹正开驯的生个子马，充满着危险和不确定性，人不知会突然遇到什么险况。广播电视里说，一个少女马路边走着突然掉下去，被下边的热水烫得只剩白骨。

她不愿意承认自己内心深处的一丝不安。不愿面对悄然生出的无意识的躲在暗处的那份惦念。儿媳的存在，对她来说是累赘，如果搁在自己醉鬼儿子身上照顾她，也许早就把她照顾走了，三五年或更早去天空跟金钉子会合了。儿媳的生拉硬扯，使她苟活至今不胜其烦。

楼梯上一直很安静。二楼葛老太喂的野猫们在潜规则时碰翻了谁家拖把，后来一楼舒老光棍显然放起黄带子了，女人尖哼男人喘息搅乱了整个楼道的安宁，空间里到处充斥着淫荡之味，天要塌地要陷的。儿媳为什么特意安排傍晚出门呢？显然就想好在她丈夫身边过夜，没有打算回来。她当然没有失落感或生恼，儿媳毕竟也是中年女人，不然一楼释放的性召唤和二楼葛家的闹春猫也会让她心烦意乱的。

后半夜了，不，应该是天快亮了吧，迷迷糊糊中她感觉到轻轻的门响，轻轻的脚步声走近床边，驻足，谛听，闻味，然后又轻轻离去。她眯缝着眼睛从后边瞅，发现儿媳离去的脚步跟跄了一下，双肩也似在抖动。

这是怎么啦？她刚放下的心，又悬起来。

接着听见儿媳的淋浴声，回屋上床躺下的动静。

不久，她听见了抽泣声，低微的用被角捂住后似有似无的哭泣声。儿媳在哭泣。

看来是出什么事了。让酒鬼丈夫欺负啦？这么多年来很少见到儿媳哭泣，这个女人有着一颗无比坚忍的心。她心里颇为震惊，能够让儿媳哭泣的事情，看来不会太小。后来渐渐平息了，低泣声在黎明前的黑暗中消失。

她睁着眼睛等到小窗口发亮，东边的阳光折射在窗玻璃上。躺了这么多年，似乎把觉也躺没了，睡眠极少。儿媳进来问候，清倒尿盆，给她漱洗。然后端来已经熬好的奶茶，移来旁边折叠桌，上边摆上小碟奶制品、炒米、奶油、炸果子等。进城多年，还是草原上的饮食习惯。儿媳默默做着活儿，眼睛微微红肿，不敢正面抬脸看她。

"额吉，喝茶吧。"儿媳把热奶茶倒木碗里，捧上。

"今早晨，北边挨着咱楼来了一辆大吊车，正好挡住了咱窗口，他们要干什么呀？"她用好手接过奶茶碗。

"听说铲平楼北边的平房，要盖高楼。"

"那不正好挡住我看星星的视线啦？"

"没有办法，额吉，人家说了算。到时候您就搬进朝阳那间，看古尔本·诺海星吧。"

"不，我就要看阿拉坦·嘎达苏星，谁也别想阻拦我、遮挡我。当初就为这才选住北间的！"她愤怒地说。

儿媳不知说什么好。等候着额吉的怒气有所平息。看得出，有话要说。

她当然也知道，于是把目光从窗口移过来。抖着手，很慢地饮奶茶，等候儿媳开口。

"额吉，昨夜回来晚了，对不起。回来时，见您睡着了我没敢打扰。"

"我知道你进来过。"

"啥事也瞒不过您老。额吉，我一会儿还得出去一下——"

她抬起目光从茶碗上沿瞟着儿媳："买菜？"

"不是——还是去找朔勒亥，昨晚我没见到他。"儿媳声音干涩。

"噢？"这消息让她意外，"他没在班上？"

"没在。单位人说，他已经有几天没上班了。"

"是吗？跑哪儿喝过去了吧？"

"倒不是，跟他轮班的达木林说，三天前喝醉后骂了公司关总。关总批评他先回家酒醒后再来上班，再发现班上喝酒，马上开除他！"

"活该！关总还算留了面子哩，换了我就地开除！"她手一抖，茶碗里奶茶溅了出来，又问，"没打他手机？"

"欠费停机。"

"其实，找他做什么，也不是三岁小孩子。他知道自己做什么。"她说。

儿媳待她喝完早茶，默默收拾，自己也匆匆吃喝了点。

"额吉，我还是要出去找一找，去年冬天跟咱一起进城的牧民陶克不就是喝醉后冻残废了吗。"儿媳执拗地坚持，"我还得买些菜和米，这是朔勒亥原先做的事。"

她没再说话，也没有阻拦。每人做事都有他的道理，各随自己心愿好了。她也有自己将要做的事情。儿子朔勒亥当年进城后被安排在神煤公司上班，好听点说值夜班，直白说打更、看大门、夜保安，就两人轮班，住公司地下室宿舍不能回家。班上喝酒？一个牧马人成了一名夜更人，漫漫长夜，他不喝酒能干什么？要是换了她可能早喝死了。

见儿媳出门时包里塞了一把剪子，她怔了一下。

难道一楼的舒老光棍又对她动手动脚了，还是预防寻夫路上遭遇意外？

她没有喊住儿媳问问。每人做事都有自己的道理，各随心愿好了。

儿媳匆匆走了。给她塞好的尿不湿陪伴着她。

从黑屋被带出时，她脚步踉跄。心想，自己也像《自有后来人》电影中的革命者了。手铐脚镣鞭痕血迹一个也不少，可惜，只是自己被冠之以反革命。阳光刺得双眼无法睁开，像一只从地下黑洞里钻出的老鼠般懵懂，听说黑夜的蝙蝠白天轰飞后朝空中扔一鞋子它就随下来钻鞋壳，她现在就想找一鞋壳子钻。

鞭炮纸屑在她头顶上如子弹飞，这使她想起早年枪林弹雨的日子。锣鼓喧天中，囚车通过轰轰烈烈的迎接领袖"最高指示"的庆祝队伍时，费了很长时间。她也很想沾沾这喜庆，缓解一下黑屋注进自己体内的多重压抑。

我也要学习新的最高指示。她舔了一下嘴角血丝。

那个持枪"群众专政指挥部"号称"契卡"的专员，眼一横：你没资格。

我看见了，写着哪，"横扫一切牛鬼蛇神"。她笑了，抻疼了肿胀的脸。

把她眼睛蒙上！

另一契卡找不到黑布，就脱下袜子，两只接长后蒙上了。一股臭味直接灌进她鼻子里。她后悔自己不该这么好学最高指示的。

你们这是带我去哪里？是去枪毙吗？

差不多。麻脸契卡冷笑。

那快把这臭袜子拿开，让我呼吸着新鲜空气去死吧。

别想。

那你们省下一颗子弹了，我一会儿就被熏死。

两个契卡乐了，说，死到临头了，还挺幽默。

她不是被带出枪毙，而是去看死人。

那个太平间白得像草原上的雪穴，而福尔马林和来苏尔气味，比臭袜子味更刺伤她呼吸道和肺腔。她被带到一张死人床前站住，有人掀开了白色盖布。她的阿拉坦·嘎达苏、金色的钉子，她的北极星，就那么躺在铺白布床上，赤裸裸的，身上一丝不挂。腿已断，肋条那侧凹下去，胸部瘀血虽被擦过，因洇在皮里，紫得像牛肝，脸额上的肿包倔强地鼓凸着，一双眼睛似是受什么强力挤压快喷吐而出。双手十指的指甲盖全被撬掉，男人生殖器口被豁开有辣椒残留屑。像是一蹩脚的泥塑家胡乱捏出的人体。

是你丈夫吗？麻脸契卡问她。

是他。我还能认出是他。她让泪和血往心里流，平静地回答。

反革命分子、内人党头目、苏蒙修大特务、原旗长阿拉坦·嘎达苏，畏罪自杀，跳楼而亡！麻脸契卡如此向她宣布。

他身上留有日本鬼子子弹、国民党弹片，都没能吓住他，就凭你们能让他畏罪自杀去跳楼？她说，依然很平静。

信不信，由你。这是组织上的结论！

她不再申辩，对"组织上"她能说什么？因为当年逃避鬼子追杀，泅过额尔古纳河，到红色苏蒙联军那儿休整，这成为他们夫妇说不清的历史问题，被定性多重罪名。今天她心中认为世界上最坚强的那个男人，还是未能挺过，先走了。她只是感到寒冷，无法忍受的寒冷，估计自己的期限也快来临了。她倒希望那个日子早些到来吧，好去天上与自己金色的钉子会合。

但一个稚嫩嫩的叫声，又把她拽回现实的生界。

额吉——额吉——

朔勒亥？你怎么来啦？她突然见到自己送到草原老家的小儿子，十分吃惊。

是这些叔叔们去把我带来的，说我阿爸自绝于党和人民了，叫我来也见证一下。儿子怯怯说。

她忍不住愤怒了。

你们不该这样做的，孩子才八九岁，你们不该这样做的！

这是组织上的决定。体现关怀嘛。

关怀？把他的父亲打死，再让其幼小儿子来验收？

她抱住儿子，终于流出泪水。朔勒亥是她唯一剩下的孩儿，她一共生四子，两个大的在战火中夭折，老三去年挨同学骂他黑帮崽子后拿刀捅了人家坐牢时出逃摔死，这个最小的儿子无论如何不能再让他受伤害，因此送到乡下老母亲那里——

"文革"后期她被下放老家包尔希勒草原当牧民，平反后她也没回城里官复原职，而是在老家当了一名小学老师。她把丈夫骨灰安葬在包尔希勒褐色山岗最高处，挨着那个烧焦的黑狼洞旁，向着西北肯特山。心如古井般的平静中，守着望着她的那颗已殒落地上的金色钉子，跟当牧民的老儿子一起过平淡的牧区生活，跟祖先一样，很知足。

改革开放，虽不像"文革"那般轰轰烈烈，但也能泣鬼神。

有一天，城里一名姓关的官家子弟来包尔希勒打猎，追一只狐狸上了那道荒凉无人去的褐色山岗。于是发现了山岗西坡那一黑洞，洞口趴着一只烧焦风干的黑狼尸体。自此一切都改变了。经鉴定，狼是被内燃的煤炭烧焦的。

露天煤矿，被包装后变得很神圣，国家能源战略。神煤公司挂牌成立，领导和公司关总天天登门拜访，天官赐福式地动员她和牧民们进城，住楼房，花用不完的草场赔偿金享受城里现代生活。她带领牧民上访，截访，再上访，直至倒下后半身不遂为止——

儿媳连续找了三天。

她漠然地看着儿媳回来，又出去，回来，又出去。她知道儿媳是找不到的。尤其听儿媳说，朔勒亥是遭关总斥骂"被公司白养的一帮蠢蛋酒鬼牧民"之后回骂并离开公司的。当娘的知道儿子脾气，虽然进城后成了酒鬼，但父祖的血性还是有的，没拿刀砍那关总肯定顾忌了她这老娘的照顾和养老等问题。

这三天，她的朝北小窗口，也终于被大吊车脚手架完全给挡住了。

属于她的小小世界彻底被剥夺，唯一与天上金色钉子的连线，就这么无情地给掐断。她很伤心，内心中有说不出的悲苦。面对轰隆隆的机械，面对无法抗衡的外部世界，她无能为力。他们来了，一切都改变了。这是个很无奈的世界。她只好选择退出。都说这是文明。文明看来是原始的天敌，文明是为消灭原始而出现的。因而文明出现后，地球本身的原始生态不复存在，原始的自然界消失了，原始的草原消失了，原始的野兽们消失了，原始的森林消失了，连原始的江河湖海也即将消失，这都是伟大的文明所赐。而在这文明过程中，人自己又变得那么贪婪、虚伪、冷酷而自私。这文明，究竟是个什么东西呢？

她不清楚，也不想清楚，现在她只知选择退出。

退出极简单，绝无变文明那般复杂的过程。

儿媳从一楼匆匆往楼上的家跑。

这已是第五天的黎明时分。她披头散发，绾在后脑勺的黑黑长发自由地散乱在脸上额上肩膀上，单外衣几乎被扯烂，向外汹涌着丰满的稍下塌的奶房。嘴唇有血紫。眼神因恐惧变得有些凶狠。她是从一楼舒老光棍屋里跑出来的。

回到三楼家，先进自己屋匆匆换衣整理一下身上，然后赶紧奔向额吉的房。她担心这一天一夜，老人肯定饿坏了，身下也可能被屎尿和泥了。她的心扑通扑通乱跳。惊魂未定，恐惧还未从她身上消失。

"额吉，我回来了，对不起，回来晚啦！"她尽量把自己声音放柔和，透出亲切和歉意。

可是，额吉的床上是空的。准确地说额吉不在她的床上。更准确地说，额吉不在屋里。

儿媳莎仁娜顿时吓蒙了。

"额吉！"她喊着扑向卫生间，那里没有额吉人影。

两室一厅的房子，被她搜个遍，床底、衣柜、所有犄角旮旯儿都找个底儿朝天，就是不见了额吉的身影。她的半身不遂不能行走的婆婆，就那么不翼而飞了，不见了，凭空消失了。

谁偷走了她的额吉？她站在屋中间，冲着空空如也的那张床发呆。恐惧感攫住了她。

那张额吉躺了十六年的床，不仅是空的，还收拾得很干净。被褥上没有屎尿痕迹，连用过的尿不湿也都不见了。还有那些备放在床边和床头柜上的各种点心零食八宝粥牛肉干儿等等，也都不见了。

难道，该死的朔勒亥回来过？是他背走了额吉吗？她突然这么想。

肯定是他！不然无法解释这一切。

可是，为什么不告诉她，回避她，不等她回来呢？转而一想又不像是那个醉鬼干的，她了解他。她渐渐从最初的惊恐中冷静下来，心也变得细致了。于是发现了蛛丝马迹。

未铺过什么板啊砖的水泥地板上，她发现了痕迹。尽管那个地板自搬进来那天起，被她擦得如狗舔过般光滑，擦得一点不差于额吉的身子，既干净又明亮，但如总能发现额吉白皙身上哪块出现斑点哪块新增一条皱褶一样，她也能看出来镜子般的地板上，有一条轻微的几乎无法辨清的爬行痕迹。这辈子她基本只干了两件事，擦洗额吉和擦洗地板，二者的任何细小变化，都别想逃过她的眼睛。她太熟悉了。

于是，她发现了那条痕迹，爬行的痕迹。

匍匐爬行，当年在牧区接受民兵训练时，她也曾学习过这种侧身匍匐前进的战士姿势。

天啊！是额吉她自己逃离的！

靠自己另一侧尚好的还未"不遂"的半个身体，匍匐爬行着离开了家！

这一发现，又吓了她一跳。

额吉这是去哪里？为什么离开家？是儿子失踪受刺激，要亲自爬着去寻找，还是对自己不满意？她站在那里百思不得其解。毕竟是八十五岁高龄的老人，容易心思犯糊涂，人又那么固执而高傲。她迅速行动起来，不能再耽搁。如果从自己昨早离开家算起，老人家已爬行一天一夜了。她匆匆往包里塞了衣物和钱，还有一壶现成热奶茶，拔脚就往外跑。天一大亮，爬行痕迹在落灰尘的楼梯上更为清晰。跌跌撞撞，但也十分小心谨慎。她不得不佩服老太太打仗出身，战争烽火锻造了她铮铮铁骨和钢铁意志。

小心翼翼一点一点爬下三层楼台阶，人在楼门口歇息了一会儿。大人上班儿童上学，那会儿楼道无人，小镇本来人口也不多。痕迹绕过这座楼，从一侧爬进朝北的一条偏僻小路，一直朝北爬，不犹豫，不动摇，毫无左顾右盼的样子。额吉这是要爬到哪里去？

包尔希勒！

这名字从莎仁娜嘴里脱口而出后，自个儿愣住，张大了嘴巴。

是啊，只能是包尔希勒。老人家肯定是想老家了，进城多年，曾有几次提出回老家看看，都被儿子朔勒亥一句话挡回去：有什么看的，全是天坑！

这是一条幽静的小路，没多少行人，偶尔有小型煤车驶过晃出一片黑尘。有两三个骑跑车男孩风一样驰过。遇见一位中年晨跑者，她询问一句，人家摆摆手就跑走了。城里人的冷漠她是见识过的，谁还关心路边的爬行乞者？即便不是乞丐，怕沾事被讹上，无人敢扶或关心路边这样的老人了。即便有好心人询问关心过，也会被额吉斥走的。此时她绝不想让人打扰自己的爬行，阻挡她回老家的路。

额吉一直在便道上，靠最边上不显眼地方爬行。爬行得非常艰难和缓慢，她在自己能爬动的右侧身下似乎还加垫了衣物，地上挂留有羊皮袄的毛和布屑。显然做了缜密的准备。一个八十五岁的残障老人，什么样的信念和毅力支撑着她，完成如此艰难的行程？儿媳心里一阵阵发痛，悔恨和自责如老鼠牙啃噬着她。

她加快了脚步。终于出镇子后不久赶上了老人。

如一只受伤的狸猫，如一只离土的蚯蚓，一拱一拱地前行，拖着沉重的另半拉身子。

儿媳莎仁娜一步上去，抱住了那个不屈的身躯，泪落如雨。

"额吉，我终于追上你了。"喜极而泣的她哽咽着。

老人已很虚弱，大口大口喘气，用含在嘴里的细管喝了一口绑在颌下的水袋里的水，然后才淡淡说出一句："你来做什么？"

"我来——陪你一起看草原，陪你一起回包尔希勒呀！"儿媳破涕为笑，像小孩一样把老人抱在怀里，给她擦拭，清理尿不湿。

"你知道我要回包尔希勒？"额吉问。支撑她匍匐行进的右胳膊肘子，磨破后露出红肉在渗血。

"我是额吉肚里的小蛔虫嘛。"儿媳包扎老人胳膊。

"那么，你也想跟我一起爬？不，匍匐前进？"当过兵的人，对"匍匐前进"这词儿特有感觉。老人头一次正面盯视儿媳。

"我要背着额吉前进，背不动时再匍匐前进吧。"儿媳变得笑嘻嘻。

"不去找你的丈夫了？"

"不找了，想明白后他自个儿会回来的，他是个老爷们儿。"

额吉无话。喝着儿媳喂给她的奶茶。很快，热乎乎的奶茶一进肚子，她身上顿时暖和了许多，有精气神了，银白色的头颅又高昂起来，像一匹战马。

"那咱们就出发吧，时间不多了。"

"时间不多了？"儿媳没听懂她的意思，但心里一跳。默默说："好的额吉。"

儿媳莎仁娜背上她的额吉，出发了。

朝北，朝北，一直朝北。包尔希勒，离镇子还有三十多里路，这对于健壮的牧民女儿莎仁娜来说，不算个什么。有顺路的车，娘儿俩都挥挥手婉拒了。空旷宽敞的草原路上，如此随意散淡地行走，她们的心都一下子变得敞亮、愉悦。夏日的阳光，在有风的草原上也不那么酷热了。下了通向额尔古纳的大路，再踏上一条直上包尔希勒草原的荒芜小路。

说是草原，其实这里早已经不算是草原了。远远看去，上边星罗棋布着无数的天坑，如一张漂亮脸蛋儿布满麻坑一样，这儿黑一块，那儿疤癫一片，变得极为丑陋不堪。一座黑乎乎的大坑，有的浅，有的深不见底，有的面积小，有的面积大如足球场。坑与坑之间，有的距离很近，有的空出一片片裸露的沙坡沙块。废弃的矿坑，黄秃秃的沙化地，形成阴森森的迷魂阵式地貌，让人望而却步。包尔希勒草原，如一始乱终弃的被糟蹋蹂躏的女子，丑陋无比毫无遮拦地裸露在她们眼前。

"怎么会是这样呢？"她的心一阵刺痛，喃喃低问。

"露天的煤挖光了，咱老家就成这样了呗。"儿媳说，"额吉，咱这回去哪里呀？"

"往里走，去咱以前扎过营盘蒙古包的草滩。"

"额吉，那里也是一个大坑。"

"我看见了，那道紫褐色的高岗还在。就去那里。"

儿媳莎仁娜明白了，那道高岗上埋着公公的骨灰。显然，额吉就是奔那个来的。

"好吧额吉，我们就去那里。"

儿媳背上额吉，开始在那迷魂阵式的黑坑中间穿行。这段路，比刚才从镇里到这里可难走多了。有的地方无法通达，只好下到坑里再往上爬出来，艰辛得要命。

　　终于，她们爬上了那道孤零零的褐岗。四周遍布黑森森的大小天坑，唯留下这道有着黑狼洞的高岗，显得巍峨、神圣。就如无人知道那具被烧焦的黑狼为何在褐岗顶上打洞一样，也无人知道贪婪的开发者当初为何单独留下了这道褐色高岗。是致谢纪念吗？因那口狼洞让他们发现了黑色金子发了大财；还是担心触动了山岗草原什么神灵，降下灾祸？

　　褐色岗顶上风习习而凉爽。黑狼洞还在，那具被烧焦的黑狼还在。

　　黑狼洞旁，由三块石头为底垒起的小小敖包还在。

　　"好啦，我们到了，把我就放在这儿吧。"她说。

　　儿媳把额吉轻轻安置在小敖包旁。先把地弄平整些，再铺垫上柔软衣物，让额吉坐舒服些。然后自己坐在下首，等候老人的吩咐。

　　她用好使的手，从挎在身上小包里拿出些东西了。有牛肉干，饼干点心，萎蔫的苹果，居然还有一小瓶北京牛二。她把这些一一整齐摆放在小敖包前。

　　"我来看你了，金钉子。来一趟真不容易呢。"她轻轻说。

　　小小石堆沉默无语。儿媳莎仁娜默默跪在那里磕头。西下的夕阳光，照见岗下坑中有一似人的黑影，双手向前一伸一收的，像是在磨刀，有闪亮的光芒晃射出来。也许是个猎人吧。这里兔子繁殖得厉害。

简单的祭祀完成后，她闭上双目，头枕着小石堆歇息。儿媳静静守候。她知道，额吉至此几乎筋疲力尽了，需要恢复体力。她的眼睛眺望着城里的方向，含着几分不安的神色。

包尔希勒的风，自由而无拘无束地吹着。夕阳正西下。

片刻后，她睁开眼睛，显然身上恢复了些精神。吩咐儿媳扶她跪坐，儿媳照做了。

"莎仁娜，你坐我前边。"

儿媳也照做了。当她刚意识到什么的时候，额吉一头磕下来。

"这、这、不可！"儿媳大惊失色，赶紧闪身。

"你是个善良的蒙古女人，是活菩萨。十六年擦我身子，十六年拾掇我屎尿，无怨无悔，不是菩萨谁能做到？魔鬼都可能被磨跑了。让你受累啦孩子，请接受我再拜。"老人冲儿媳坐的位置再次拜下去。

儿媳同时跪在她身旁，热泪涌满双眼，扶住老人，嘴唇颤抖着说："额吉不要这样，尊重侍奉老人是祖辈的传统，孩子只做了自己应该做的。额吉不仅是我的亲人，还是孩儿心目中的英雄，为保护这片包尔希勒草原，你牺牲了那么多——"

"我们什么也没做成，日本鬼子没能毁了它，结果在自己人手里百孔千疮了。"她黯然神伤，叹息声如从远古里吹来的风。

儿媳看见额吉的眼角有泪光闪动。多年来，她首次见老人动情。

"好啦，孩子，额吉请求你，在这里为我再净一下身子吧。"

"额吉说啥呢，孩儿给您擦洗就是。"

莎仁娜开始用带来的矿泉水为老人擦洗身子。认真而耐心，与之前十六年来做的一样。

"好啦，擦完了，太阳也快落了，你就回家去吧。"她吩咐儿媳。

"额吉，孩儿和您一起回家。"

"我不回去了。"

"不回去？"儿媳惊问。

"是的，不回去了。我在这里等候阿拉坦·嘎达苏星升上天空。"她轻抚着小石堆，静静地说，"陪着他，一起看天上的阿拉坦·嘎达苏星。"

"那，额吉，我也陪您老人家看星星，看天上的拴住勺把心的那颗北极星吧。"儿媳请求。

她默默看着儿媳，说："孩子，这是何苦呢，你该解脱了，我也该解脱了。"

"额吉，有些事可能无法解脱的。好好侍奉您，这是我一生中唯一能做好的一件事了。要不我会没着没落的。谁知明天会怎么样呢——"

此时，远处传出隐隐约约的警笛声。从下边矿坑依然不时闪出"猎人"磨刀之光。

儿媳莎仁娜目光再次闪出一丝不安之色，但一闪即逝，很快变得坦然。她觉得没必要把自己被舒光棍拽进屋关押后拿剪刀扎伤他之事，告诉额吉搅了她的心情，搅了这个美妙的傍晚。

她默默看了儿媳脸色一眼。

"好吧，那就咱们娘儿俩一起看，看天上的阿拉坦·嘎达苏星。"

"谢额吉，天黑后咱们再弄堆火，兴许下边坑里那个磨刀人，也会上来取暖的吧。"

"好吧，弄堆火燃上。"她点头。他是谁呢？她暗自想。

紫褐色的包尔希勒草岗的风，温馨而自由地吹着。夕阳正西下。阿拉坦·嘎达苏星还在北方天际，尚未显现。

风吹着。

红色温柔

一

不大不小的啤酒肚，挺着，一张麻子脸，仰着。胳肢窝里还夹着个黑皮包。

那伍老板走进哈尔沙村时神气十足，由县招商办主任王国林相陪，哈尔沙村村长白沙在村头恭候。头上也有一轮秋日亮亮地照着。

一个光屁股男孩骑着柳条马，从他们旁边"哧溜"地跑过时，溅起路上泥点，他皱了皱眉头。白沙村长就慌了，赶紧俯下身子，抻着衣袖擦净落在他锃亮皮鞋上的泥点赔着笑脸说，乡下孩子不懂事，不懂事。伍老板伸手将了将油光的中分头，双眼色眯地打量着周围，没说话。

那个光屁股男孩回过头，定定地瞅一眼伍老板那张白麻子脸，旋即向前跑走时大喊，伍老板来了！伍老板来了！声音很响亮，透出一股惊喜，可听着更像是喊狼来了、狼来了。

你听听，伍老板，连小孩都盼着你来呢！你算是俺们村最受欢迎的贵客了！白沙村长憨笑，很巴结。

是吗？不敢当，不敢当。伍老板矜持地笑一笑。

随着那男孩的喊叫，村街两旁伸出了很多脑袋。躲在那些一幢幢参差不齐的土房门后墙角，有的手上沾着面团，有的刚洗头滴着水，有人则直接从茅房里跑出来，一边提着裤子，一边伸头张望。老的少的，男男女女，脸上都堆出笑容，喊喊喳喳地议论。这穷酸村街上还有一景，那就是每家每户窗前、墙头、房顶都一色儿摊晒着同样一种东西：红红的尖辣椒。这红尖椒，又名翘天椒，百姓叫"红色一号"。有的装在土筐内，有的摊在塑料布上，有的干脆把屋里的炕席拿出来晾晒在上边，在干爽的秋日阳光下，煞是鲜艳夺目。整个村庄都显得红彤彤一片，房屋、街道、树木几乎都在这红色海洋里漂浮着。

你瞅瞅，伍老板，家家户户晒的都是咱们的红尖椒，今年可是大丰收呢！白沙村长热情介绍，将军般挥了挥手。

嗯。伍老板鼻子里哼了一下，目光漠然扫过那堆堆"红色一号"，然后就停留在附近矮墙后头的一个红衣少妇身上。一双眼睛顿时有了色彩。矜持的脸也松弛了。

那小媳妇，谁家的？挺靓的嘛。他脸上的每一麻坑，都显出笑意。

别瞎惦记。一直没说话的招商办主任王国林，这时说了一句。

谁惦记了？王主任你真逗！伍老板嘿嘿乐起来，悄声反问他，是不是你的相好？要不县里哪个头儿的一面小彩旗？不是有句话嘛，家里红旗不倒，外边彩旗飘飘！哈哈哈……听说你们县干部都愿意下乡哩，为的就是插彩旗啊！把红旗插遍山山乡乡！哈哈哈哈！

那王主任便红了脸，申辩，你胡嘞嘞啥呢？你个伍老板，人一有钱就变坏变色，一点不假！

啥叫插彩旗啊？你们说啥呢？那白村长摸不着头脑，看着二人，给俺也插一个呗？

俩人听后更乐了，王国林挥挥手说，你就别插了，干好你的红色一号就行啦！

是哩，是哩，王主任说得对，干红色一号干红色一号。那白村长就嗬嗬憨笑，又说，那咱们还是谈正事吧，这红辣椒……伍老板，现在俺们是全村动员，男女老少齐上阵了呢，自打上回交代，不收刚摘下的鲜湿椒，要收晒干的红干椒后，这两个多月俺们可没干别的，你瞧瞧！白村长又将军般向前挥了挥手。

没错，老白说的是实情，他们可是天天眼巴巴地盼着你来哟。这时王国林停住笑，也不失时机地垫话。

那伍老板鼻子里又只"嗯"了一声，没别的。

白沙村长看看王国林，又看看伍老板，谦恭地问，领导们是先吃饭还是先视察红干椒？

王国林抢话说，当然是先视察后吃饭！

饭就不必了，回县城吃吧，伍老板拿一种诡秘的眼神看着王国林，老王，你不是说这里有好玩的地方吗？在哪儿呢？

别急，别急，看完辣椒，喝完小酒，谈完正事，好玩的事自然就有。王国林打哈哈。

一旁的白沙听得莫名其妙，摸摸头说，咱们这穷沙村有啥好玩的，变压器都叫人偷着卖了，没有电，连电视都看不成哩！

王国林赶紧使眼色，你这个村长咋当的，村里有啥好玩的都不知道，真是个木头人！他拍着白沙肩头神秘兮兮地说道，你就别藏着掖着了，人家伍老板来一趟容易吗，县里开招商会，我千请万请才把他从大老远的辽阳请来的，今天我又抓住会议空当，说动伍老板来视察验收你们村红干椒，容易吗这！

是，是，俺明白，俺明白。白沙赶紧点头附和。

那伍老板的圆眼睛从白村长身上，扫到王国林那张有些恍惚而顾左右的脸，盯住他问，王主任，你不会是用瞎话把我给忽悠来的吧？

哪能呢，咱们俩谁跟谁啊！保证不会让你白来一回！不就是插小旗儿嘛！

伍老板的目光还是有几丝狐疑。

请领导们赶紧验收了红干椒，再谈插旗吧！一旁的白村长笑着催促二人，俺老婆杀了老母鸡都炖好啦，就等领导们过去喝两盅了。

王国林说，好，先验收红干椒，再陪伍老板喝一壶。

红干椒我已经看过了，饭就不吃啦，王主任，咱们回县城吧，我看这里也没啥好玩的。伍老板突然这样对王国林说，口气挺坚决。

那红色一号，你连摸都没摸过呢！白村长有些急了。

还用得着上手摸吗，扫一眼就知道了。王主任，我说了，咱们回县城吧！伍老板的麻脸这回板起来了。

真的要回？

真的要回。

回不去了。

为啥？

我把送咱们来的小车打发回去了交代明天再来接咱们。

调回来。

车又干别的事去啦，调不回来了。

那咱们搭长途班车回去。

一天就一趟，早过去啦。

走着回去！伍老板发狠了。

王国林笑了，五十公里沙坨子路，咱们俩天亮前都走不到县城，半路还要经过一群野狼窝哩！那王国林看看西下的日头，有些坏坏地看着伍老板，老白家倒是有一头黑毛驴，要不你骑它走？

好一个王国林，你真是把老子给骗来了！伍老板跺一下脚，大叫。

二

伍老板在哈尔沙村一待就是五天。

每天倒是好吃好喝招待。

今天的主菜又端上来了，是小鸡炖土豆。

伍老板嘴里哦了一声，眉头皱起说，又是炖小鸡？

对着哩，交代过了，伍老板是俺们村的贵客，每天轮流一家杀一只小鸡，全村一百多户，伍老板在俺村待一百天，就杀一百只小鸡，也是个百鸡宴呢！黑瘦黑瘦的白沙村长依旧笑呵呵，态度谦卑。

你杀了我吧，我现在自己都快成了小鸡，都能听到肚子里鸡打鸣了！

伍老板说笑啦，俺们这穷沙村也没别的啥荤腥好嚼咕儿，除了小鸡还有田鼠，可田鼠那东西不能给你当下酒菜不是。白村长不慌不忙，看得出他其实是心里很有数的一个人。

接着，白村长朝门口招了招手。他的胖媳妇就端上来三道配菜。黄瓜蘸酱，大葱蘸酱，小白菜蘸酱。那伍老板呻吟般哼哼着，不再说话了，五天来顿顿吃的都是这些东西，他看了都想吐。

别说，俺县上下来的干部都爱找这些东西吃哩，说是绿色。白沙村长的花样还没结束，他又朝门口挥了挥手。于是他的胖媳妇笑颠颠地端上来最后一盘东西：红干椒。鲜红干透，每一颗都是一寸多长的红色一号，装在一个粗瓷白盘里，十分美丽诱人。

齐了，这回齐了。白沙村长把菜码齐了之后，自己蹲在土炕下边的一条板凳上，像一只趴墙头的老山羊，冲伍老板挤挤眼，吃吧，伍老板。

这红干椒，也不能当菜吃，你顿顿都摆上它干吗呀？伍老板苦笑。

好看，好看不是，瞅着心里喜庆不是！俺们村在伍老板关照扶持下，今年所有的地都种了这红色一号，三百多亩好土地啊，每亩丰产三百多斤，一共收了九万斤红辣椒，伍老板！那白沙村长蹲在板凳上，慢条斯理地掐着手指头，一笔一笔算账。接着又说，按照伍老板跟咱们签的合同，刨除水分每斤按三块钱收，加一块共计二十七万元，全村一百一十户人家，每户收入都可达到两三千块呢，这可比咱们原先种苞米多收入四五倍，合算多了！全村百姓都想给你磕头哩，俺的伍老板！

伍老板的麻脸立马耷拉了下来。

那白村长依旧笑呵呵说，吃饭吧，咱们先不说这些了。

伍老板问他，你还是不过来一起吃？

不了，这饭不是给俺准备的，俺没资格吃。今天的小鸡是第一组的巴郎家杀的。巴郎！进来一下！随着喊声，从外边颠儿颠儿跑进来一个五大三粗的三十多岁汉子，愣愣地问道，啥事，村长？

没事，叫你向伍老板伍领导汇报一下自己的情况。

好吧。俺家五口人，有八亩地，河滩好地三亩，沙坨子孬地五亩，今年全种了伍老板的红色一号，全指望它了，俺连口粮都没种啊！憨厚的农民巴郎苦着脸诉说起来。

说鸡的事。白村长提醒。

是是，俺家只有三只下蛋母鸡，俺媳妇指着它们下蛋换油盐。今天俺那女人死活不让杀鸡，俺就扇了她一巴掌，现在还躲在家抹眼泪呢！

你听听，伍老板，俺能上桌吃那个鸡吗？白沙说。

这么一说，我也不敢吃了，敢情这只鸡值四五千块呢！伍老板摇了摇头。

那也比赵本山、宋丹丹的那只两万元的鸡，便宜多了。再说了，伍老板是什么人，做着大买卖，只要收走了红干椒，一只母鸡算个屎！别听巴郎这小子哭穷，伍老板你该吃吃，该喝喝，别饿着肚子！白沙村长开始真诚地劝伍老板进餐。

伍老板的确有些饿了，入秋日子短，农村都吃两顿饭，他的肚子很不习惯。于是他也顾不了许多，拿起筷子说，那我就不客气了。

等一下，还忘了办一件事！那白村长拍一下腿，叫道。

伍老板愣了一下，又咋的啦？

打电话，伍老板忘了打电话！只见白村长从那条板凳上跳下来，从腰带上解下钥匙打开了后柜，从里边拿出一部手机，递给了伍老板。这是你的手机，麻烦伍老板，再给你们的公司去个电话，催他们一下！问问款啥时候到，车啥时候来？

昨天饭前，按你的意思不是打过电话了吗？今天还要打呀？

当然要打。告诉家里人，今天你很好，有吃有喝有玩，就等他们带款来运走红色一号，履行合同了。这样大家都放心。白村长还是那样谦恭地笑眯眯奉承着伍老板。

你们这些人真麻烦，怎么就不相信人呢？要不还是我自己回去把款带过来，好不好？伍老板来时还趾高气扬的神态，此时已然不见，显得很诚恳，甚至像是在乞求。

那白村长就嘿嘿地笑了，露出满是烟锈茶垢的黄牙，摇摇头。

伍老板小看人了，侯宝林相声里的那个醉鬼，为啥不敢爬那根光柱子？就怕摁电门把他给摔下来呀！哈哈哈哈，俺也是那个醉鬼呢。人家王国林主任费了那么大的劲，用尽心思，把你从大老远给请来的，你这么一走，还跟两个月前一样，找不到人影，你让俺们种的这红色一号都烂在家里，那俺这村长抹脖子上吊也对不住全村百姓啊！再说了，你当初光卖给俺们的这辣椒籽钱就好几万块，是村上借的贷款。所以，对不住了，伍老板。白沙村长依旧蹲在那条板凳上，如一只看守场院的牧犬，稳稳盯着伍老板。

伍老板无话。默默低下头去，又仰起头，长叹一声。一副虎落平阳任犬欺的样子。

那个王国林呢？把我忽悠到这儿来，几天都看不到他的人影，躲哪儿去了？快把他叫来，我有话跟他讲！伍老板片刻后说。

不瞒你说，俺也找他呢，他是中间担保人，又是招商引资人，俺们也冲他说话哩！

那他人呢？跑了不成？

这倒不是，听说县领导正在找他问话。他招商引资招来了不少骗子，给县里造成经济损失，他还不得擦屁股呀！人家现在肯定忙得很，顾不上你这头儿了。不过，王主任临走交代了，一定要好好招待你，不可亏着伍老板，称你们是一起扛过枪的亲密战友，如果你掉下一两肉，就拿俺是问呢！

伍老板又一时怔在那里。

打完电话，已经饥肠辘辘的伍老板这才端起饭碗。

他刚要伸筷子夹一块鸡肉，却有一只苍蝇飞过来，落在了那鸡汤碗里。

伍老板的筷子，举在空中，呆呆地望着那只正在鸡汤里挣扎的苍蝇。

三

这时，白沙村长的又粗又黑的食指和拇指，稳准狠地捏出那只已烫熟的苍蝇。

没事的，吃吧，俺们这里苍蝇都是绿色的，没受污染。他向举筷不定的伍老板说。

你的手指头也是绿色的？伍老板问他。

嘿嘿嘿，伍老板说笑哩。白村长的手往裤子上蹭了蹭。

伍老板咽了几口饭，便放下筷子。这顿饭算是草草完事。那一大碗鸡块鸡汤全剩下，白村长怎么劝也不吃了。或许他觉得自己也像那只贪腥的苍蝇，扑到这里被眼前这位黑瘦老农捏在了手指间，甚感自己可怜吧。

白沙冲门口喊，巴郎！快端走你家这碗值四五千的鸡块汤，慰劳抹眼泪的老婆孩子吧！

巴郎犹犹豫豫地走进来，看一眼伍老板说，要不留给伍老板明天吃吧——

得得得，端走吧，明天二组的高洛家急着要杀鸡呢，人家可不像你们杀个鸡还哭天抹泪的！这杀鸡指标，人家还是交换来的呢！村里规定谁家先杀鸡先收谁家的红干椒，大家争着抢着先杀鸡，俺是看你家村里算是贫困户，才把你排在前头的。

是是，俺明白，白村长很多地方都照顾俺——那老实巴交的巴郎低着头，端着鸡碗，走到外屋想从碗里拨出些鸡块留给村长家，又被村长媳妇挡下了。白村长送他到院门口，悄悄说，晚上你过来陪伍老板玩牌，玩完牌在俺家陪睡，向你老婆请个假吧！

巴郎脸呈难色，低声说，俺手头没钱，这你是知道的。

俺先给你垫着就是，不玩大的，哄人家伍老板打发时间嘛，能有多大输赢？俺是看中你睡觉机警，给村里看场时从没出过事，这才相信你不会让伍老板起夜时走丢了，吓着了啥的。

明白啦。那巴郎应了一声，就先回家了。

白沙回屋时，正碰见伍老板从屋里出来，准备饭后走一走，遛遛弯。白沙就笑眯眯地陪在旁边，拱着他微驼的背，一副体贴入微的样子。

你还没吃饭，回屋先吃饭吧，我自个儿遛遛。伍老板对他说。

那怎么成呢，伍老板在这儿人生地不熟的，村里狗都很野，万一咬着你，俺可不好交代了，是吧？

我不在村街上遛，昨天走了一趟，都赶上遛猴子了，全村人都躲在门后看我。

你是大人物，王主任请来的贵客，大家好奇嘛，伍老板就别见怪。今天想往哪边走一走？

那你陪我去前边河滩吧，那儿肯定没人。伍老板知道摆不脱白村长。

好吧，那儿是没人，可有蚊子，没关系，俺给你拿一把拂尘就行了。白沙从外屋墙上摘下一把用马尾巴编扎的老拂尘，递给伍老板。那伍老板拿在手上，摇了摇挥了挥，就笑了，自嘲说我成了电视剧里的老道了，拂尘一挥，法力无边！

两个人说着话，穿过前边小菜院子。那番茄红，长茄紫，豆角挂满藤，两只母鸡正争着追逐一只蚂蚱，张着翅膀一扑一扑的，十分卖力。为了混一口饭吃，它们也在拼命。

河滩被黄昏晚霞涂染得火红火红。一条小沙河犹如一根细长的丝带子，从西边遥远的天际流过来，再向东南曲曲弯弯地奔淌而去。他们两人游闲地走在河滩草地上，远远望去，好似一对亲密无间的挚友在那里叙旧，决不像一对争夺蚂蚱的母鸡。晚霞披在他们身上，朦朦胧胧如幻如梦，简直是一对西方油画中的人物和景色。

这条河，水深吗？

浅着呢，没不过小腿。

噢。是条小河。

不过水下边全是淤泥，前些日子有一个要饭的哑巴，不知深浅地蹚过河来，结果陷进泥潭里淹埋了。白沙淡淡地说。

噢？伍老板倒吸了一口冷气。

他挥挥拂尘，驱走缠上来的蚊子，又问，河南岸离公路远吗？

也就二十多里吧，得穿过十多里的老黑崖，解放前那里是土匪窝，现在成了野狼窝。伍老板真想离开俺们村庄，还是走正道，往村东方向走大路，不会出意外事。

伍老板笑了，你让我走吗？

当然让你走了！你是俺村的贵客，办完合同的事，全村人都会拿八抬轿抬着你，把你送到县城的！

伍老板又无言了。望着迷茫的河南岸远处，不由得轻轻叹气。

天黑下来了。美丽的黄昏时光，十分短暂。从河南岸传来狼嗥声。

哇，真有狼啊？伍老板惊愕。白沙村长微笑，没说话。

这时，那个巴郎跑过来了，告诉白沙村长玩牌的人到齐了。

白沙叫巴郎陪伍老板先走着，自己留在后边，一旁撒尿。

见人走远，白沙就朝河南岸轻轻打了个口哨。不久有一人哗哗蹚过小河而来，并没见他陷进淤泥不拔。来人悄悄笑问白沙，爷学的狼叫不走样吧？

少废话，回家先睡一觉，后半夜过来守在外边，不许露出身影。白沙此时显得很威严。

那人轻应一声，便真像狼般悄没声地消失在河岸夜幕中。

白沙独自在那里伫立片刻，冲黑暗的河野低语一句，妈的，俺老挣点钱太难了。

当他回到家时，巴郎和另三个老爷们儿正等着他。媳妇带孩子已回娘家。

那个伍老板似乎也想开了，一副既来之则安之的样子笑呵呵地上了牌桌。手气还不错，几轮下来赢下几百块。那巴郎抓了抓乱草似的头发，苦着脸对白沙说，俺说过俺打牌不行的，你看看，把你垫给俺的二百块都输干净了，又欠了一屁股债！

没关系，从你卖辣椒款里扣就行了。白沙说。

那不成，这牌也不是俺自个儿要玩的。巴郎有些急。对面的伍老板笑眯眯地看着他。

爷也输了不少，咱四个里，就伍老板一人赢！另一农民，那个明天抢着要杀鸡的高洛说。

伍老板是啥脑瓜，凭咱仨老农要是赢了人家，那它不是伍老板了！白沙对输赢倒并不在意，接着又说，俺们输的这点钱算啥，有一次王主任喝醉了酒说，陪贾县长打牌他输掉六七万块，这才当上的招商办主任，还是副科级。

敢情你们是跟王国林一样，有意输给我的？伍老板问。

那倒不是，这点钱对伍老板来说不够塞牙缝的，俺只是想让你高兴，图个乐和！白沙说。

哈哈哈，你们这些人啊！哈哈哈哈——伍老板突然爆发出大笑，指白沙的手颤抖个不停。

打到半夜时，伍老板到外边解手，人高马大的巴郎陪他出去。院角的黑暗中，伍老板突然从衣兜里抓出一大把钱，塞到巴郎手里低声说，这是今晚我赢的五百多块，全给你，求求你放我走——

这、这——巴郎愣住了。伍老板见对方犹豫，从兜里又掏出一把钱说，这是前两天赢的五六百，也给你，我知道你很需要钱，求求你放我走吧，就说我趁夜黑跑了，他们不会怪你的——

那巴郎的眼里放出异样的光，朝屋内灯光处看了一眼，嘴角露出一丝笑。只见他的那只宽大如铁铲子的手，一把攥住钱，揣进了自己兜里去。然后，他的厚嘴唇往角门那儿一努，从那边走，别走大门。

伍老板的那颗心扑腾扑腾乱跳，顿时乐疯了。他没想到这么容易得手，真是金钱面前没英雄，何况一个快穷疯的农民！他连谢字都顾不上说，拔腿就朝那个小角门蹿去，逃命的兔子也就像他这样吧。只听见身后传出那巴郎的嘿嘿低笑声，如猫头鹰叫。

伍老板的腿是从小角门迈出去了。同时，他脚下踩到了一个软绵绵的东西。只见那软物噌的一下翻身立起，他的脚就被一只伸上来的手揪住，一下子把他给掀翻了。接着，扑上来那彪形大汉扭住了他的双臂，膝盖顶压在他后脖子上，使他动弹不得，呼吸也变得困难。与此同时从旁边也蹿上来一只大猎狗，对这只被扑倒的猎物狂吠个不停，十分嚣张。

这边，从屋子里慢悠悠地走出来白村长。他缓缓吸了一口嘴巴上的烟，然后把烟蒂扔在地上踩了踩。只听他幽幽地问，伍老板，你怎么得罪了俺村最狠的猎手黑豹子？他要是盯上一个东西，他和他的猎狗会追到天涯海角也抓回来的！

老白，求求你，快叫他松手啊，疼死我了！

黑豹子，快放了俺贵客！

那黑豹这才起身，拍拍手，呸地吐了一口说，下次爷睡觉时别踩着爷！尔后扬长而去，头也不回。那只猎狗紧跟着他。

伍老板揉着被扭痛的手臂，瞅了瞅在一旁哧哧偷乐的巴郎。

白沙村长弹了一下手上的一把钱,依然幽幽地说,多谢伍老板把赢的钱又还回来!不过,伍老板还是想法快落实咱们的合同,催家人带款过来吧,何必这么急慌慌走夜路呢,这黑灯瞎火的。

我没跟你说嘛,家那边正在凑款子呢,二十七万,是小数目吗?那伍老板的嗓音都带出哭腔来。

四

第七天。

伍老板已经很适应了哈尔沙村白沙村长家的寄居生活。

他也不着急离开了。每天照吃照喝,也不再挑肥拣瘦,有时还帮助白村长干干这干干那。还跟每日轮换来陪他的村里男人开开玩笑,保镖,你家杀没杀鸡呀?鸡肥不肥?人家问到他红干椒什么时候拉走时,他仍然满口应承,快啦,那么大一笔款子,家里流动资金一时倒不开呀。

白沙村长和他的村民们,只好耐心地侍候着他,看护着他。

这一晚,等白沙媳妇回了娘家,屋里只剩下两三个老爷们儿时，只见那伍老板笑嘻嘻地对白沙说，老白，咱来你村一个星期了，也给咱开开荤呗。

白沙没听明白，说，不是天天给你杀鸡吃呢吗？

我指的不是这个鸡——嘿嘿嘿嘿。那伍老板的麻脸露出色色的笑。

白沙这回听明白了，直想上去就给他一巴掌。心里骂，这个有钱人怎么这么无耻！

告诉你吧，我们出来谈生意，接待方都给安排这一项哟。洗脚啦，按摩啦，嘿嘿嘿。

白沙忍着没理他。一旁来陪的巴郎，一句话没说就出去了。不一会儿，他身后牵着一条母狗回来了，冲伍老板说，你就将就着跟它开荤吧，它也正发着情呢！

伍老板的麻脸，顿时变了，一会儿红，一会儿白。

巴郎，干啥呢你这是！快把狗牵出去！白沙绷着脸忍住笑呵斥巴郎放了那条嘴巴直流口水的母狗。又转过脸安抚伍老板说，他跟你开玩笑呢，别往心里去。伍老板想女人也是人之常情，既然是你们谈生意有这规矩，也提出来了——只见他把嘴巴贴在伍老板耳边，压低了声音，明天吧，俺给你想个法子。

真的？伍老板脸上的不快顿时扫光，圆眼睛又色眯眯地闪动起来。

第二天傍晚天还没太黑，伍老板就催促起白村长。老白，有谱儿没有啊？

白沙说，看你这猴儿急的，等天完全黑了的。要不俺这样大摇大摆地带着你，传出去是逛窑子，成何体统？俺这村长当不当了？

是，是，我明白，我听老白的。伍老板低声笑，搓着手，你们这儿还真有窑儿姐啊？难怪王主任说有好玩的地方，嘿嘿嘿嘿。

谁说俺这儿有窑儿姐了？王主任是逗你玩瞎说的。人家可是正经女人，俺只是带你去跟她聊聊天，开开心罢了。

嗨，光聊天那我去那儿瞎耽误工夫干什么！伍老板顿时泄了气。

除了聊天，你能不能办其他事情，那就看你自个儿的本事了。反正俺村里的老光棍们，都爱去她那里聊天，出来时个个都容光焕发的，像是吃了药似的。

真的？

是啊，小青年按时髦话编派说，那个女人开的是心理诊所，给他们喝的是心灵鸡汤！

哈哈哈哈，老白你真行，还整出这新鲜词儿！心灵鸡汤，对，对，就是心灵鸡汤！哈哈哈……好喝着呢！

白沙撸了一把脑袋，憨笑说，俺也不懂，听小青年们讲的。

他们出发了。趁着夜幕将临，悄悄行走，如一对寻腥的公狗。

也不远，村北一堵矮墙后的那一家。伍老板立刻认出来了，失声悄语，咦，这不是那个红衣少妇家吗？

白沙哧哧笑，不语。

到了院门口，白沙停住脚，朝里喊一声，看狗啦。随声跑出来一个男孩，七八岁模样。伍老板也认出来了，是那个骑柳条马的男孩，依旧光着屁股。他忍不住问，她还有个男孩啊？

是有个男孩，但没有男人，去吧。

见白沙转过身子，要回走，伍老板说，你不陪我进去呀？

那叫啥事！俺当电灯泡呀，那你咋喝心灵鸡汤啊？嗬嗬嗬。放心吧，明早俺来接你。

伍老板尽管有一丝迟疑，但还是在忐忑又兴奋中，如被勾魂了一般，就随那男孩走进了那黑乎乎的院子。

白沙村长望着他的背影，嘴里骂一句，狗日的，日，日死吧你！

屋里点着一根蜡烛，拉上窗帘后外边看不见里边有灯光。光线很暗，三间房中间是灶房，东西各一间娘儿俩分住。那男孩把他领进西屋后没再出现。

红衣少妇笑吟吟地迎接他。三十多岁，健壮而丰满，有几分姿色。屋里还算干净，地上有一张旧沙发。从那面铺塑料炕席的土炕上，散发出一股六六粉或敌敌畏之类的药水气味，这味儿白沙家也有，他知道那是杀跳蚤或臭虫的。他们开始说话，有些尴尬。少妇介绍自己叫"山乌乐儿"，就是山上的一种带刺儿的红果果，村里人给起的外号。

山乌乐儿，很好听。伍老板说。

现在不这么叫啦，改啦。

改叫啥？

红色一号！

啊？红色一号？哈哈哈哈！伍老板爆发出大笑。

那女人自己也笑了笑说，他们都说俺是全村头一号美女，俺平时又爱穿红的，可俺现在成了红尖椒了，啥事啊，咯咯咯咯……片刻后，她停住笑接着又说，俺真名叫山丹，丈夫在两个月前跟俺吵一架后跑了，听说在沈阳打工，又姘了一个女人。

所以，所以，你才这样？

俺咋样了？咯咯咯咯。

开、开心灵诊所，给别人喝心灵鸡汤啊。伍老板也开起玩笑。

你说的啥呀？那个过去叫"山乌乐儿"现在叫"红色一号"的女人，大胆地看着他，眼睛很亮很大。

就是给别人当彩旗——

彩旗？那女人抿嘴乐，村里人总爱拿俺开心，尤其那些光棍，当然还有些不光棍男人，也都爱上俺家来串门聊天，俺有啥办法，也不能把人家赶出去吧。听村长讲，你也闲得慌，想来聊天是吧？

是，是，闲得慌，闲得慌。伍老板赶紧说，脸上的每个麻子坑都在发亮。

那女人从后柜上端来一小盘瓜子，又沏了一杯红茶，挨着伍老板坐在那个旧沙发上说，咱们开聊吧。

伍老板愣了，复又大笑。好，好，咱们开聊，开聊，我还是叫你山乌乐儿吧，这名字更好听。那女人称无所谓，随你高兴好啦。

伍老板细细地打量起这女人。根据他的眼光和经验，这少妇胸大丰臀，双眼钩钩，肯定是个很浪的骚货，自己不一定能整得过她。他知道自己玩意儿的尺寸，可别是胡同里耍麻秆吧。他突然自卑起来。正当他想入非非，"山乌乐儿"说，村长交代过了，你是俺村的贵客，叫俺好好招待你，俺村是穷村，俺家在村里更穷，伍老板可不能蒙俺亏待俺啊。

你这样人也受穷缺钱啊？

这世道谁不缺钱啊！尤其待在俺这穷村，唉。

伍老板怕话题又回到红干椒上，赶紧转移话题说，大妹子打算怎么招待我呀？

那"山乌乐儿"就哧哧笑，不语。低头含羞的样子，一下子勾得伍老板魂都快没了。他开始动手动脚。她半推半就。不小心撞倒了那根蜡烛，屋里顿时漆黑一团。伍老板再要抱她时，那里已空，黑暗中从炕那边传来那女人的哧哧笑声。伍老板打开打火机，借幽幽的一缕光线，发现那女人正在那里解她红褂子的衣扣，勾勾地看着他。犹如一张温柔的红色美人图。这更激发了他想象力和勇气。正当他要饿狼般扑上去时，传出了那女人的说话声，跟火机光一样幽幽的。

伍老板真想办那事啊？

嗯。用力地点点头。

那咱们把事、事——先讲清楚——

当然，就照县城的价儿，我知道县城啥价儿。

俺指的不光是这个——

还有啥?

那红干椒你啥时候拉走,啥时候给钱?俺家倒一棵也没种,可全村的人都盯着你呢,多麻烦呀!

你们家真的一棵也没种?伍老板眼睛顿时闪出亮光,觉得终于发现了一个不是敌对的村民,有希望争取成为解救自己的基本群众。见那女人肯定地点头之后,他说,这事是有点麻烦,你知道大哥也有难处啊,这么多的钱,一时上哪儿凑齐?

那么说,你来时压根就没计划拉走红干椒喽?

也不能这么讲——

那你还来俺村干啥?

是王国林这小子把我给骗来的,说这里有好玩的地方——不过,现在看来这儿还真有好玩地方。伍老板的眼睛,火辣辣地盯着那女人露出的白颈及胸口,又说,"山乌乐儿"大妹子,咱们办事吧,大哥不会亏待你的。

咯咯咯咯——"山乌乐儿"突然爆发出大笑。那伍老板听着,心里瘆得慌。

你笑啥呢,大妹子?

俺笑村长这帮傻瓜蛋,还做着美梦呢!

火机烫手,伍老板关灭了它,屋里又伸手不见五指的黑。伍老板说，你就别管这事了，反正你也没种辣椒，咱们还是先快乐快乐吧。他又要扑上去。

你还没脱衣服呢——黑暗中又传出"山乌乐儿"的那幽幽的勾魂般的声音。

对对，我脱衣服脱衣服，嘿嘿嘿。他三下两下就脱掉衣裤，赤条条站在黑暗中，伸手摸索那个女人的身子。你在哪里啊？快点灯吧，我啥也看不见呢！

点啥灯啊，俺可不想看见你不穿衣服的丑样！"山乌乐儿"咻咻笑，沙发前茶桌上有那个东西，你自个儿戴上吧。

伍老板明白这是指给他小弟弟预备的安全衣。他笑了，别看是村妞，挺讲究卫生，自己在这方面也一贯很小心。觉得这事关乎家庭事业，不可马虎。于是他摸索着，找到一个，就给自己小弟套上了笼头。

突然，他"啊"的一声大叫。他感到小弟那儿有种针扎般的疼痛，火烧火燎的。他赶紧拨拉下来那套子，打亮火机看，只见那精美的塑胶薄衣内，沾满细细的红红的辣椒粉末！

套子里怎么沾有辣椒粉？他大叫。

哈哈哈……肯定是俺那淘气包儿子干的！哈哈哈……你咋就偏偏拿了他装辣粉玩的那一只呢，真是！

所有那玩意儿我都沾了辣粉！门口伸进来那光腚男孩头愤愤说一句。

你这小兔崽子，招打！"山乌乐儿"笑骂。解释说，这孩子恨来这里的所有男人，唉。

快，帮帮我，我这儿辣疼得不行了！伍老板呻吟着叫，快找水来，我得洗一洗！

"山乌乐儿"从门旁水缸里舀了一盆水，伍老板就蹲在那里洗他小弟弟。"山乌乐儿"在一旁捂着嘴乐。可没洗多久，那伍老板又杀猪般地叫嚷起来。不好啦，不好啦，越洗越杀疼了，你这是什么水？怎么有一股子敌敌畏六六粉的味道！

"山乌乐儿"失声大笑，哎哟，俺忘了，那个盆里刚才拌药来着！为欢迎你，俺大搞卫生，屋里撒药消毒来着。对不住，对不住，俺给你换个盆！

那伍老板无比痛苦地呻吟着，眼泪都流出来了。他打亮火机，察看下身子，这一下他吓得变了脸大叫，不好啦，我小弟都红肿，起了水泡泡啦！

哈哈哈，伍老板，啥叫泡妞？得有泡泡！这才叫泡妞！咯咯咯……没事的，洗干净后明天就会好啦，放心吧。那"山乌乐儿"安慰他。显然她很有经验。

换盆，清水洗，杀疼的感觉渐渐减弱。他小心翼翼地拿卫生纸包裹好小弟，左三层右三层的。然后，他小心捂着裆部坐进沙发，喘口气，定定神。他一边穿衣裤一边悲哀地想，这一下，今夜的好事全泡汤了。伍老板心里很是有些不甘。而且，好不容易摆脱了那个笑面虎白村长的控制。他突然想，为何不利用这次好机会，想法逃出这鬼地方？于是，他心中重新燃起另一种希望。他慢慢打量着那个只解开红褂子一个扣子的女人，心想，虽然没办成她，倒可以利用她。

当他打起她主意的时候，那"山乌乐儿"也看着他，在重新点燃的烛光下，她那双大眼睛似含有怨艾之光。或许为没挣着他的那份钱而恼恨自己儿子吧。这倒更有助于利用她。于是他试探着问，"山乌乐儿"大妹子，你想不想挣钱啊？

钱不咬手，谁不想啊，可你的小弟不成了呀，咯咯咯……

我还有个让你挣钱的办法，比小弟给的还多还大！

噢？"山乌乐儿"的眼睛亮起来。

你帮我逃出这村子，我付给你这么多！伍老板冲她伸出五个手指，像鸡爪。

五十？

伍老板用可怜的目光笑着摇头说，那是你们县城小姐价！

五百？

胆子再大点！伍老板鼓励她。可那缺乏想象力的女人，摇着头再也不往下猜了。

五千！我先给你五千，逃成了我再加这个数，五千！

啊？！天啊，这么多！这可是天大数字，俺的娘哎！那女人惊叫。

干不干？

村长会杀了俺的——"山乌乐儿"脸上有矛盾之色。伍老板就做起策反工作，像一个特工或地下工作者。他鼓励她不必怕姓白的，逃出去后拿他给的钱外边找个出路，要不他给她找个活儿干，不回这个鬼村子了。说着他从那个从不离身的小黑包里，立刻掏出一大把钱，放进她的手里。这里就是五千！

那"山乌乐儿"捧住那把钱时，双手不由得哆嗦。

你说的，钱不咬手。

好，我干了！咱们这就走！"山乌乐儿"一跺脚，一咬牙，下了最后的决心。她死死攥住了那把钱。

他们行动起来。

五

他们向村北方向突围。

"山乌乐儿"告诉他，村东村南村西都有人把守，唯有村北方向连着大漠没有路，所以没派人。她知道有一条穿过沙漠的小路，叫伍老板放心跟着她。那伍老板心中可是暗暗窃喜着，乐颠乐颠地跟随在那个女人肥臀后边，把自己的一切希望放在了这贪钱的女人身上。同时感叹，有钱真好。无钱下地狱。

沙漠，荒坨，小路崎岖。

太阳出来了，酷晒。大漠里如蒸锅。他们俩像一对蒸锅里的青蛙。

走了整整一天，他们还没走出那片沙漠。那女人带着他一直在茫茫荒坨转悠。

后来起风了。沙漠中的小路被风吹没了。风很烈，击打得他们睁不开眼，脸颊都皴裂。到了晚上，他们猫在一个背风的沙窝里过了一夜，天亮后接着走路。伍老板开始叫苦不迭，那女人起初还哄着安慰他，后来见他喋喋不休，索性由他去不管他了，自顾前边一人走。伍老板有些后悔跟她跑出来。可现在想退回去也找不到路了。

第三天，伍老板实在走不动了，他的那双曾经锃亮的皮鞋壳里，灌满沙粒，磨得他双脚都起了血泡泡。这下倒好，他身上可是泡泡满身，干裂的嘴角和舌尖上的水泡尤其令他钻心的疼痛。中午时，喝光了带出来的最后一瓶水之后，那女人"山鸟乐儿"给他讲了一个故事。

他们村有一个跟她岁数差不多的女人，她今年在自家的所有地都种了红尖椒，连房前房后的瓜菜地没落下，她男人却反对她这么干，觉得不应该全赌在这辣椒上，万一出了岔子这一年吃啥喝啥。她骂她的男人窝囊，没脑子，没发财的命，来了这么好的机会都不敢去逮住它。两口子因此大吵了一架。两个多月前，你伍老板来俺村说不收刚摘下的湿椒，甩手就走了，可忙坏了种辣椒的这些人。那个女人就起早贪黑地忙着晒辣椒，可刚开始晒就下起阴雨，红辣椒堆在屋里和仓房开始发霉发黑，红湿椒变成黑烂椒，损失了一半。她过去没弄过，不知道咋搞。她男人跟她又大吵了一架，跑走了，再没回来。那个女人赌气，开始喝酒放纵自己，招全村光棍和好色男人去她家耍牌赌博，干起别的勾当，就你说的插彩旗吧，开心理诊所喝心灵鸡汤。

讲完故事，"山鸟乐儿"站起来，拍拍身上的沙子就往前走了，也没看一眼那伍老板。

伍老板愣在那里，呆呆地看着她的背影，嘴里只吐出一句：原来——红色一号！

见她头也不回地走远了，他才感到一丝恐惧。显然她这是恨他，丢下他不管了，要他自己死在这沙漠里！

等等我！别丢下我！他从后边追赶起来，可没几步就跌倒了，又饥又筋疲力尽，他实在走不动了。于是，他就在那里爬，一步一步艰难地爬，沙地上拉出一条很长的沟沟。生的欲望，促使他拼着命往前挣扎着，嘴上脸额都沾满沙子，像一只受伤的兽类。由于严重缺水，干裂的嘴唇渗着血丝，双眼也变得模糊。

求求你，救救我、救救我——他绝望地向前伸出手，喊声微弱。那铁石心肠的女人仍然不回头，他就拼尽生命的最后一丝力量喊，回来！我这里有存折——

那女人站住了，回过头鄙夷地看着他。心里说，村长连你身上的虱子都数过了，除了黑包里的几千块零用钱外，啥也没有，哪儿来的什么存折？

伍老板慢慢脱下他脚上的皮鞋，不知怎么地扭开鞋后跟，从里边凹槽里真的掏出了一张存折，裹着薄塑套，递给了走回来的"山鸟乐儿"。是活期存折，上头赫然写有十五万元！"山鸟乐儿"登时目瞪口呆。伍老板向他解释说，他的公司是个皮包公司，红干椒原计划是倒卖给下家，可下家又不要了，他个人又没有能力搞走这么多红干椒。这点钱是他给自己预备的一笔救急钱，关键时刻才可动用。只要她救了他的命，把他从这大漠里救出去，钱全给她，心甘情愿。

"山鸟乐儿"不说话，一哈腰拔下来他的另一只皮鞋，三弄两弄也拧开鞋后跟。只见从里边也掉出来一张存折，一看，上边存有十万块！

咯咯咯咯……哈哈哈哈……

"山鸟乐儿"爆发出惊天动地的大笑。大喊，村长你赢啦！

她头上，太阳煌煌。她笑得花枝乱颤，身上掉下几多沙尘。

她的红褂子在阳光下闪耀，显得那么美丽诱人，而又温柔。

捉野蜂的男孩

诺贝尔物理奖得主丁肇中近期在实验中发现，宇宙空间大量存在"暗物质"，能量很大，人类目前只知其百分之五而已。这就是"万物有灵"中的那个灵魂类无法捕捉的东西。英国人类学家泰勒教授在《原始文化》中说，人或万物，在其形态毁灭后其精神仍以信息态存在，或潜在或凭依其他物体显现出来。古人称"不死的灵魂"，指的就是精神的信息态。

月光如水，似一片银色的乳汁涂满土炕，经无糊纸的空窗棂折射后屋内更显得梦幻般幽暝。

朦胧中，六岁男孩小黄毛在土炕上翻身坐起，揉眼睛，似被这柔美的月色照醉了般摸索着下地。正当他懵懵懂懂往外走去，如一梦游者时，从土炕上传出奶奶的招呼声。

毛沙拉，要去哪里呀？

Saondaolin-baot。小黄毛答。

天还没亮呢，这光是月亮的光，孩子。

哦，是月光呀？奶。

这会儿蜂儿们还没出来呢，它们也在睡觉。Saondaolin-baot 上边，现在一只蜂儿也没有，它们是出太阳后才能飞呢。

噢。小黄毛迟疑了。在奶奶哄慰下，他又回到土炕上躺下，等候天亮。不觉间，重新睡过去了，这下一直睡到太阳晒屁股。

他一骨碌爬起，嫩嫩地叫一声，奶，太阳出来了哎。

炕上不见了奶奶身影。炕头放着一粗瓷碗，碗里有块巴掌大的苞米面菜饼子，其实是黑黑的野菜饼子。于是他知道，奶奶又到野外撸树叶子去了，那张菜饼子是他这一天的口粮。他啃下饼子三分之一，余下的放回碗里，然后跑到水缸那儿灌进一肚子凉水。将要出门时，想了一下，又回来把那多半块饼子小心翼翼地装进衣兜里。他知道家里的耗子也正在挨饿。

外边灿烂的阳光狠狠刺晃了他的眼睛，心里说，好亮的天，今日个 Saondaolin-baot 上边肯定花儿开很多，蜂儿也会来很多。他喜滋滋抬步跑走之前，还不忘踮脚尖挂上门钉锦儿，再塞上小棍别好。

Saondaolin-baot，就位于他家东南几里外，从那里再往南几百米就是锡伯河了，流着黄泥汤般的不多的浅浅河水。有必要先对 Saondaolin-baot 这名称解释一下，前边的 Saondaol 是指一种类似刺儿梅刺儿枣儿荆棘的木本灌丛植物，春夏季盛开红的紫的粉白的小花，baot 则是一丛或一座，由于蒙古语 Saon 无法找到同音汉字，只好拼写。其实就是一座长满带刺儿 Saondaol 这样植物的鼓凸的大土崖而已。

毛沙拉意思是小黄毛，奶奶春夏忙撸树叶子秋冬又忙搂柴，还顾不上给孙子起个大名。

赶到时，一群一群的野蜂在那座刺儿丛土崖上挤着堆儿飞，嘤嘤嗡嗡的，他的到来引起短暂骚动，蜂儿们似在说，来迟了小黄毛，来迟了。而一群腹部有条斑的黄蜂，则围着他乱草似的头发转，如簇拥着一只蜂王。黄蜂又叫大马蜂，内地人更愿叫它胡蜂，因它能蜇死一头牛。

在这座特殊的长满刺儿灌的 Saondaolin-baot 上，所有村童都不敢接近，传说是邪行的地方，小黄毛真像是一位自由自在的蜂王。那些尾根部长着毒刺的野蜂，居然都不蜇他，甚至喜欢他身上的那股味道。那是一股与生俱来的特殊的味道——"狐臭"。

她又做了那一奇怪的梦。

捉野蜂的男孩，六七岁的样子，站在一座土崖上的刺儿丛中，朝她喊着话，就是听不清在说什么。每次梦醒后，一身冷汗。仔细一想，这辈子的生活经历中，自己从未遇到过这样一个奇特的男孩。

他是从哪里冒出来的呢？为什么老在梦中纠缠着她？

懒在床上，人的思绪也变得慵懒。惬意的退休生活，本可睡到自然醒，可受梦中男孩滋扰，这香甜的晨眠是再无法继续了。慢慢起床，洗漱，然后给做日工的阿姨打去电话，告诉今天不用过来了。昨日儿子来电话，要接自己到他任副旗长的库伦旗转一转。也许担心她老一人闷在家里，闷出毛病，儿子也知道库伦旗对她具有什么样的特殊意义。

车在茫茫的沙坨公路上疾驰，穿越一道道植被稀疏的沙土岗。那些来去奔梭的车辆，如低飞在波谷浪峰间的一只只海燕。

临近旗镇时，她的心无意猛地跳了一下，不知为何。

她轻"哦"了一声。

"伊主任，怎么啦？"开车的小李不放心地询问，"车速是不是快了？"

"没事。开慢点也好，观观景。"她说得随和。

"好咧，听说您老是故地重游，自从包旗长来了后我们旗这几年变化挺大的。听说您老过去在这里当过领导，是吧？"

她"噢"了一声，不置可否，只觉得这小司机话有点多。其实知道她曾在这里待过的人现在已不多了，肯定是从儿子嘴里说漏的。接到儿子邀请后她曾有些犹豫，但梦中那个捉野蜂的男孩和他所站的那座刺儿丛土崖，始终在诱惑着她。

片刻后，小司机又说："包旗长在前边 Saondaolin-baot 加油站那儿，正恭候您哪。"

一听到 Saondaolin-baot 这名儿，她心里又如被蜂蜇了一下般刺痛，不由得皱起眉头。尽量保持着平静，不动声色地问："干吗非得在那个地方等呀？"

"高速路上别处不好停车，进镇子前只有那家加油站还适合等候。其实吧——"小司机欲言又止，在她询问的目光下接着说道，"其实吧，我也不愿意在那个地方停下来，嘿嘿。"

"为什么？"

"不瞒您说，那地方正闹鬼呢。"

"噢？闹鬼？怎么个闹法？"

"大概在一个月前，半夜里来了辆车要加油，工作人员正在屋里打瞌睡懵懵懂懂摁开关加油，收钱，然后接着睡。第二天一早却发现，他收的钱是冥币，跑到外边一看，满地都是油，油全加到地上了。吓得那职工魂都没了，再也不敢来上班。"

"还有这样子事？迷信吧。"

"开始都说是迷信，可后来又发生了怪事，夜间司机总看见这家加油站前边有蓝色鬼火飘移，一闪一没的。就上星期，有几辆车被鬼火迷惑追尾了。"小司机说得有鼻子有眼。

"真有这事？"

"千真万确。"

她无语。心里默默寻思，乡间这路神鬼事过去也常见，只是大家习惯性地愿意往迷信那儿一推就完事，不甚追究也无法追究。在无神论教育普及下，解释此类事变得很简单，可以风一样吹走心中那些不解的困惑就是。

"看来这家加油站建的不是地方啊。"她说。

"老百姓都这么说，加油站背靠的那座刺儿丛大土崖，村民叫什么'孙道临·包特'（Saondaolin-baot），有问题，怀疑早先是块大坟圈子。"

"大坟圈子？过去我在这里时，倒是没有听到有这样的说法，看来'鬼'们也与时俱进了。"她讥讽，然后没有再开口。这话题让她不舒服。

加油站说着就到了，果然冷冷清清，没有停靠任何车辆加油，似乎业已关门。空旷的车场上，只停着迎接她的车辆不信邪地泊在那里，看上去如两只大鸟落在地上。

"小李，咱们就不在这里停了，把车直接开到旗宾馆去吧。"她突然吩咐。

"不行啊伊主任，旗长要在这里给您敬下马酒，献哈达。"

"打电话告诉他，这套礼节就免了，我也不是来视察的官员。"

小司机电话也不敢打，还是她自己拨通号码告诉儿子，称自己身体不舒服，不在这儿耽搁了，先过去了，你从后边赶过来吧。这下小司机不敢违逆老太太意思，只好踩下油门。

当小车摁两声喇叭不减速开过去时，她看见有两个美女捧着哈达、两个帅哥捧着美酒，站在路旁恭候。焦灼的儿子西服革履地挥着手，从车后跟跑了两步，又无奈地摇摇头赶紧回车上从后边追来。

当妈的忍不住笑起来。司机小李暗暗想，老太太够狠，连旗长儿子的面子都敢撅。

毛沙拉看着那些野蜂，嘴上咯儿咯儿乐开了。不知为何，一见到这些簇拥着自己的大黄蜂、黑野蜂、小蜜蜂们，他如见到亲人般高兴，平时总紧绷的一颗心这时也能够放下来。在这里，看不到其他村童的白眼，大人们也不敢走进这里揪自己耳朵。

毛沙拉，你这小野种，又来逮野蜂子啦？他们只在外边嚷一嚷。

奇怪，毒胡蜂咋就不蜇死他呢？"村革委"克尔伦司令曾被蜇过，差点要了他的命！

这是下地干活的"革命农民"，赶着牛拖着木犁路过Saondaolin-baot 时的斥骂，他们每人胳膊上套着一个显示贫下中农尊贵身份的红袖章。对那鲜艳夺目的红袖章，毛沙拉曾十分艳羡，村里大多孩子也都戴着显摆，他就央求奶奶自己也要戴，奶奶叹口气不知从哪里翻出一块旧红布就给他做了那么一个不伦不类的红条条，给他戴上了。毛沙拉稀罕至极，只向邻居那个偶尔跟他玩的女孩莎娜炫耀一回。第二天奶奶被抓走跪在领袖像前请罪，口号声震天动地，他胳膊上的红条条也被克司令一把撸走，狠狠扇他耳光人滚出几丈远。奶奶扑过来护住孙子哀求，是她地主婆有罪，放过小孙子吧。有人鉴定出那红条条是从旧内裤上剪下来的，地主婆恶毒。事后毛沙拉悄悄问奶奶是真的吗？奶奶点点头称找不到别的红布了，他又问什么叫地主婆？奶奶摸着他头暗暗流泪，解释说指有土地的主人老婆叫地主婆。他又问那你的地在哪里呀？没了，都没了，归集体归国家了，他们说占有土地是有罪的，孩子，所以奶奶才连累你一起受这份罪。

从那次后，他一见村民胳膊上的红袖章就身上发抖，不敢正眼看那颜色。当邻居女孩莎娜隔墙得意嘲笑时，幼小年纪的他头一次感觉到被告密被出卖的滋味是那么的刻骨铭心，那么的刺痛心肺，眼里不由得闪射出隐忍的刀锋般的寒光。

此刻，他躲在扎人的刺儿丛中，静静等候红袖章农民们走远些。

铁灰色枝杆上长硬刺儿开粉色小花的野梅丛、绿色叶片都长毛刺开黄花结小果的金棘儿，还有灰白色小叶子的沙棘、长不大的酸枣棵子、野蔷薇……都热烈地展开胸怀欢迎他，他是它们的孩子。一个野孩子。

外边彻底安静了。下地的下地了，上学的上学了，无学上的毛沙拉开始了这一天的营生——捉野蜂玩。

他把褂子脱下后反过来，双手反着伸进衣袖里，让褂子背面朝前挡在胸前，然后去逮那些落在花蕊上的野蜂子。不逮小蜜蜂，也不逮马蜂，而是专逮那种个头最大的老虎蜂，有拇指盖大，嗡嗡鸣叫像飞机，翅膀扇起来虎虎有风。可这种老虎蜂不多，很难碰，需要耐心等候。太阳明晃晃地从头顶上直直晒着，他身体黑黑一小团如一坨子被晒干的牛粪，定定地蹲在花丛下边一动不动地等着。一旦有老虎蜂落稳花朵上时，他就迅疾无比地伸出双掌，空掌心合拢着活捉它。虎蜂尾刺扎不透套手上的袖子，在隔布的手心里嗡嗡怒哼着乱撞，他左手小心捏住其头部，右手再去拔那根有毒的尾刺。那尾刺伸缩有规律，当尾刺吐出时迅速挤住它不让其缩回去，再靠长指甲拔出那根霸道无比的毒刺。然后拿出奶奶给的缝衣线，从虎蜂细腰处拴住，而虎蜂那鼓突滚圆的大臀部再吞吐也无毒刺蜇人了。接着他从兜里拿出一取灯盒，小心翼翼地把抓获的虎蜂关进去。此时他汗一道泥一道的黑黝黝小脸上，绽放出花一般的笑容，等候第二只俘虏的到来。有时等烦了，他也随便逮一只马蜂或小黄蜂关进取灯盒里去，过一会儿打开一看，发现小蜂子们居然都被那只霸道的老虎蜂给咬死了。于是他再也不那么做了。

终于逮到第三只老虎蜂，可以放飞着玩了。

放飞前，他会对着取灯盒面上那张图发呆。浅红色单线条画着一个年轻母亲给婴儿喂奶的图案，安详而亲切。那会儿，再饿毛爷爷也鼓励多生。此时他眼神变得痴痴，似是琢磨着什么。奶奶告诉过，他也有个妈妈，但去了很远的地方，有一天会来接他走，你就在 Saondaolin-baot 上边等着她。可村里人却说，他是被地主婆从镇上沟里拣来的野孩子，私生后被遗弃，无爹无妈。想到此，小小年纪的他深深叹口气，然后打开那盒。当三只老虎蜂从盒子里飞冲而出时，他脸上再次绽放出笑容，咯咯乐着，抑郁的样子一扫而光。被拴在一起的三只虎蜂，身下拖着一根长线，线的这头攥在他手里，在空中盘旋着绕飞。虎蜂蛮力很大，上下挣腾着，忽高忽低，悠悠然地舞动着，可比其他村童放的风筝有趣多了，因为蜂是活的。西斜的阳光下，Saondaolin-baot 上微风习习，他玩着、转着，灿烂地笑着，也顾不上刺儿丛不时扎着他，全身心享受着三只玩伴带给他的快乐。玩累了，跑饿了，从兜里摸出那半块菜饼子吃。此时，从他胳肢窝里随着汗水悠悠然地释放出一股味道来，弥漫着散开去，那是一股闷骚香味夹杂着恶臊气味。通常，这股味道被叫作狐臭。那些大小蜂儿们，一闻到这股气味，慢慢全扑到他身上来，嘤嘤嗡嗡，也不蜇他，都亲密无间地趴伏在他身上，密密麻麻。他就坐在那儿傻乐着，也不驱赶，也不害怕，任由着它们拿他身体当作温暖的蜂巢。

蜂不蜇的这一奥秘，他自己也不清楚。只知天下人都歧视他欺侮他时，唯有蜂儿们喜欢他，亲近他，不欺负他。他也喜欢它们，除了奶奶它们是最亲密的朋友。

黄昏了，奶奶该喊他回家喝菜糊糊了。

可今天，奶奶的那一声长长的召唤，却始终没有响起。

犁地回来的红袖章农民，见他还待在刺儿丛包上，身上落满野蜂子毫不在乎，都惊愕，骂骂咧咧地匆匆走过去不敢多望。

太阳已落进锡伯河上游的水色中，如火焰点燃了整条河。奶奶还是没有回来。他放飞了三只虎蜂，独自回家。蜷曲着小身子，哭泣着躺在家里土炕角，在饥饿和恐惧中熬着漫漫黑夜，等候天亮等候奶奶归来。

可奶奶始终是没有归来。

母亲伊茹黛，安稳地坐在宾馆大厅宽沙发里，身子陷在软座中看不见。

儿子包赫几乎是跌出了那一骤停骤动的旋转门，定一定神，发现母亲后再匆匆奔向那张大沙发。身后依然跟随着要敬酒献哈达的帅哥靓女们，迈着碎步，如影随形呼吸紧促，仍一脸的职业笑容。

当儿子一定要郑重其事完成迎接仪式敬下马酒献哈达、两对男女面向她引吭高歌那首科尔沁迎宾曲时，母亲伊茹黛很无奈地摇了摇头。她费力从深陷的沙发窝里拔出身子，站起来，不再矜持，帮儿子完成这一繁文缛节。她不理解儿子干吗非要这样。儿子悄悄告诉她，我得给他们看看，我还有您这位不凡的老妈妈。

"原来，这下马酒是下给别人看的，怎么，工作不顺了？"她盯着儿子看。

"没有啥不顺的，凭您儿子本事，地头蛇们是压不过我的。"儿子附她耳边笑吟吟说。

她顿时知道，儿子遇到事了。从小一撅屁股，就知道他放什么屁。儿子是三年前从上边派下来任这里的常务副旗长，工作干得还是不错的，可官场的尔虞我诈谁知会发生什么。不过她这次还真的猜错了。安顿下来，辞掉丰盛午餐和陪客，称自己身体不适就在房间里简单叫了一碗馄饨，然后就歇了。弄得儿子再次尴尬，那也没办法，母亲的秉性他是知道的。

正好双休日，陪母亲转转库伦。下到丽都湖游览，上北山哈达泰峰逛景，再去南山观杏花林白花花如一片雪色，让母亲感觉到小小库伦现在已有了两三个不错的去处，与当年不同。当母亲提出想拜一拜新近复修的清初三大寺时，儿子颇感意外。母亲向来是一位无神论者，她这是真想拜还是只参观一下？

"真拜。退下来一身轻，没那么多顾虑了。现在，好多在任高官都烧香问卜呢。"

"噢。也是哈。"

三大寺香客如云。正殿中喇嘛们分两边正襟危坐，集体念经诵法，众信徒们围在外圈，或跪或坐聆听经文。弥漫的香烟中，见母亲虔诚地加入到外圈信徒中间跪坐，儿子只好悄然退出外边等候，有人给他搬来椅子坐。他和寺庙管理者聊起不售门票的三大寺运转情况。

母亲在主佛释迦牟尼尊像前跪了很久，嘴里祈祷着什么，往捐箱里放钱时双手在抖动。

老人家这是在为谁或为什么祈祷，她内心因为什么而显得暗潮滚涌？难道是由于自己那句话惹她担心了吗？好像又不至于，经历过无数大风大浪的母亲不会在意这些芝麻粒小事的。邀请母亲重返故地，他是另有隐情，何时挑开好呢？无意间听来母亲在库伦时的一些传闻，始终困惑着他。这些传闻，似乎跟他也有关。但他知道，不能惹翻了老太太，需要耐心等候时机。

其实，母亲伊茹黛这边，不动声色中似乎也在等待着什么。

第三天，这样的时机终于出现。

"南山北山逛过了，佛也拜过了，今天是周一，儿子要上班不能再陪您老游览。要不，今天随我去参观我主抓的城镇化工程吧。"早饭时，包赫似是随意，提出了这样建议。

"城镇化工程？那有什么好看的？"母亲神色淡淡。

"我们旗有一目标，就是早日实现旗改市，为此，加速城镇化建设，规划把库伦镇和东边三十里外的古尔班镇连接起来。"当副旗长的儿子说得很豪情，张嘴吞下一个小包子。

"那要毁掉中间的两三个古村落呢，胃口未免大了点吧？"母亲马上质疑。

"老太太，这是发展的需要嘛，没见北京城都拆掉古城古门搞扩建呢？咱这几个破旧老村算什么。"儿子自信得很，话意中不乏对母亲老脑筋的一丝讥讽。曾在人大工作的母亲伊茹黛，这些年可没少见儿子这样雄心勃勃的基层干部。她一时缄默，似乎不想跟儿子掰扯大道理。很多事她已看透，何况不在其位不谋其政，尤其儿子地盘上她更不想指手画脚闹不愉快。

"我还是不去了吧，你们拆你们的，这两天老妈被你拽拉着逛这逛那，累够呛了。"思忖片刻，她推辞。

"妈，你不去看一下，会后悔的哟。"儿子卖关子。

"后悔什么？"

"要拆的那几个村里，包括锡伯村。我知道您老人家当年曾在那里插队当'知青'，几年青春埋在那里，有段无法割舍的情感。"儿子终于抛出诱饵。

果然有效。母亲抬起脸，诧异地问："锡伯村可没有处在你们规划的那条线上啊，干吗拆人家？"

"属于沿线附近被扩进来的，投资方同时想开发锡伯村锡伯河，建一大风景区。"

母亲登时无语。半天说不出话来。

"到了这会儿我才明白，我宝贝儿子为何死乞白赖邀请我下来转悠了。原来是让老娘下来跟锡伯村告别，跟这即将消失的村庄告别的。"

"嘿嘿，也是跟您老那四年青春时光告别。听说老妈那几年受了不少苦，不，应该说伤害。"儿子有意把话题往深了推延。

"看来你是听到了些什么，那是个荒诞的年月，儿子。那些已经消失了的，早已告别，不可挽回，而无法消失的，告别又谈何容易呢——"母亲神色变得超然，一声轻叹中透出无限的落寞。

"那，您是想去还是不想去呀？"儿子继续试探。

"好吧，你既然安排了这场告别，那就去吧！有些事是无法回避，只能面对。"

伊茹黛放下碗筷，本已漠然的脸上突然显出一股坚毅之色，令儿子不敢多言。

出发前，儿子打了两个电话，一个是给秘书，一个是给城镇化工程那边。

车又驰向伊茹黛来时的那条公路，可心境已经完全不同。初夏的和煦之风，吹进车里来时携带着一股泥土和山野清香，在心胸间荡起一股兴奋和激情。整整四十年，自离开后头一次踏上这条回探锡伯村之路，她内心中突然有一股抑制不住的亢奋和忐忑情绪涌上来。

当然，还有一丝丝的恐惧。她一直恐惧这条回归之路。

当前方隐隐显现出那家闹鬼的加油站和后边不远处的那座神秘的 Saondaolin-baot 时，她的心再一次暗暗激颤，接着是一阵针扎般的疼痛。

小肚子的咕噜咕噜叫声，与墙角老鼠磨牙声和蛐蛐苦唱声混在一起，迎来了太阳升起。

奶——！他揉着被泪屎糊住的双眼，弱弱地叫一声，如一小猫哼哼。

旁边铺位依旧空空，他的呼叫消失在土房的无数裂缝里，毫无反应。滑下土炕，跑到院子里喊奶，以为奶在院里忙什么。可小院里也空荡荡依然不见奶佝偻的身影，有一只野狗在院角寻嗅什么，毫不在意他的存在，只是回头漠然地看了他一眼，都懒得叫。他的恐惧在膨胀，一时忘掉肚里饥肠扭结的难受，噔噔跑到村街上满村喊奶，后又大胆跑到村革委会看一看是不是被揪到这里来了。写大字报不下地干活的克司令，一脚把他踢出来，厉斥，滚，地主婆不在这里！陪他一起正革命着的漂亮女"知青"刘振玉在旁边拍手乐。

奶奶去哪里啦？奶奶出什么事啦？他小脑瓜全被这提问搅成糨糊。

从村革委会门口的尘土里爬起来，手背摸一下脏兮兮的眼泪，抬脚又趔向村外跑去。他知道奶奶常去撸树叶子的那个地带，在十多里外的一处野榆林子，因那里老有野狼出没，奶奶曾带他去做伴。从那次他才知道奶会唱那么多的老歌，一边撸着榆树叶子一边唱老歌，一首接一首。也许，她是在安抚恐惧荒野的小孙子，同时排泄心中的太多苦闷。其实真正原因是饥饿，遭遇三年大灾还没缓过气来的农村又遭遇"文革"运动，那几年农民都不怎么种地，天天搞运动写大字报。而锡伯村土地沙化广种薄收年年吃国家救济返销粮，每人一年口粮才二百斤，一天不足六两，"地主婆"小孙子是从外镇上认领的野生娃，没有户口，只能从生产队领她一人口粮，加上她干活因年老只得半个工分，口粮又被克扣一些。祖孙二人一年分到不足二百斤发霉的老苞米，平均下来二人一天才有半斤粮也就两个窝窝头，饥肠辘辘中只好去撸树叶拣野菜添补熬日子。俗话说饱睡饿唱，奶奶是因饥饿才哼唱，为忘却前胸贴后背的饥饿而歌。

毛沙拉小黄毛踉跄着走在野地上。一天一夜肚里没有进过食，灌满肚子的凉水除了咣当咣当直响外更加刺激着胃肠对食物的强烈渴望。他喊着，哭着，跌跌撞撞跑着，恐惧和饥饿让他六神无主，也不知怎么找到的那片黑榆林子。锡伯河上游套湾的那块儿地，早年是个长满黑黝黝老林子常人不敢涉足的险地，称之为"奈曼格尔"即八户人家。传说这八户人家全是"红胡子"，风高夜黑干杀人越货勾当。解放时政府镇压了土匪，黑林子也基本被砍伐光，"大跃进"时炼了钢铁，只剩些小榆树毛子成为狐狼出没之地。正走着，毛沙拉遇见一邋里邋遢的老流浪汉，半疯半傻，告诉他昨日在榆林子深处见过一老太婆，说完嘿儿嘿儿猥琐地乐。

毛沙拉走进树毛子一丛一丛地寻找奶奶，嘴里喊着哭着。老流浪汉好奇地也跟过来了，他的活法是寻些狼狐啃剩的尸骸解决饥饿问题，当然也以偷吃野地生苞米棒子为辅。一棵幸存的弯巴老榆树下，发现了奶奶残缺不全的尸体。大腿胸部臀部肚肠等处，全被野兽啃个干净，惨不忍睹，毛沙拉吓得不敢靠近哭都哭不出来。流浪汉也很吃惊，说昨天下午见到她时还好好的呀，趴在地上称自个儿上树撸高枝叶子摔下来了，歇一会儿就好，我还给了她半块贴饼子。老流浪汉没说给半块贴饼子是有代价的，说自己一辈子没见过女人屁股什么样强行扒了她裤子看了看，然后傻笑着自顾走了。显然地主婆当时是摔断了腿无法站起来，往前爬行几十米的印迹可证明这一点，土篮子和大口袋里发黑的老榆树叶子撒了一地，脸浮肿后变得绿绿的，这是吃了太多树叶子和有毒野菜造成的。右手掌却攥得紧紧的，流浪汉掰开后发现竟然是他给她的那半块饼子，没舍得吃。流浪汉刚想塞进自己嘴里，见毛沙拉馋涎欲滴地正盯着他，便说算尿啦，这块饼子肯定是留给你的，你吃了吧。

毛沙拉伸出手颤抖抖地接过饼子，放进嘴里去，顿时身上所有器官急速运转起来，微小的热量传遍全身，也有了哭泣的力气，便伏在奶的残缺尸骸上啜泣起来。

流浪汉傻笑着走了。毛沙拉留在奶的旁边，守护。

后来，村里来了人。克司令命人就地埋掉地主婆尸骸，还叫来警察抓走了报信的流浪汉。

大人们拍拍手都走了，忙着去写大字报，去完成每人一天写五张的任务。

谁也没理会缩在一角哭泣的毛沙拉。他本就是多余的野崽。掩埋奶的小坟丘子，在那里孤零零地戳立着，野风吹过时扬起一片干燥的黄尘。饥饿的乌鸦在远处叫，同样饥饿的狼也在不远处觊觎，显然土坟是保留不了多久的。

无依无靠可怜的毛沙拉，还坐在那里孤零零一人哭泣。

失去了奶奶，这下，你从哪里来，去往哪里哟？

从桥上过了锡伯河就是那家闹鬼的加油站。

伊茹黛发现，有几辆推土机和大铲车正在推铲加油站。她错愕，儿子告诉并非因闹鬼拆它，而是从这里开始后边六七里外锡伯村一带全部铲平，要建锡伯河沿岸自然花园和别墅区。

"别墅区？让锡伯村农民住别墅？"母亲笑问。

"有钱都可以住啊，主要是卖给远近城市富人。有钱人现在都想回归自然，寻求山明水秀之处不是吗，好吧，我们提供给你。"儿子的得意溢于言表。

"有钱人？"母亲鼻子里哼了一声，不动声色地再问，"那你打算，让那些无钱的农民住哪里去呢？"

"住城里去，住镇上新盖的楼房。"

"火柴盒式经济适用房？"

"那也比他们原先土坯房强多少倍了，也不用种地，享福去吧！"

"不种地，住城镇靠什么养活家口去幸福？"

"安置工作呀，比如在新建的花园别墅区当个环卫工人、楼所服务生什么的。"

"生生掠夺了人家土地家园，还让他们为你们富人有钱人扫马路擦地板？这就是你们的农村城镇化？给他们的幸福？"母亲忍不住一吐而说，质问。

"瞧你说的，妈，让你给说歪了，嘿嘿——"儿子尴尬地笑。

"那，你们这么美好的宏伟规划，征求过人家锡伯村农民意见了吗？"

"这不正在做工作呢嘛——"儿子迟疑了一下，变得有些吞吐。

母亲摇了摇头。她现在对下边这种一哄而上整齐划一地搞城镇化，深不以为然。生吞活剥上头只从经济利益考量的某一政策，会引发什么样的后果呢？千万个承载几千年文化的古老乡村将会消失，代之而起的火柴盒式一色儿水泥楼里圈着几亿农民，失去土地无正经职业在城里又找不到尊严地位的他们，闲荡如散兵游勇，麻将、酗酒、赌博、寻衅滋事、群体围观，将成为一群困兽，在社会上那可是无法预知的不安定因素。难道唯有盘剥农村土地和农民，才是地方经济唯一出路吗？这种城镇化，名义上是为农民服务，实质上只是为拉动各地经济、到头来实为有钱富人服务的权宜之策，最终后果会如何呢？伊茹黛不敢想象。

这时只听"嘭"一声大响，吓了他们一跳。

声音来自加油站后边不远处的 Saondaolin-baot 一带。包赫的秘书戴着安全帽跑来报告，"孙道临·包特"那边遇了点事，请包旗长过去瞧瞧。儿子下车去瞧了，她坐在车里待了一会儿，闲得无聊也下车慢慢走过去看看。

那个出动静的加油站后边，很热闹。走一小坡上去，在不远处的 Saondaolin-baot 前边，停着好多台推土机、铲土机、运土卡车等大型机械，聚集了好多好多人，有工程人员、政府干部、一些维稳武警，还有更多的青壮农民、妇女小孩儿和老人。一见这阵势，伊茹黛顿时头都大了，隐隐担心的事情还是发生了。

四十年未见的那座 Saondaolin-baot 刺儿丛包，外观上已大不一样了。从前的那迷人旧貌几乎荡然无存，上边的植被基本消失，裸露出黄色土崖更显狰狞而贫瘠的无惧，凸现着倔强，倒像是一个裸汉面对四野，似是在质问：谁扒光了爷的衣服？她万万没想到，区区四十年时光，这座 Saondaolin-baot 上的绿色植被竟如此衰败，如此沦落。当年她和他爬进去后不见人影的各种刺儿丛，如今已见不到一棵，那些开小粉花的刺儿梅、开黄花的金棘儿、结小红果的枣棵类，都无一幸免地消失了。那段曾经美好温馨又苦痛伤心的四年岁月，就如这座光秃的土崖一样，永远地失去了绿色，往日真的已不再，永远地不再了。

有一景象令她意想不到，那就是土崖的上边，赫然矗立着一座石头敖包，上边矗着蓝色的"苏力德"——纛旌。显然，这是村民新堆砌的，她插队那会儿没有，倒是听说早年间上边的确曾有过一座"日月敖包"，传说是先人祭天的祭坛。

土崖前，人们在对峙。锡伯村是个大村，一千多户人家沿锡伯河北岸依地势逶迤而落，今天几乎倾巢出动，男女老少一两千人围站在土崖前。他们挡住那些推土机、铲土机、运土卡车等大型机械继续往前推进拱倒 Saondaolin-baot 土崖，再推进到后边村子里去。这里已成为桥头堡，前哨阵地。显然，锡伯村农民并不买政府所描绘的那一美丽蓝图的账。在这边厢，围集着政府人员、干活的工人司机，再就是百姓畏之如虎的"强拆队"——都是些被开发商招募来的社会闲散爷们儿、给点钱啥都肯干的青痞和进城农民工，还有些维稳武警。刚才的声响是，农民扔石块砸碎了铲倒一农民的铲车玻璃。

对峙双方已剑拔弩张，虎视眈眈，火药味十足，大规模群体械斗一触即发。

农民在愤怒地嚷嚷，谩骂，咆哮。Saondaolin-baot 土崖上边，已挂出白布黑字大横幅，十分显眼：誓死保卫我们的家乡——三百年古村锡伯营子！

有人高呼："克乡长欺骗了我们！不许强拆队进村！"

"包旗长，带你的人回去吧！"

传说锡伯营子是明末清初就形成的古村。沿着这条锡伯河，稀稀拉拉坐落着还有好几个带"锡伯"的屯落，如"道尔－锡伯""鄂日根－锡伯""彦－锡伯"等。据老辈人讲，满洲人崛起吞并之前这一带属科尔沁蒙古人和锡伯族人游牧扎营之地，从这儿往南蒙古勒真一带是哈达部、叶赫那拉部等。锡伯人因参与"九部联军"古勒山（今铁岭）围攻努尔哈赤建州部而获罪，后全族被迁徙到新疆守边，这里就空余了不少带有"锡伯"之名的旧址。现在是半农半牧的蒙古人，在半沙化的坨包上散牧不多的牛羊，河岸好牧场全部开垦种地，又不能远牧，只好固守狭长的河谷地带刨食，为生存你争我夺。现在又突遭新政，面临家园被强拆消亡的厄运，农民的抵触情绪是不可避免的。

伊茹黛发现，儿子正和那位年轻的克乡长说话，应该说训斥。似乎在说怎么会这样呢，你不是拍胸脯打保票的嘛，怎么会这样呢？那位乡长也脸红脖子粗地唯唯诺诺申辩，本来说通了的，包嘎查达（村长）也告诉我们村民的事包在他身上，只要拆迁费到位啥都好说，谁知会出这么蛾子事呢？儿子呵斥，拆迁费不是拨了一部分吗，全部到位哪有那么快，合同都没签呢！克乡长这下又支支吾吾了，儿子顿时明白喝问，是不是钱还没发给农民？那个克乡长只好挠头承认，包嘎查达我俩商量，等款子全部到位后再往下分——

儿子包赫的脸气得发青，恨不得一口吞了那个乡长。

见此情形，伊茹黛暗想，拆迁费没到位合同都没签，农民一分钱都未拿到，就如此大兴土木来拆人家家园，儿子他们干的这是啥事？太不拿农民当回事了。就是款子全部到位了，农民也未必就真同意呢。这时那个小乡长对包赫说，要不旗长您上去解释解释？包赫瞪他一眼后，拿上大喇叭就大大咧咧上前去喊话了。

"农民兄弟们，请你们放心，拆迁费肯定一分不少地发到你们手上！城里的大楼房也等着你们去入住！"

"我们不稀罕你们的钱，也不稀罕住楼房！"

"我们就愿意住祖宗留下的家园！你们快滚吧！"

随着撒过来一阵土坷垃，差点击中包赫。那个克乡长怒骂，这帮无赖就这德行，给脸不要脸，还是派拆迁队武警上去驱散他们吧！他开始鼓动包赫。儿子在犹豫，回头发现母亲也已走过来，冲她尴尬地笑笑。伊茹黛仔细观察了一下那个小乡长，突然想起一个人来，当年那个克司令！难道是他的后人？

"你这乡长，官儿不大，胆子却不小啊。"她温和地微笑，见儿子有些蠢蠢欲动的样子，阻止道，"不可！搞出流血械斗，引发群体事件，你这旗长想不想当了？啊！脑子进水啦？"

儿子这才从一时冲动中醒过神来，看看愤怒对峙的场面，又看看母亲，一时犹豫。还是母亲伊茹黛显出老练，和缓地对儿子说，你们还是把人先撤下来再说吧，做工作商量通了再拆也不迟嘛，急也不在这一时半会儿，何必闹得这么紧张鸡飞狗跳呢？儿子点点头，就去和有关人员商量半天，终于统一了意见做出决定。

没有多久，拆迁队维稳武警们悄然撤走了，留下的大型机械也停在那里不工作，司机们围在一起开始打牌、闲扯。一场两败俱伤的灾难消弭于无踪。伊茹黛松了一口气，回到车上坐下后半天没吱声，看上去在暗自生气。稍后，儿子也回到车上来，一边擦汗一边抱歉说："对不住，让您老看到了这一幕不愉快的事，我们会处理好的！"

"会处理好？我看难。"伊茹黛不客气地驳他，脸色挺难看，"我问你，下来后，你就是这么做领导工作的？让一个小混混式小乡长牵着鼻子走？这么大的事，不亲自做调查，不亲自走进村里听一听，呼啦一下把队伍拉过来就要拆房拆地的，你以为你是谁？这么胡搞，不捅出大娄子才怪呢！"

儿子脸上登时挂不住，低声申辩："时间紧，工程要求快，旗政府做出的决策，我只不过是个执行者而已，倒不是完全听从克乡长的意思行事。这些农民啊，有时还真不能全听他们的——"

"够啦！"母亲厉声打断，"你懂得多少农民？今天不跟你理论了，我现在累了，送我回去吧！"

一见母亲愤怒了，包赫立刻噤声。他从未见过母亲如此怒不可遏。

毛沙拉又回到 Saondaolin-baot 上，蜷曲在刺儿丛下。在这里，他感到安全，那座见不到奶奶影子的空土房，让他感到恐惧。饥饿已使他浑身无力，曾出去乞讨过，除了遭白眼没有任何收获。还不如躺在这里，静静地看着野蜂飞进飞出着忙碌，仰望高空中那白云苍狗随天风变幻莫测。

他已经没心思逮野蜂玩了，当饥肠绞痛难忍时，揪那些刺儿丛的叶子往嘴里塞，不管有毒无毒。叶子被他揪光了，他就跑到锡伯河岸抠那灰色的黏土吃，牛羊老舔的那种碱性黏土，塞得肚子沉甸甸的排不出屎。后来，他走不动了，没力气拖着沉甸甸的肚子爬到河岸了，小肚子已鼓得像气球。于是他就逮飞到手边的野蜂子往嘴里放，被毒针蜇肿的手如棒槌，嘴巴也肿胀变形噘得像驴嘴。野蜂子滋味涩甜涩甜的，比河黏土好吃多了，他偶然发现好多小黄蜂往旁边的一小洞里钻，就抠挖那洞，不久那洞扩展得很大，接着只听扑通一声他就掉进一个浅浅的穴洞里去了。这下可好，冒出千万只蜂子糊满他身上，有一只又肥又大的母蜂爬在嘴边，他就张嘴一口吞了下去。有一股奇特的味道从喉咙贯穿到肠肚里，一阵涩甜过后，突然变得火辣辣的，强烈到肚里疼痛难忍，令他抽搐着身子打滚。那些无数的蜂儿们，这下更疯了般扑在他身上，密密麻麻，把他身子裹得密不透风，而且都拼着命往他嘴里钻。眼睛、鼻孔、耳朵，所有有孔之处全钻满了这些忠诚而勇敢的小虫虫。也有不少的蜂儿在咬啮着他的皮肉，企图咬出洞钻进去。

他咽气时，眼睛里看见了奶，冲他微笑着，身边还领着一个人，模模糊糊的，是个年轻女人。奶对他说，她是你妈妈。

那个妈妈显得模模糊糊的，只有一双眼睛清晰而大，直瞪瞪地看着他，不说话也不认他，很陌生。

接着奶讲了个故事。

——那年，村里来了一批城里娃子。大伙儿明面上管他们叫"知青"、从毛主席身边来的人，暗中则悄悄嘀咕说，这帮娃子戴袖章的孙猴子，把城里闹得乌烟瘴气的，毛主席都受不了了，毛主席是玉皇大帝呀，天庭哪能容得下孙猴子瞎折腾？所以把他们赶出天界，发配到乡下边疆草原，呛呛风的。这帮娃子当中有个叫小黛的丫头，人长得水灵又聪明，挺招人喜欢。这下叫我们的克司令看上了，可他有老婆孩子，非得要跟人家小丫头相好。可怜的小丫头四处躲他，偷偷地哭。有一天，克司令以写大字报为名，把小黛单独留在村革委司令部谈话，小姑娘非常害怕想叫好姐妹刘振玉留下陪她，可被克司令赶走了。先是好言哄她什么入党啦送她上大学啦平时不用干农活啦等等，小黛就是不上套，那个衣冠禽兽的家伙就硬拉扯开她衣服。小黛姑娘突然"噌"的一下，从身上拿出一把剪子放在脖子上说，再逼她就死给他看。这下克司令被吓住了，逼死从毛主席身边来的人，当时"知青"又是受保护的特殊对象，那罪过他可担当不起，因这类事有人已被枪毙过。

小黛姑娘逃过一劫，但苦难日子就开始了。在克司令唆使下，"知青"们内部搞批判，揭发资产阶级思想，可怜的小黛自然就中枪了。她爸是已被打倒的"走资派"反革命，本人身上有诸多资产阶级作风，如爱美，爱读《简·爱》《安娜·卡列尼娜》等坏书，揭发最积极的就是她无话不谈最了解她底细的密友刘振玉。这让她很伤心，被出卖的感觉比挨狗咬还入骨。随后，她如一根鱼刺一样，从"知青"宿舍给踢出来了，发配到我们这堆儿接受改造监管的"地富反坏右"群体中，监督劳动。在克司令授意下，派活儿的人安排最重最累的活儿让她干，小姑娘也有股子狠劲儿，默默忍受着从不吭声。有一次派她淘粪坑，在臭烘烘稀泥式的粪坑里淘了半天姑娘被熏倒了，因没完成任务苏醒后又安排她下去。这时有个叫包迪的地主小子看不下去，就跳进粪坑替她淘完了剩下的，当然免不了被狠批和踢打。地主小子也是一位城里读书的"回乡知青"，还是个高中生，自学祖传"萨满医术"，村里人头疼脑热甚至有些疑难杂症都找他，在百姓中颇有威望，克司令一时没办法往死里整他。渐渐地，在这位大哥哥明里暗里护佑下，小黛姑娘脸上有了笑容，俩年轻人之间也渐渐滋生了恋情。把这一切看在眼里的克司令，更是恨得牙根痒痒。

有一天一对恋人钻进 Saondaolin-baot 刺儿丛里，偷读"禁书"，同时大哥哥辅导数学物理什么的，做着将来读大学的梦。小黛问大哥哥大马蜂为何不蜇他们，地主小子告诉她自己的胳肢窝有狐臭，马蜂怕这味道，或者说喜欢这股味道，所以也叫胡蜂，这股味道也保护着你。小黛姑娘却红着脸低声说，不好意思大哥，其实我的胳肢窝也有狐臭，以前家里人叫我做手术去掉我害怕没敢做。地主小子这下大乐，直说难怪我俩臭味相投呢。

　　Saondaolin-baot 外边，克司令发现了他们的行踪，又不敢爬进去"捉奸"，就大骂着往里撅石头。结果，招来了野蜂追着蜇他，中毒后打了三天针才救下一条小命。由此更是恨死地主小子。三个月后的一天，他终于又把那对恋人堵在 Saondaolin-baot 上，这回他带来了几乎全村的人围在四周。他往每人手里塞了一把蘸了油的火把，朝里边大喊，你们两个狗男女大破鞋，快滚出来接受人民的审判！不然放火烧死你们！

　　小黛姑娘吓哭了，死死抱着地主小子等待大限降临，还一脸幸福地告诉说她已怀了他的骨肉。这下惊着了地主小子包迪，本准备带着恋人走出去公开接受惩罚，可现在不能那么做了。时间紧迫，容不得半丝犹豫，他很快果决地做出选择。他告诉小黛，自己是独根独苗，她肚里的孩子一定要保住，如果就这么出去，她肯定受不了克司令折磨，有可能保不住孩子。所以，她要马上就出去指认他强奸了她，把责任罪过全推他身上，这样才能够保护她，也能保住肚里孩子。小黛姑娘先是摇晃着脑袋坚决不同意，要死一起死，三口一起死。她岂能理解一个地主崽子在那个年代想保存血脉的强烈心情。包迪扑通一声给她跪下了，泪流满面，哀求她，必须这么办，他被判强奸顶多蹲个几年牢就可出来，要不然他就死在这里，先死在她面前。

小黛姑娘无奈了，这才意识到肚里孩子对他意味着什么，显然超过了他自己的生命。

她深吻大哥哥后，含着热泪出去了。一切照着大哥哥的台词布局，当众指认他勾引强奸了她，自己年幼无知上当受骗，请贫下中农和克司令原谅她。泪一把鼻涕一把，楚楚可怜。情势急转直下，出乎大家意料，谁也没想到会变成这样，那位克司令更是没有想到。而且，随后走出来的地主小子也供认不讳犯下的罪行。这下事情就大了，一个反革命地主小子强奸了从毛主席身边来的"知青"，这可是天大的事，阶级斗争新动向。事情惊动了旗里和上边，很快抓走了地主小子，小黛受到上边的同情，出于保护考虑把她调出锡伯村，安置在邻旗一个无人知晓的街道工厂上班，等候小宝宝的降生。

事情本来很顺利，甚至比预想的还好，可往往人算不如天算。

地主小子包迪被判十年徒刑，可又赶上什么"反击右倾翻案风"，狠抓阶级斗争新动向，有一新上任头头重新审查大案要案，觉得此案判轻了。为了杀一儆百震慑敌人教育群众，此主大笔一挥，把此案改判为死刑，而且立即执行了。此消息如晴天霹雳，击倒了艰难熬日子的小黛，还不能流露出内心的哀痛来。

生产的日子来临了，苦泪洗面的小黛，终于熬来让她有勇气活下来的唯一希望——小宝宝诞生。她可以告慰大哥哥在天之灵了。

这一天，产房门口来了一位衣衫褴褛的老太太。她在医院门口已守护很多天。

胎儿太大，剖腹产。令人意想不到竟然是双胞胎，一对儿男婴。

小黛认出了地主婆。二人相对无言，默默地流泪。

地主婆对她说，感谢你为我们包尔吉金氏留了后，说着就下跪磕头。

小黛颤抖着嗓音说，妈，我是你未过门的儿媳妇，不要这样——接着眼泪就扑簌扑簌往下淌，说不出话来。她头一次对大哥哥的母亲叫出一声妈，自己也没想到。地主婆身上悸颤了一下，随后叮嘱她以后不可这么叫了，孩子，对外不能承认这层关系，为了你和娃子好。

满月后，地主婆又来接走了双胞胎的弟弟。对小黛说，你一个人带俩娃很困难，我老太婆领走一个养着吧。小黛知道老人的老伴在"土改"时被镇压，如今也已失去独生儿子，孤苦伶仃。于是，她答应了要求，自己带俩孩子的确很困难。

地主婆抱着娃儿，摇摇晃晃地走了，似是抱着一个金元宝，高兴得合不拢嘴——

奶奶的故事讲完了。

奶，你抱走的那个娃儿，就是我吗？

还能是谁呀，我苦命的娃儿，奶对不住你，对不住你爹还有你娘——

奶，这个妈妈为什么不早点来接我走呀？我就要死了——

肯定是她有她的难处吧。

妈，我真想你呀——我一直站在这 Saondaolin-baot 上，等呀等呀——今天终于等到你了！

毛沙拉弱弱地喊了一声，然后就放心地知足地死掉了。

外边这会儿，满村满世界正放着鞭炮，锣鼓喧天。说是"四人帮"打倒了。黎明时饿死的毛沙拉，压根儿没听说过这四个人是干什么的帮什么的。此时他的身躯已成为一具蜂巢，一具甜甜蜜蜜的蜂巢。

太阳，又酷酷地晒到 Saondaolin-bao 上。除了蜂和风，无人知晓这具特殊的人体蜂巢，也无人关心它。冷酷的世界，从未正眼瞧过他一眼。他只是个虚无的存在。

母亲不见了。儿子包副旗长开完政府紧急会议，中午赶去宾馆时发现，母亲的房间是空的。没有电话，没有留条，前台服务员说房客倒是还没有退房。

母亲去了哪里？儿子大为不解。随着，突然心动，锡伯村！

是的，当然是锡伯村。

当一辆镇上的出租车悄悄驶进了村，摸摸索索停在当年地主婆老房子那儿时，村民以为包嘎查达家来了客人。那个老房子只剩下两堵土墙戳在那里，不知为何还没有拆除，显得陈旧而怪怪的，又很顽固，老墙前边就是包嘎查达挺阔气的砖房家园，他是老地主婆的侄孙。世道总是有轮回，当年克司令把知青刘振玉肚子搞大被刘本人反告后也坐了牢，以他为首的造反派"红五类"们开始没落，改革开放后农村里最能吃苦耐劳又有头脑的"地富反坏右"重新崛起发家致富，掌控了权力。这是个奇特的轮回现象，只能说遗传基因在发挥作用吧。

从车上下来一位银发飘飘的老太婆，并未走进前边的嘎查达家，而是走向那两堵倔强屹立的老墙。她久久地伫立在墙前，似在凭吊，然后跪在那里磕头，拿出巾纸拭眼角。这时村民才开始奇怪，她是谁呀？

渐渐围上来一些人。她冲大家只是点点头微笑，并不说话，人们也不认识这位气质高雅的城里来的老太太。她开始默默地参观村落，从东头走到西头，摸摸三百年的老榆树，拜一拜重修的菩萨庙。由于这里早年间是锡伯人的兵营布局，村落整齐而规矩，老砖老瓦老墙随处可见，依然保留着古风古韵。虽然依稀感觉到古村落的那种庄严却破落疲惫和无奈的样子，以及外力强势面前无法逃脱的衰败命运，但是也能听见古村落那颗顽强跳动的心脉。

她又回到老房墙那儿，这时候听到信儿的包嘎查达跑过来了，把她请去家里喝茶。

坐在嘎查达家的硬沙发上，她自我介绍说从 × 市来的，路过这里进来看看，早年曾在村里待过。包嘎查达看上去是个憨厚的中年人，一双不怎么直视人的眼睛偶然闪出狡黠的目光。他表示着欢迎，热情地倒茶递烟，但不怎么深问她的情况，把好奇心压在心底。也许因为现在是多事之秋，不便多嘴，显出农村干部的那种谨慎和老到。伊茹黛倒很欣赏他的沉稳劲儿。

"你是一村之长，我随便问问哈，进村时发现好多大型机械停在村外，停在那座 Saondaolin-baot 前边，听说要拆迁你们这里？"

"是啊。可村民不干啊，不同意拆毁祖宗留下的老村老宅子。"

"可听说，你这村长是同意的呀！"

"拿党性啦职务啦逼你点头，咋整？只能哼哈应着呗。"

"也应了那个拆迁费？"

"这可没有，克乡长只是虚晃一枪，通知我们款子先放在乡里再说，都没让我说过话！"

伊茹黛点点头，脸上仍然微笑着，进一步问："那你自己是同意拆呢，还是不同意拆？"

"听真话？"

"听真话。"

"不同意。"

她笑了。这时候他倒是坦率，敢于亮明态度，不含糊。难怪全村人如此心齐地去 Saondaolin-baot 前抗衡，筑成人墙，显然暗中有他的调度。接着，她还是像随便问问的样子，打听那个克乡长，人长得很像她从前的一位故人克尔伦。听了这话包村长直乐，告诉她克乡长就是当年那个"克司令"的亲儿子。由此，包村长也想到了什么，问一句："克司令都认识，那您是——"

"我是谁并不重要，以后有机会再告诉你吧。我再问问你包村长，你跟这村的那个'文革'中被枪毙的地主崽子包迪，有什么亲属关系吗？"当她说出这名字时，身上不由得微微一颤。

"不瞒您说，论辈分，我是他的侄子，近亲。"包村长愈发疑惑地盯着伊茹黛。

有一位老年妇女从外边回来，一直站在门外听他们说话，眼睛久久盯看伊茹黛。这时她颤巍巍地走进屋里来，指着她的鼻子对包嘎查达说："儿子，我认出来了，她就是当年诬告你大爷强奸她的那个恶女人，是她让你大伯不明不白冤死的！"接着，她毫不客气地往伊茹黛脚边狠狠啐了一口，一脸鄙视。

这下，屋里屋外围观的人都哗然，纷纷议论。显然都听说四十年前发生的那场悲剧，有人也开始谩骂，吐口水，说她还好意思进这个村。伊茹黛静静地坐在那里，一句话不说，任由村民数落，脸上只是呈现出深深的愧疚之色。默默低下头去，轻叹一口气。其实这些年来独自回顾往事时，她何尝不深陷自责？当初为何没有选择和心爱的人一起去扛，一起肩并肩去面对苦难，却让他一人独自承担了一切甚至死亡？当一个人找到自己生活的目标后，应该不回头，不彷徨，不动摇，即便失败也不会为此选择而后悔，这才是真正的人生。但她没有做到这一点，她的人生不完美，为此内心已痛苦了一辈子，为最初的那种选择而终生后悔。

包嘎查达看着她这种镇静的样子，暗生惊讶，面对众人的羞辱指责不怨怒不申辩，她这是什么样一种心态修为？历史真相，真的如以前传说的那个样子吗？

"好啦，你们瞎嚷嚷什么？都是几十年前的陈芝麻烂谷子，那个荒诞的年月，能怪谁？都给我出去，出去！"包嘎查达毫不客气地轰那些闲散磨牙的村民。

正在这时，克乡长呼哧带喘地跑进来了，一见伊茹黛大喜过望："伊主任，您老果然在这里！您儿子包副旗长可是急死了，他在旗里开紧急会议出不来，派我过来找您，接您回去哪！"

这下，包嘎查达和屋里所有人目瞪口呆，接着炸锅了。那些说过头话的，瞎骂人的，抱头鼠窜夺门而走。伊茹黛笑一笑，对克乡长说："我先不回去了。告诉你们包副旗长，让他把宾馆的房子退了吧，我要在锡伯村住上几天，看来包嘎查达不怎么讨厌我这个当年的锡伯村老社员哩。"

"欢迎欢迎！欢迎市里老领导来我们村考察工作！"包

嘎查达赶紧表态。

"可别这么说，我现在不是什么领导，只是一个退休的老太婆，回到当年插过队的第二故乡住几天而已。"伊茹黛纠正。她对那位急着回去报信的克乡长又补说一句："再转告他们，不要成天坐在办公室里开紧急会议，研究什么农民问题，研究强拆问题！还是走到农民中间来，听听他们的真心话，多沟通沟通！"

在村民哄笑声中，克乡长匆匆走了。

歇了一会儿，伊茹黛由包嘎查达陪着，去了那座神秘的Saondaolin-baot上边。

四十年沧海桑田，这里已物是人非。丧失了植被的土崖上边，只长着些稀疏杂草，中部矗立着那座新堆的象征祭祀的石头敖包，挂着蓝白色哈达，显得怪异而突兀。让包嘎查达清退了土崖上望风的村民，她孑然一身站在那里。突然一股悲怆袭上心头，忍不住泪水夺眶而出，身上一阵战栗。此时，从荒野上忽有一阵清风吹来，曼舞旋转着裹住了她，似是轻抚着她，安慰着她。她身不由己地跪坐在那里，"呜"的一声号啕哭出。这是她忍了四十年的哭声，终于一泻而发。

不远处站着的包嘎查达，望着这一幕有些震惊，过来劝也不是，不劝也不是，干搓着手在那里为难。他哪里知道，当年地主小子突然被枪毙之后，她和地主婆两人从野地偷偷背回尸体，悄悄掩埋在这里。没有棺材，没有立墓，一张破席子裹着那具伤痕累累的尸体，匆匆埋进土里，上边还遮盖了烂草腐叶以掩人耳目。这么多年来她一直没有勇气回来，不敢面对他，不敢面对那个撕心裂肺的往日。如今，刻骨铭心的伤痛再次撕裂了她。

那座新立的敖包，怜悯般地俯瞰着她。她突然意识到，这座敖包何尝不是冥冥中为他而立？于是她向敖包跪拜，喃喃低语："我看你来了，大哥哥，小黛对不起你，对不起——"随后，她从包里拿出一条金黄色的哈达，献放在敖包上。金色哈达，按礼仪是献给佛和圣者。

她安静下来，呆呆坐在那里一动不动，望着远方。

包嘎查达走上来，默默陪着她。时间在慢慢流逝，天渐渐地就黄昏了。

守护在 Saondaolin-baot 土崖前边的村民们，这时候大多也回家吃饭，只留下几个人放哨。锡伯河岸边的乡间，这时刻被袅袅炊烟和金色晚霞包围着，安宁而静谧，犹若仙境。但又像是一头无形的巨兽在静静喘息，似在等候着什么。哦，倘若没有倾轧没有掠夺，空气中没有流淌紧张和压抑气氛，这是一个多么美妙的时刻，多么幽静的乡间黄昏美色啊！

伊茹黛这时彻底恢复了平静，又显出平时的冷静与刚毅，对旁边的包嘎查达笑笑说："不好意思，往日不堪回首，刚才失态让你见笑了。"那个憨厚的包村长只是摇摇头笑一笑，不说什么。她又望着那座高耸的敖包，问一句："包村长，你们新竖起的这座敖包，倒是很有意思啊！"

"也没啥深的意思，听老人讲早年间就有过，土改时毁掉了，是祖上祭天的地方。"

"噢，现在重新堆起来，想告诉他们点什么，是吧？"她朝库伦镇方向努努嘴。

"是啊，想告诉他们，这里曾经是祭天的古敖包地方，很神圣，有上千年的文化底蕴。上头不是天天喊保护非物质文化吗？好，这里，还有咱村就是。"

"多么善良的愿望啊！可是当今强拆之风，虽不像'文革'那般轰轰烈烈，但也泣鬼神哪！他们才不管你这些个的，曾听一位官员亲口讲过，拆的就是腐朽老玩意儿，省得占地方！听听。"

"是啊，靠强拆拉什么'鸡的屁'（GDP），又私肥某些个人，就知道挤压我们农民，历代如此，几千年了，找各种理由。夺完天下弃之如敝屣。"包村长这话颇有分量，如积压太久后突然释放的怨流。

正在这时，儿子包副旗长匆匆赶来了。他是刚开完会，放下手中事儿就急忙跑来接老太太，呼哧带喘的。

"儿子你来得正好，先坐在这里，妈跟你说说话。"等他和包村长寒暄过后，伊茹黛说。

"妈，回家说吧，这荒山野岭的，还当着——"儿子看一眼包村长，放不下架子。

"他不是外人，是亲戚，是你的堂弟！"伊茹黛一脸郑重宣布。

这下那二人都怔住了，互相瞅瞅，又瞅着老太太，不明所以。

"你请老妈回库伦来，怀里端着什么心思，我清楚。你是听到了些传闻，跟我以前告诉你的不同，好吧，今天妈就告诉你真实的版本，这版本跟我以前讲的和你听到的版本都不一样。"老太太变得十分严肃，盯着儿子静静道来，"我以前告诉你，你爸爸也是'知青'，后来当兵去珍宝岛打仗牺牲了，那是假的。你爸爸他，哪儿也没去，就埋在这里，埋在这 Saondaolin-baot 土崖上！你先给爸爸跪下磕磕头吧，孩子。"

晚风习习中，伊茹黛就颤抖着嗓音，开始给跪在敖包前的儿子讲述起只有她和地主婆知道的那段历史。讲完后，她从包里拿出一直珍藏的一封信，那是一份陈旧发黄的书信，上边的字显然是血写的，经四十年岁月沉淀已变成黑红而模糊。

"这是你爸爸临终前，在狱中给未出生的孩子写的血书，托一名好心狱友传给了我，上边叙述了真实的历史。另外，你本来还有个双胞胎弟弟，由你奶奶抚养，后来也饿死在这座土崖上。给，这信，今天该转交给你了，这就是你想知道的真实历史。"

包赫被这突如其来的身世之谜，一下给击蒙了。半天说不出话来，脸色沉沉的木木的，复杂的心情中不知是悲痛好，还是高兴好。只喃喃低语："原来是这样，原来是这样，那个荒唐的年月——妈，爸就埋在、埋在这里啦？"

"是啊，就埋在这里。还能怎么样呢，那年月。"

突然，他放低了声音："妈，那咱们赶紧给老人家移坟吧，选个好地方，重新好好安葬。这里马上就要拆除了——"

"你们还是要拆？"

"肯定是要拆的。旗委旗政府刚开完紧急会议，研究了锡伯村出现的群体事件问题。当然，要先给锡伯村农民做通工作，落实好拆迁款子和安置问题。"

"我们还是不同意呢？"包嘎查达反问。

"不同意？那结局，你可以想象得到，我新认识的堂弟。"包赫讥笑。

"难道没有不同意见吗？"伊茹黛问儿子。

"一把手韩书记，倒是有些犹豫。"

"你呢？儿子。"

"这是我主抓的工程，对不起妈妈，我当然要主张拆除，要全力进行城镇化工程了。"

"即便你父亲尸骨埋在这里，也要拆？"母亲质问。

"这——儿子是刚刚知道这情况不说，就是早先知道，我想，自己还是会选择服从政府和组织的决策。"儿子倒坦率，即便顶撞母亲也不为意，认为这是个原则问题。

"好一个强硬的拆迁派！"母亲看着儿子苦笑，"那我也表个态，我选择站在锡伯村农民这边，坚决抵制你们的拆迁，反对你们用城镇化绑架农民。"

当命运再次面临选择时，这次，她不想再选错，尤其在心爱的人坟墓面前。

"妈，爸的坟咱再选个地方安葬就是，您这是何苦呢——"儿子期期艾艾地求诉。

"包副旗长同志，这不是简单的移坟问题。中国的古老乡村必须要保护，它们为我们承载了几千年的文明，现在不能找个理由就一个一个全拆光了，人不能只为眼前利益而鼠目寸光！"伊茹黛面如铁，但语气很平静，接着又说道，"民众需要的是一个贯穿如一的传统精神，而不是朝三暮四的不断打碎成支离破碎的那种不是精神的所谓'精神'，集中营式火柴盒般水泥楼绝不是农民需要的那种传承民族精神的承载之地！"

听了母亲的这番话，儿子怔住了，没想到妈妈会持有如此不与时俱进的见解，而且态度还这样鲜明而坚决。这令他十分意外，也为难。母亲的身份摆在那里，原上级人大常委会副主任，公然站在反对拆迁的农民一边，这可不是小事。他正要与母亲进一步沟通，一件意想不到的事情发生了。

只听轰隆隆一声，他们所处的 Saondaolin-baot 土崖突然震动了一下。

接着，那轰隆隆之声又继续，在扩大，整座土崖连根摇晃着震颤起来。他们乍以为发生地震了。急忙起身，跑到土崖的前方边缘观看。这下，他们傻眼了。

黄色的五六辆大铲车大推土机，正从前方挖铲 Saondaolin-baot 土崖！

黑黄色的尘土冲天而起，土崖在哗啦啦地垮塌，传出人们乱哄哄的喧嚣之声。

有人发现了他们在上边，朝他们喊话。

"包副旗长，你们快离开！'孙道临·土崖'快塌了！"喊话的人是克乡长。

他们从飞扬的尘土中发现，晚饭间留守的七八名农民都被强拆队和维稳警察放倒后丢在一边，他们嘴里在不停地叫嚷骂人，杀猪一样。原来，始终紧盯土崖情况的克乡长，向主张马上进行强拆的关旗长献计，趁傍晚村里放松警惕时动手推倒那座具有象征意义的土崖，把生米煮成熟饭。于是，他们临时紧急决策，突袭了这里。连主抓工程的包赫也被蒙在鼓里，撇在一边没有通报。

"你们这是在干什么？！胡闹，蛮干，快住手！！"土崖上，伊茹黛朝下边严厉大叫。

"对不住了，伊主任！这里是我们的工作范畴，请你快离开上边吧，钢铁机械无情的！"

"我不离开！有本事，连我一块埋了吧！"伊茹黛毅然挺起了胸膛，毫无惧色地叫板。

"还有我！"包嘎查达跟上来，跟她并肩站在一起。闻讯陆续跑上来的村民们，也纷纷喊着"还有我们"站在他们后边。包副旗长看着突如其来的变故，更加矛盾不知怎么办才好了，对关、克武断决策虽有看法，事已至此抗衡已毫无意义。但看到母亲那张愤怒无比的铁青脸色，又不敢上前劝阻。

土崖下边的克乡长，噔噔跑到后边，跟躲在那边的关旗长商量。二人嘀咕一会儿，他又噔噔跑上前来，对强拆队狠狠挥下手，只吐出一句："继续！"

黄色的巨无霸式大型机械推土机铲车，短暂停顿之后，又轰隆隆吼叫起来。

屹立了千万年的 Saondaolin-baot 土崖，在机械铁爪的猛烈而强有力的挖掘推进下，开始訇訇然倒塌，纷纷落土，如一头被几只恶狼撕扯的大骆驼，鲜血淋淋，肉骨分离。呛人的尘土随突起的晚风向四处扩散，抹黑了那金色的晚霞，旁边的锡伯河在呜咽。

只听"哐当"一声，一只机械铁爪在土崖上沿不知挖到了什么，好像是个穴窝。接着，传出一阵奇怪而瘆人的嗡鸣啼嘶声，呜——嗡——！直刺人们耳膜，令人难受至极。

随这魔笛般的嗡鸣声，突然，从那里呼啦啦飞蹿出无数的大马蜂来，黑压压一片，遮天蔽日。这些时而被称之为大黄蜂、时而被称之为胡蜂的毒飞虫，开始肆无忌惮地攻击招惹他们的人群了。它们的报复心无比强烈，安乐窝被捣毁，从辛苦的酿蜜劳动中被驱散，它们愤怒了。它们见人就攻击，不分青红皂白，不分男女老幼，也不分百姓或官家，一律往他们的鲜嫩肉皮上招呼。先被蜇中的是土崖上的那拨人，伊茹黛母子，包嘎查达他们，因为他们就在近处，然后是土崖下参与强拆的那大群人马，劳工、警察、打手、指挥人员，无一幸免。人们开始四散逃命了，一片鬼哭狼嚎，可惜两条腿毕竟跑不过马蜂的翅膀，越挣扎逃散越是追着叮你，有人还被盯住不放反复挨蜇数次，如克乡长和那位关旗长，因为他们身上肉多，都很肥胖而白嫩，特别招蜂儿们青睐。

这是一场劫难。无法逃脱的劫难。

开始时身上奇痒，接着是钻心的疼痛。然后恶心，头痛，眼花，昏迷，抽搐——直至死亡。身体抵抗力弱的，已经开始出现死亡了。传说胡蜂毒的解法就是狐臭，可这里谁能知道这个奥秘呢。只见，从那个被捣毁的蜂穴中继续涌出无数马蜂，像是一股源源不断的怒流，真不知那里蕴藏了多少野蜂，漫山遍野地飞舞，黑压压一片，蔚为壮观，看上去是那么的恐怖那么的千军万马无法抵挡。

更令人惊愕的是，在那个被挖的巢穴里，还摆有一具很像是人体的蜂箱，显然里边居住着大蜂王。那人体蜂箱骨骼清晰，肋条、脊椎、颅骨、手臂腿骨等依稀可辨，虽然没有了皮肉却由浓浓稠稠的蜂蜜粘连着，显得玲珑剔透。这是一个奇妙的蜂王华宫，有无数精灵般的蜂儿簇拥着，扎堆着，密密麻麻。

救护车一阵阵急叫着进场了。白衣使者们，首先奔向关旗长等领导。

随后医生报告：克乡长无生命迹象，关旗长无生命迹象——

而在那座半塌的 Saondaolin-baot 土崖上，此时显现出一个奇特的景象，说是好多人在昏迷中都看见了：

有一个六七岁男孩，撅着小鸡鸡直挺挺地站在那里。

毛沙拉的确站起来了，嘴里喊着妈妈。

他直直地走向已被马蜂蜇倒的伊茹黛，扑在她身上喊一声我来了妈。只见他拿出一取灯盒，从里边放出一只大王蜂叮她，给她解毒。再伸出舌头舔她的被蜇处，一下，两下，三下……渐渐地，奇迹开始出现，伊茹黛苏醒了，坐起来。接着，他又走向一旁的包赫，嘴里喊着哥哥，也如前操作——之后是包嘎查达等村民，被他解救后这些人都站起来了。

毛沙拉引领着他们，往 Saondaolin-baot 后边不远处的古村落锡伯村走去，口称着回家喽。

伊茹黛牵着毛沙拉的手，对另一儿子包赫说，咱要成立一个古村落保护委员会，抗衡吧，别无出路，路还很长，但必须得走。

他们虚无缥缈如仙人，被晚霞云霓裹拥着，如梦如幻，渐行渐远——

哦，这就是传说中的那个暗物质显现吗？

回答，正是。暗物质。

父爱如山

一

父亲十八岁娶我十七岁的母亲那天起，就等着我的诞生。这一等就是八年。我都为自己的姗姗来迟不好意思。

父亲说，这也不能怪你，那八年里他当了三年半的"国兵"，追了一年多的"胡子"，剩下的两三年闹大饥荒，身体也不行。

新婚宴尔，就去给伪满洲国当"国兵"，父亲觉得很是吃亏，挺恨那个名叫爱新觉罗·溥仪的人不在他的故宫好好待着，跑到大东北给小日本当儿皇帝，害得他们这些靠近东北的大好蒙古青年都被抓壮丁，连人带马被征去驻扎在王爷庙，天天喊"伊戚！尼！伊戚！"（一、二、一），让小鬼子教官拿藤条抽屁股。父亲的老团长当年曾给造反的嘎达梅林当过卫兵，文武双全，父亲给他当通信兵不仅学会了骑术枪法，还学会了一手拉胡琴说唱的本事，一有空就"嘎吱嘎吱"拉胡琴寄托想家的情思。后来，终于找到机会，出去给老团长采购时买来一堆红辣椒，用煮辣椒的水洗眼睛，搞出了一双烂眼红眼病。伪满洲国终于放他回家。父亲够心狠，居然采取这种自残的方式达到目的。

父亲回来的第二年，苏联红军打进来，父亲的老团长率团起义，参加"八路"，后来当了大官。我取笑父亲，要不是想媳妇回来得早，说不定如今也是个中校团副什么的呢。父亲拍一下我后脑勺，说凡事都有定数，也有可能哪场战斗飞来一颗子弹要了你的小命，我不回来，你更没影了，那小魂儿不知飘到哪里去了呢。父亲认为女人生产时，外边飘荡着无数个要转世的灵魂等待求投，哪家女人发出尖叫要生时，这些小魂就扑过去，谁抢先就算谁的，就如市场抢购一般。也有撞车的，那就成了双胞。我听后哈哈笑，投娘胎整个如早晨上班挤公共汽车，父亲摸着下巴说差不离。

接下来就是东大荒的土匪"独眼胡子"卷走了家中赖以耕地的三头牛，父亲和爷爷追踪一年多时间，然后是三年大饥荒，按父亲的说法人比猴子瘦，一阵风能把人吹到树上去。

这期间我始终了无踪迹。家族里甚至认为我妈身上出了问题，不能生育。那个年代这对女人是最大的否定。为此我奶奶曾三次跪拜着去库伦大庙做求子法事，刮着尘沙的土路上，奶奶跪倒爬起，跪倒爬起，一步步走向大庙的样子十分令人感动。大饥荒的末年，母亲终于怀上了我。然而，刚八个月赶上村里搞"土改"，家里被错划成"富农"成分，说是虽然穷村也要矮子里拔大个儿弄出一两户"地富"，为革命运动献礼。我们家就是那个"礼品"。

男人女人挨个儿被提审，过堂斗争，逼交浮财。可两头牛两间土房几亩沙地全被分光，祖上也没有人发过财，哪里还有掩藏的浮财？人家不相信，把大人小孩都关起来，隔离审问。母亲正怀着我，大腹便便，也被唤去。她挺着大肚子站在烙铁、鞭条、老虎凳之类的前边，周围有如狼似虎的大汉围着。母亲后来跟我说都是些村里不务正业的闲散爷们儿，有的赌输了家产，有的是好吃懒做的青皮二流子，他们突然遇上这种说一声"剥削"便平白无故分别人财富的天上掉馅饼的好事，都有些疯了。当然，妈妈的说法带有阶级色彩，当时那叫"革命"。"财富"是革命的对象。不过这种革命道理，让大字不识的母亲弄懂它，实在有些困难，她只知道村里比他们还穷的这些人要分他们的那点财产，要"革"她的"命"。

"你出嫁时穿来的小羔皮大衣，还有那顶红狐皮帽子，都哪儿去了？交出来！"有个叫巫兰嘎的老光棍冲妈妈喝叫。此人平时讨饭熬日子，我妈结婚时的穿戴他印象深刻，据说婚庆时他在我们家整整吃了三天。

"穿烂了，戴烂了，我嫁过来都八年了！铁衣铜帽也该磨烂了！"母亲说。

"嘴还挺硬！妈的！"巫兰嘎翻白眼。他是个愣头青，操起皮鞭就朝我母亲鼓着的大肚子上抽下去三鞭。"扑哧扑哧"，隔着棉袍和肚皮我在里边承受他一个大男人狠狠抡动的三鞭，吓得围观的人都闭上眼睛。巫兰嘎似乎被自己的举动给抽愣了。

我母亲"哎哟"一声捂着肚子软软地倒下去，当场昏厥，犹如一头受伤的母兽瘫在那里，披头散发，面无血色，裤管那儿流溢出羊水和血水的混合液体。有人发慌，叫来了隔壁被审的我奶奶，又让她用一辆独轮推车把我妈弄回家去。当时的家是一间碾道房，自己的两间房被赶出来后一家几口人寄住在村西头这间别人遗弃的碾坊，暂时栖身。母亲肚痛难忍，没多久我便呱呱落地。旧碾坊新搭的土炕上，铺一层厚厚的细沙子，我就落在那细软沙子上。由此村人常取笑我是三鞭打下的娃儿。娘肚子挨三鞭，提前把我给打出来，我招谁惹谁了？巫兰嘎这小子，干吗这样狠呢？

我这早产儿，第三天便奄奄一息。

父亲是在东村"牛棚"集中营听到盼了八年的儿子出生消息的。当夜他偷偷溜出来看我时，我正气若游丝，离死不远。他急了，用棉被包裹起我就往外跑，库伦镇上有个老喇嘛大夫名叫德吉德。父亲多次把好山柴送到他家，有些交情。父亲相信老喇嘛大夫能救活儿子，他不能眼瞅着等了八年的儿子就这么飞走了。伴着星光，闻着狼叫，父亲一路小跑，三十里沙坨子路一口气儿跑到，"咚咚咚"敲响了老喇嘛大夫的黑漆大门。

我命不该绝。父亲在老喇嘛大夫的热炕头，一层层打开破袄破被时，我居然在里边睁着眼睛四处张望。父亲感动得热泪盈眶，当即给老喇嘛大夫跪下了："嘛嘛，快救救我儿子，求你救救我这盼了八年的儿子！"

老喇嘛大夫给了父亲三粒"桑布拉·诺尔布"。这是神奇的藏药。仗着这三粒神药，仗着父亲的真诚和努力，或许感天动地，我真的转危为安，捡了一条小命维持到如今。后来上中学时，我恰好与老喇嘛大夫的小女儿同班，我对她尊敬如仙，三年中没冲她说过一句重话。

说起来，我从出生到长大跟"鞭子"挺有缘，母亲常这么说。后来是父亲的鞭子。

为了让我这个"三鞭打下的娃儿"能有出息，能离开贫瘠愚昧的沙窝子村，父亲送我去读书。当时我还不到六岁，村里有一所刚成立的只有四个年级的小学，就一个老师也是新近从庙上还俗的中年喇嘛。父亲向他说了不少好话，还给他家砍了两天柴火，才把我送进去，安置在一张白泥搭的土桌后边。

那是个金黄色的秋季。学校门前有一棵大柳树，叶子密密黄黄的，树根部还有个大洞，一下课我和同学都钻进树洞玩，你争我挤的。这时我瞅见父亲从地里干完活儿回来，远远站在那里看我。看半天，眼神痴痴的。别看是破破烂烂的两间泥房，一张张土桌土凳，可在父亲眼里那是神圣的。父亲一天书也没念过，为了养家糊口我爷爷便让父亲从八岁起扶犁杖下地，人还没犁杖把高。后来父亲骑马挎枪走过世界，知道外边的天地有多大，读书多重要。我小时淘，不懂事，学不用功，不识字的父亲也能分辨"0"的含义。这时他的鞭子就落在我身上。常常把我从那个大树洞里拽出来狠狠抽一顿。

我后来上镇上中学住校。父母省吃俭用，秋天捡杏核割麻黄，冬天砍柴用毛驴驮到镇上卖钱筹学费。那会儿生活艰苦，中学在一座大庙里，冬天也不烧火，加上吃不饱饿肚子，村里好多同学熬不住退学了。有一次我和两位同学也往家跑，正赶上村前的那条冰河初春开河，冰面上流淌着新融化的冰水，变酥软的河冰面撑不住人的重量，不小心人就会掉进冰窟窿里，急得我和两位同学冲着对岸喊话，通报家人。

父亲闻讯赶来，一瘸一拐。他腿上长一疖子正发烧躺在炕上。他站在对岸一边脱鞋挽裤，一边喊让我等着。他找根棍敲打冰面试探着，光着脚下河而来。他顾不上刺骨的冰面冰水，顾不上不小心会掉进冰窟窿，一步一步渡到这边岸上，在我面前一蹲说爬背上。见我不肯，又见我脱鞋挽裤，他冲我喊一句你找死啊！冻病了咋上学？便不由分说背起我就下河。

父亲的光脚伸进冰水和冰碴儿里，探寻着能撑住人的冰面，一步步小心翼翼颤颤抖抖地走着，踩得冰碴儿在他脚下嘎吱嘎吱发响。尖利的冰碴儿割破他的光脚，鲜红的血流进冰层浮面的冰水里，如蚯蚓般扭舞。浸在这极度寒冷的水里，父亲那双脚如煮透的虾般通红。我趴在父亲坚实的后背上，强忍住泪水。蹚过冰河，父亲喘着气，脸色蜡黄，蹲在地上搓搓冻僵的双脚，又摸了摸大腿上鼓肿的疖子。河那边还有两个孩子，他们家人还没来，父亲看我一眼，没说话又转过身一瘸一拐地走下冰河去。

望着他宽厚的背影，我头一次体会到"父亲"的含义。心里有股暖流往上涌，视线变得模糊。

我和村里两个同学这次逃学回家，是不准备再念书的。开始没敢跟父亲说，他从母亲嘴里得知后立即牵出毛驴让我骑，要把我送回学校。我不吭声，默默抵抗，我实在不愿意再回到那座大庙冰屋子受冷挨饿了。父亲拿话哄着，讲着道理。爷爷也从旁说孩子不愿意念就算啦，正好帮家里挣工分。父亲仍不松口，望了望远处的沙漠，说让我考虑三天，后自言自语说他不能像爷爷那样不让孩子读书，一个一个老死沙窝子。

三天后的早晨，我干脆扛着铁锹去下地。那两个同学在院外等我，准备一块儿去生产队挣工分。门口套犁杖的父亲拦住我问还是不上学？我噘着嘴点点头。他冷冷地说一句跪下。惧于他的威严我跪下了。他手中的皮鞭飞舞起来，劈头盖脸，一鞭一条血印。母亲跑来要抢他手中的鞭子，被他一把推倒在地，弟弟妹妹都吓得哭成一团。

母亲喊傻儿子，快起来跑啊别傻跪着了。可我没跑，只是用双手抱着头脸。我本已令父亲伤心，让他发泄吧，打够了他会好受些。后来爷爷过来夺走了父亲手中那条如蛇般舞动的鞭子，说打坏了孩子学上不成工分也挣不上。爷爷很实际，较看重工分，父亲兄弟姐妹七人，一个也没让读书，都帮他下地，入社后帮他挣工分。也许鉴于此，父亲才不想步爷爷后尘让我也成文盲，尤其当年他的老团长始终是他心中的偶像，甚至企盼着把我也培养成一个像老团长那样的人物。

半夜，我听到轻轻的抽泣声。土炕的那头，父亲正用被子蒙着头哭泣，宽宽的肩膀在被子下面一耸一耸的。我的心猛然一哆嗦，如针刺。我拖着鞭痕累累的身体爬过去，给他跪下了。我轻声对他说，我明天就去上学。父亲抱着我的头就大哭起来。这是我有生以来头一次见父亲哭，哭得像个小孩儿，哽咽着。

第二年我考取一所由国家负责学费食宿的中专学校。父亲左看右看那张录取通知书，一张黑瘦的脸笑成了花，说我儿终于成了国家的人国家管了。

后来，有一年暑假回家，父亲领着我去见爷爷，正好在村口碰见了那位当年把我三鞭打下来的巫兰嘎。这么多年他还是孤家寡人，把土改分得的财产挥霍完后又重操旧业，各村流浪，轮流骚扰沾边的亲戚朋友，这儿三五日那儿三五日，生产队让他回来挣工分他也懒得下地，觉得还是讨饭省心省力，一跑出去没影，天南海北地转。

"巫老哥，抽袋烟吧。"父亲邀他，一块儿蹲在路边。我站在旁边饶有兴趣地看着此人，衣衫褴褛。弓着个水蛇腰脸呈菜色，豁牙漏齿，眼神空空荡荡。

"这年轻小哥是……"他没认出我。也难怪，他常年漂泊在外，我跟他除了那次"三鞭"之缘的最"亲密接触"外，还真没有常见到的机会。我也是头一次如此近处面对他，端详他。

"他、就是当年你……那个娃儿，我的儿子。"父亲把"我的儿子"说得偏重。

"唔，唔……都这么大了……"他的眼神儿飘过我头顶，有一丝惊愕。

"是，都这么大了。"父亲说。

"外边读大书哪？"

"读大书呢。"

"出息了。"

"是，出息了。"

接着便是一阵沉默。他没有再看我。父亲和他默默地吸着烟袋。吸得烟袋油子吱吱响。是父亲的烟袋，父亲装了一锅烟袋递给他吸的。这是东蒙地带蒙古男人见面的习惯，拿自己喜爱的烟袋装锅子烟敬给对方，以示诚意和尊重。巫兰嘎身上没有象征东蒙男人的烟袋，唯有感动。

"好好读书吧。"巫兰嘎不知是对父亲还是对我说了这么一句，因没有牙口咬不住烟袋嘴，用枯柴似的手端着，嘴边冒着浓浓的呛人的烟。

"是，好好读书。"父亲答应着，好像读书的人是他。

"唉，那会儿的事，我都不记得了。唉，不记得那会儿都做了什么……唉，孩子出息了就好。"巫兰嘎以忘却回避历史，也是个无奈之词。他把烟袋还给父亲，又说："烟叶子挺有劲，呛人呢。哦，我该赶路了，路还挺长呢。"

尔后，巫兰嘎站起来，慢慢地抬步走了。挂着根棍子，走路有些颠，风头要是再强劲些能把他吹倒的样子。

"他多大年纪了？"我问。

"比我大两岁。属狗。"

"哦，属狗的五十五。"

父亲望了一眼他远去的孤影，没再说什么，唤我继续赶我们的路。我们和巫兰嘎走的是两个方向，只是中途偶遇而已。冥冥中，命运的安排也很有意思。被父母及家族期盼了八年的我，最终居然被他那只如根枯枝般的手提前打出来面对这大千世界。默望着他的背影，我心中颇有些感慨。我也一直琢磨父亲的举动，诚邀这穷困潦倒的流浪汉巫兰嘎抽烟，只是默默地抽烟袋，淡淡地说几句无关痛痒的话，然后各走自己的路。当然，我隐隐能猜到父亲的心思。我甚至有些怀疑，父亲是不是知道巫兰嘎这会儿路过村口，特意带我来展示一下，展示一下自己长大的儿子。只是展示一下，没有别的，向他展示一下自己活着的儿子，"读大书"的儿子，这已足够了。父亲是个愿意较心劲的人，这我清楚。

二

那年我的姥爷赶着勒勒车去百里外的哈图塔拉甸子拉碱土，路过锡伯村，车轮子正好在一家农户门口坏了。姥爷的脾气急，一边踹着车轮，一边骂骂咧咧，十六岁的我妈妈在旁边干搓手也帮不上忙。

这时从这家农户的院门里走出一位高个儿壮年汉子，他就是我爷爷。背着手，见姥爷着急的样子安慰他说："先进屋歇歇脚，喝口热茶再说吧。"爷爷为人好客又豪爽，好结交朋友。

着急上火的姥爷觉得一时拿那破轮子也没有辙，不如索性进屋歇歇再说，见这家主人如此热情，反正又饥又渴的。这一决定非同小可，关系到我父母命运，甚至关系到未来的我。

两个壮年男人互报姓名，相互敬烟，倒了热茶拉呱起来。

越聊越投缘，热茶换成烧酒，好交朋友的爷爷非要结交同样好交际的姥爷不可。两个人喝得昏天黑地，早把外边坏了的车轮子忘得一干二净，急得十六岁的妈妈一个劲拉姥爷的袖子。她担心不趁日落前修好车走人，非得住在这生人家里不可。

从地里干完活儿回来的十七岁的父亲，知道情况二话不说帮修起车轮子。其实也简单，把磨损坏的一根木制轮辋卸下来，换进一个新的就成了。父亲从小干农活，又心灵手巧，农家院的这点事难不倒他。他先拿出自家勒勒车常备轮辋给换了上去。见到修好如初的车轮子，我的那位喝高兴的姥爷更高兴了，一个劲儿夸我父亲能干。最后夸着夸着，灵机一动，心血来潮，冲我爷爷说："你儿定亲没有？如果没有，我们老哥俩干脆搁亲家算啦！"

我爷爷一听也乐了："我儿还没定亲，正好，那咱哥儿俩就朋友加亲家吧！"

两个壮年男人邂逅门口，说得投机，一顿酒席再加豪爽脾气，便决定了他们两个孩子一生的命运。也没有问一问十七岁的父亲和十六岁的母亲同意不同意。母亲说："那会儿，谁还问孩子们的意见啊，你姥爷没趁着酒劲把我嫁给瞎子瘸子就不错了，你爸看着还顺溜不是？"

天啊，幸亏那天姥爷的车坏在一个正常人家门口，喝酒后也办对了这件事。要不然，我还不知自己飘落何处呢。

尽管我父亲五官端正，身体零件都属正常，可父亲有狐臭。这点令我母亲头疼了一辈子，也变成了他们常常吵架的一个导火索。

我五岁那年，有一次父母用家里唯一那头驴驮着我，去沙坨中的地里割谷子。开始时两个人有说有笑地比着割谷子，我妈很能干，干活儿一般男人都比不上她。我在地头抓蝈蝈。不知什么事，俩人后来争吵起来。

"是你爸骗了我爸，灌醉了我爸，要不我能嫁你？"

"是你爸主动提亲，你们有意把车坏在我们家门口！"

"得了吧，要是事先知道，我才不嫁你这狐臭汉呢！"

这句话惹急了父亲，上去就扇了母亲一耳光，于是两人厮打起来，扭成一团，庄稼被糟蹋一片，吓得我哭叫起来。才五岁的我不知道怎么劝，只知道哭。这时沙坨顶上出现了几个邻村农民，拍手乐叫："打起来了嘿！小两口子打起来了嘿！女的裤子都撕破了，哈哈哈。"

父亲这才住了手，母亲也去管她的裤子，遮掩着已露的部位，有些羞赧地躲进旁边的树丛中。回家的路上，他们谁也不说话，我在驴背上一仰一合地颠悠。这时小路旁出现了一片水泡子。渴急的黑驴突然起动，颠跑着奔向水泡子，没有几下就把我颠下驴背，摔在地上。那是个挺硬的泡子边碱地，摔得我头昏眼花岔了气儿，一时喊不出声。

正赌气的父母这下慌了神，围着我长呼短叫，又拍又揉，终于把我唤醒过来。我睁开眼冲他们说的第一句就是："什么是狐臭？"

母亲轻轻抿嘴笑起来，父亲拍一下我后脑勺。其实我真的想知道这经常惹他们争吵的"狐臭"是什么东西。

"狐臭就是胳肢窝有狐臊味儿。"妈妈忍住笑，气着父亲说。

我闻了自己的胳肢窝，说："我怎么没有那个味儿啊？"

"这孩子净胡说，你还喜欢有狐臭啊？"我母亲笑骂起来。

"我爸有，我当然也得有啊！"

"哎嗨咧！这才是我儿子！"

母亲怪怪地瞪我一眼："有狐臭，长大了找不着媳妇的！"

"我爸不是找到你了！"

"那是骗到手的。"

"那我也骗一个来呗。"

父母终于捧腹大乐，觉得我有志气，将来不愁没媳妇。

那会儿，不知怎么搞的，母亲三天两头跟父亲闹别扭。有时称父亲村里的老爷们儿坏，"土改"时斗过她，连肚里的孩子都是打下来的；有时说父亲的村子土地薄，生活穷，她要搬回娘家村子住。一旦赌气，她抱起我就往姥爷那个村子跑。有一次，她抱着我三十里沙路走了一半儿，被我父亲骑马赶上了。父亲对母亲说，你回娘家可以，但把我儿子给留下来。母亲把我往地下一放，扭头就走人。父亲看倔强的母亲背影，很无奈，把我夹在马背上就往回走。我不干，哭着喊着要跟妈妈走。父亲先是哄，哄不动就手里马鞭落我身上。那时我又惧又记恨我父亲。

母亲想定的一件事，一般是不回头的。最后还是父亲妥协，把家搬到母亲娘家村子住了。可这又出现了新问题，父亲这人故土情结重，又很惦念爷爷奶奶他们，于是他也三天两头带着我回老村。有一次看望爷爷奶奶时，路上下大雪，那时家里的那头黑驴还在，我骑在驴背上，父亲怕我冻着，拿床大棉被裹着我，前边自己牵驴绳赶路。雪越下越大，飞飞扬扬，雪片如杨树叶那么大，很快荒野和树林全被大雪覆遮住，一片白茫茫。走在前边的父亲身上落满了雪，眉毛和胡子上也挂满雪霜，好似一个活动的雪人。我透过只露出眼睛的雪被子缝隙看着父亲的背影，看着他在雪路上艰难地迈动脚步，手里还紧紧攥着毛驴缰绳，唯恐驴受惊颠摔我，心里觉得父亲真不容易。离开故村，离开老父母，随老婆去住外村，对于一个蒙古男人来说，是一件很难为情的事情，怕老婆在男权极盛的蒙古族社会里是挺丢人的。父亲说，这一切都是为了我，怕我失去妈妈后伤心，结果他把伤心留给自己。

出于"为了我"的目的，父亲往往会做出令人意想不到的事情。

"文革"后期我从中专学校毕业，分配到达尔罕旗，后又把我下放到该旗的农村"插队锻炼"，说法叫"五七"战士。那时候讲究阶级成分，我家的"土改"后期复查时降下来的"上中农"，"文革"中又升上去成了"漏划富农"，再加上是一位下放人员，我在村里很受冷落，安排我住在队部院子里一个不烧炕的东下屋里，夜里睡觉时冻得我腰都直不起来，只好向家里写信诉苦。

当时父亲也在村里受难。给伪满洲国当过"国兵"，当"国兵"时又给成吉思汗像鞠过躬，回村后还成了"民间艺人"说唱"封资修"，造反派把他打成"内人党"关进了牛棚。父亲在千里之外的牛棚想解决我腰直不起来的问题，防寒保暖铺下边最好是羊皮。可那会儿农村，家里连猪都不让养，哪儿还有羊。生产队里有羊群，接待各方来人三天两头杀只羊，羊皮挂在仓库墙上，都生了蛆。父亲壮着胆子向当时的掌权者满队长求要一张羊皮，哪怕是生蛆的。说出了让儿子直起腰的理由。满队长听后哈哈大笑。他奇怪我父亲居然能提出这样的要求。一个牛棚中的"内人党"要给远方也正接受"再教育"改造的儿子申请一张革命生产队的"红色"羊皮。这不是胆子大小的问题，而是一个荒唐得令人捧腹的事情。满队长甚至奇怪父亲怎么会有这样的想法，这样的想象力。

可父亲也犟，连求了三次，最后一次居然还跪下了。

满队长他们愣住了。不过羊皮依旧不给，依旧在墙上生蛆。这是个原则问题。革命的红色羊皮岂能铺在黑色的革命对象"内人党"分子接受改造的儿子身下呢？当然，我的腰依然直不起来。

于是，父亲采取了非常行动。

半夜逃出牛棚，钻进了生产队仓库，"偷"——应说"借"了一张生蛆的羊皮，连夜奔向千里之外的达尔罕旗前进大队。

那天已经是晚上十点钟了，我钻进冰冷的被窝正准备用我年轻的身躯焐热并抗衡那冰窖般的冻炕时，有人"当当"敲响了我的窗户。是生产队看屋子的孤老头赵大爷，他进屋后打一哆嗦，又摸了摸土炕，笑说真是"傻小子睡凉炕全凭火力旺"啊！我问他什么事，他说你老子从大林火车站来电话，他在大林火车站等你去接他。我一听，头都炸了。父亲怎么到这儿来了？家那边出什么事了？这么大老远他干什么来了？

我一头雾水，心中七上八下不踏实，连忙起身穿衣，向赵大爷打听去大林车站的直路。

十九岁的我年轻气盛，还一股子勇气。带着手电，拎根木棍，一头扎进夜色茫茫的荒野路，奔向二十多里外的大林火车站。我一路小跑，几次走岔了路，幸亏遇见挑灯夜战的"学大寨"社员，才摸到那个一天才走一趟火车的沙地小站大林。

我气喘吁吁地跑进黑咕隆咚的候车室，借站台透进的灯光依稀看见屋里只有两个人。一个乞丐，另一个就是我父亲。没有灯光的空荡荡的候车室最里边一角，乞丐和父亲正说着话。似乎乞丐不相信父亲是来寻找儿子的，说逃荒避难的倒十分像，就是有个儿子在前进社，也不会这么黑灯瞎火的夜里跑来。乞丐还相中了父亲抱着不松手的那张羊皮，缠着父亲把羊皮送给他，称像他这样常年在外讨饭的人十分需要这张羊皮，他甚至准备拿自己的讨饭家伙——一个破了边儿凹了底儿的洋铁盆来换。弄得父亲哭笑不得，也感叹自己没有人样的破落相，连乞丐都欺负自己。好在我及时推开候车室那扇门，出现在他们俩的面前。

"你看，他就是我儿子，他到了。"父亲说。

"哦，哦……还真有个儿子，还真的来了……"乞丐显得失望。

"爸——"我扑过去，抱住父亲，热泪盈眶。"出什么事了？你怎么到这来了？"我拉着父亲，避开那个乞丐坐到另一头椅子上，急切地询问。

"没出什么事啊。"父亲的脸色很镇静。

"那你干吗大老远到这儿来看我？"

"给你送羊皮。"

"羊皮？"

父亲就打开了那个怀里紧抱不放的"包领皮儿"。一张白白暖暖毛儿顺顺溜溜的羊皮就展现在我的眼前。那边的乞丐眼睛变得更是贼亮贼亮。

"你不是来信说睡不惯走火的冰炕嘛，现在刚入冬，要是这一冬你都睡那冰炕，你的腰这一辈了都别想直起来了。你真是傻小子，怎么不要求睡火炕啊？"父亲责怪我。

"要求了，人家说生产队没有火炕给我睡。"

"真是坑人，'改造'也没这么'改造'的。不要紧，下边铺上这张羊皮就管用了，羊皮羊毛又防潮又生暖呢。"父亲抚摸一下我的头。我感到他的手很粗很硬，还有些微微的颤抖，也有一丝丝的暖意。

"爸，家里没事吧？妈妈他们好吧？"我忍住泪水问。

"家里都好，什么事也没有。放心吧。"父亲说，他的眼睛一直看着我，充满了疼爱。

父亲是在车站旁边的小邮局打的电话，打算等我来后就一块儿在这候车室里熬一宿，说说话，然后乘第二天傍晚唯一那趟火车再回家。我一想还有一天一夜的时间，还不如连夜赶回我下放的那个前进社待一待呢，还可以在我那做顿热饭吃吃。父亲犹豫了一下，还是赞同了我的提议。

"爸，家那边真的没什么事吧？"我隐隐感觉到父亲神态闪烁不定，有些压抑。

"真的没什么，我们一个农民，能有什么？不像你们这些读书人，一会儿一个运动。"父亲笑了笑，安慰着我，"家里唯一惦记的就是你，出门在外不容易，又派到乡下工作。"

他把我的下放农村，说成派到下边工作。好听一些，又不会刺伤了我。

我们走出幽暗空荡的候车室，外边是满天星空。那个乞丐一直跟出候车室，彻底失望地看着我怀里的羊皮。

"唉，有两张羊皮就好了，我就留给他一张，那这一冬他就好熬多了。他这种人，不定哪天夜里冻死在墙角呢……唉。"父亲叹口气。父亲是菩萨心肠。也只是泥菩萨，还不知道自己怎么过河呢。

外边很冷，刚才跑一路出的汗，此刻衣服沾在身上变得冰凉冰凉，我不禁打了个哆嗦。我和父亲迈开脚步，默默地走在漫漫夜路上。尽管冷，我们父子相见，心情轻松了许多，热乎了许多。

回到前进村时，已经是后半夜了。

我点着屋里的土炉子，屋里顿时暖和了许多。父亲从背来的旧包里拿出猪蹄髈，灌血肠，还有炒米，最后居然掏出了一瓶库伦老白干。父亲说猪蹄髈是大舅舅家的，血肠是姑姑给的，炒米是咱们自个儿家的，酒是从库伦镇上车时买的。

围着火炉，父亲和我一边喝一边拉起家常。惊动了看屋子的老赵头，过来加入了我们喝酒的行列。赵大爷人挺好，喝热了肠子能说些实话。父亲一边看看我睡觉的土炕，一边又看看我们围坐的土炉子，对赵大爷说："赵大哥，这土炕过去走过火吧？"

"走过呀。"

"这不结了，那现在为什么不走火了？"父亲似乎发现了另一星球，拍一下腿。

"炕洞塌了，土坯和炕灰填满了，没法走火了。"

"那就把炕洞扒开，清理一下不就行了？再从这土炉子上接过一节炉筒子塞进炕洞，那这铺土炕就暖和了，我儿子的腰也无忧了！"

赵大爷看了看父亲，又看了看我，最后压低了声音说："说起来容易，做起来不简单呢。告诉你们实话吧，我们的贫协主席韩真理说了，要好好改造改造你这儿子，说你儿子长了一双狼眼睛，看人狼似的……哈哈哈哈。"

我想起韩主席真的有一次当众这么辱骂训斥过我。我不会扬场子，用长把木锨往上逆风撩扬带皮儿黄豆时，把豆粒儿全撒到皮壳儿堆里，叫韩主席撞见不高兴了，厉声训斥起我光会读"封资修"，不会干"工农兵"。我没有说话，只是漠然地看了他一眼。他更火了："还不服是吧？看人狼眼似的，一个漏划富农的崽子，又读了'封资修'，不好好改造哪儿成？都让这种人去当国家干部，咱们这天不得早变了？咱们贫下中农还不得吃二遍苦受二茬罪？"

我想一想就心里发堵。此时问我父亲："爸，你知道吗，什么样的眼睛是狼眼睛？什么样是狼一样看人？"我当时真弄不懂，自己怎么会长了一双狼眼睛，看人狼似的呢。

父亲笑了笑告诉我，按一般来讲人的白眼球多黑眼球少，而且平时黑眼球往上贴上眼皮的叫狼眼睛，至于狼一样看人，可能就是黑眼球贴着上眼皮，翻着白眼球看人，就叫狼一样看人吧。

后来我无数次照过镜子，想看清一下自己这双"狼眼睛"，找一找那个狼一样看人的感觉，可始终没有成功。我始终没有从自己脸上找到父亲说的那种标准的"狼眼睛"和"狼式视觉"，属于那种灵光一闪的事吧，平时潜伏着，遇到极度不平、羞辱、苦痛或极度压抑时才会闪现出那种独特的狼般毒光。

那一夜赵大爷告诉我们，是贫协主席不让冻炕走火，为的就是治治我这不服的"狼眼睛"。

赵大爷还让我们明天防着点他，他会查问父亲的来历和来此目的，他知道父亲是漏划富农。

好心的赵大爷回去睡后，父亲安慰我又教我如此这般去做。

第二天一早，我就去贫协主席韩真理家里，汇报父亲来看我的事。我告诉他，我妈妈家是贫农，我爸的"漏划富农"也没有最后定论，最后又拿出两瓶父亲带来的库伦老白干，说这是家乡那边酿的特产酒，请韩主席品尝品尝。那会儿前进村生活很苦，根本喝不着酒，喝也是过年时喝点"地瓜干"，苦苦的，如猪胆酿的。一见两瓶纯正的老白干，韩主席的眼睛亮了，倒像狼眼睛也像猫头鹰眼睛。他的态度缓和了许多，改称我郭同志，毕竟是下派来锻炼的国家干部，不是地富反坏右"黑五类"，基本上我们还是一条战线的。于是我顺竿爬趁机提出了让我父亲帮着修炕通火的请求。他也满口答应。两瓶老白干真的起作用。其实，穷人是最经不住物质诱惑的。

父亲在我这儿待了三天。修好了冰炕，又把地中央的土炉子移到炕洞口，烟火直接通炕洞，既可以屋里取暖又可烧热冰炕。清理炕洞时，父亲扔出好几只冻死的大耗子，灰土也足有一车多，最有意思的是还翻出好几本生产队"四清"时的账本，我犹豫着是不是交给贫协主席他们时，父亲一把拿过去扔进呼呼燃烧的炉子里，转眼间化为灰烬。父亲感叹一句，翻出来的要是那些"四不清"干部的钱财就好了。我忍不住笑了。

父亲还挺幽默。

弄炕时我发现，父亲不时抖动一下或摸一下左肩背。我问他怎么了，他说没事，闪了一下。

趁睡觉时，我撩开他的衣服看了一眼他左肩头。这一下我倒吸一口凉气。父亲的左肩头上，有一块小茶杯粗的圆圆的烙印，上边有清晰可辨的两个字：三队。我问父亲怎么回事？谁在你肩头烙下这印迹？而且发炎后渗着黄水。

"狗咬的。"父亲冷冷地说。

"我不信，这明明是人拿烙铁烙下的印嘛。"

"就是狗咬的，一群疯狗！"父亲几乎嚷起来。

在我的一再追问下，父亲终于告诉我他在村里被打成"内人党"挨打受刑的情况。那烙铁是生产队给马分群时用的铁烙印，在红红的炭火中烧红之后往马的后臀上狠狠地一按，便留下那种"一队""二队""三队"之类的标记。父亲是第三生产队的"内人党"分子，故印有"三队"字样。

我无言以对。愤怒和受辱感如炭火般烧着我的心胸。我轻轻抚摸着那个又圆又大的流着黄水的烙印，眼泪如泉水般从眼窝里涌出来，滴落在父亲的肩头。父亲却没事一样拍拍我的手，说一切都会过去的。我又担心，偷了羊皮，逃出牛棚，父亲这回可怎么回去呀？我一想起来心就缩成一团。

父亲说，不用担心，他有办法对付。

我甚至提议，让他到东北大兴安岭林区那边躲一躲，避过这一阵子再回去。

父亲说，他可不想当盲流。而且家里还有你妈妈弟弟妹妹他们，天塌下来自己回去顶着。

我又让他把羊皮带回去，还给生产队就没事了，反正我现在不需要铺羊皮了。

父亲说拿也是拿了，回去还给他们照样脱不了干系。我干脆不认账，他们也没逮着，奈何我？我来个死猪不怕开水烫，死不认账！说着，父亲自个儿也乐了。见他还挺乐观，我心里也稍稍宽下来。

送走了父亲，我铺着他带来的羊皮，睡着他搭好的暖暖热炕，却夜夜睡不安稳。我唯恐从老家那儿来人调查羊皮的下落，甚至好几次我差点扔掉那张羊皮，以消灭父亲的

"罪证"。我几次写信询问，父亲请人写来的信都说没事，家里一切都好，他还关在"牛棚"，羊皮的事跟他没关系，他只是受不了"牛棚"里的苦逃出去躲了几天而已。他压根儿没告诉他们他来看过我。我这才睡那羊皮踏实了点。

我心中祈祷着但愿父亲真的没事。很多年后，我问过他那次回去后的事。父亲闪避着不回答，始终没告诉我他回去后怎么度过那次劫难的。反正最后是捡了一条命回来，这是万幸。八十万"内人党"里有我父亲，被打死的"十万"里没有我父亲，这是上天的恩赐。毕竟，他只是一个农民，一个爱自己儿子的蒙古农民。爱儿子应无罪。从我出生到如今，我无时无刻不感觉到他的爱，即便他故去好多年，我依然感觉到他的无处不在的父爱。如山的爱，父爱如山。我真是很幸运，由衷感谢上苍。

三

父亲有一把胡琴。准确地说，四弦琴，东蒙地带较流行的那种。大号四弦琴是民间艺人说蒙古书《乌力格尔》用的。父亲拥有的也是大号，但他很少说《乌力格尔》，他拉四弦琴唱蒙古民歌。追根溯源，蒙古人近现代的说唱艺人

"胡尔其"，严格来说就是早先蒙古人崇拜的原始宗教"萨满·孛"教的一种变异。萨满教的"孛师"在成吉思汗时代被尊为"国师"，骑白马穿白袍举白色的"苏力德"（纛），主持出战时的祭祀、占卜、庆典之类的大事。萨满教宗旨是崇拜长生天长生地，崇拜山川草木万物自然，崇拜自然之神，倒与现在提倡的环境保护十分契合。有人说如今蒙古草原大面积沙化，就是与蒙古人失去原先崇拜大自然的萨满教信仰有关，近二三百年改信喇嘛教之后，只求来世之福，顾不上现实的草原沙化这些小事了。

　　记得小时，天黑后，屋里点着小油灯，外边刮着风沙，父亲靠着炕上的被摞坐着拉起他的胡琴，吟唱哀婉的民歌。如《嘎达梅林》《陶格陶》《孤独的驼羔》等。唱着唱着他的眼角或妈妈的眼角，都挂出些许泪水来，默默地。片刻后，他们拿衣襟擦擦眼角，发出"唉"的一声轻叹。我虽然听不大懂歌的内容，心里也是酸酸的，不是滋味。说来奇怪，蒙古民歌，尤其流行广泛的蒙古民歌，以曲调忧伤哀婉、叙事令人心酸惆怅的居多，而节奏欢快旋律喜庆的少。这个问题困扰了我很久。后来我渐渐悟出些其中的道理，这事跟土地有关。近一二百年来，蒙古草原开荒开垦严重，致使草原日益沙漠化，逐水草而居的蒙古牧民失去美丽的草牧场和丰饶的故土，唯有通过一首首伤感的民歌来抒发胸臆，倾诉心声。

那时父亲常被邻村邻镇的人请去吟唱或说书，每每我也随去，替父亲背胡琴或提酒壶。他们笑称我是父亲的"苏勒"——小尾巴。走在一条漫长的沙路上，父亲说这就是当年有名的"嘎达梅林小路"，原本是一条密林中的小路，如今已成荒漠的小路。当年嘎达梅林是为反对科尔沁草原的达尔罕王爷出售草原招垦开荒而起义造反。那时候蒙古草原上的王爷们都在北京或奉天（沈阳）有行宫府邸，常年在那里吸大烟吃喝玩乐过腐败的生活，开销很大，光靠卖牛羊是不够的，于是出卖草原，招垦开荒。然而，草原植被也就半尺到一尺厚，下边全是沙质土，一经开垦没几年就沙化。那会儿把开荒叫作"出荒"，科尔沁草原共出了十一次荒，于是百年后的今天就成了科尔沁沙地。父亲当"国兵"时的老团长，当年给嘎达梅林当过卫兵。老团长向他详细讲述过嘎达梅林起义造反的整个过程，前因后果，以及蒙古草原沙化的根源。父亲又随军队走遍了科尔沁和呼伦贝尔草原，他对日益沙化的草原有了更多更深层次的了解。他的拉胡琴唱民歌也是当初跟老团长学来的，并为此他没少吃苦头，还差点丢了小命。

有个星期日，父亲正躲在营房后边的小树林里练胡琴，骑兵团的日本教官武田从山上打猎顺便"划拉"花姑娘回来，听见了父亲的胡琴声。

武田走过来站在父亲的前边。父亲依旧低头拉琴。

"你拉的是什么东西？"武田用蹩脚的蒙古语问。

父亲未予理睬，依旧低头拉他的琴。

"喂、喂，我……问你哪！"尊严受到轻蔑，武田有些恼怒，提高了嗓门。

父亲终于停止拉琴，但仍然低着头，不看武田也不回答，沉默着。

"站起来！咚咯咚……"武田手中的藤条狠狠敲在父亲的头上。他的这根藤条在驻扎王爷庙的蒙古骑兵团中颇有名气，每次操练时不少人挨过抽打。而且他打人还有个习惯，非得让人往下撸掉裤子，露出光屁股蛋子向后撅着，让他自由地抽打。骑兵团三个日本教官中数他最刁蛮横霸。

父亲站起来，摸了摸已鼓包的头顶。

"你拉的是什么东西？"

"胡琴。"

"胡琴？为什么蒙古人的胡琴比汉人的胡琴多两根耳两根弦？"

"不知道。"

"你给我拉拉，我听听。"

"刚学不会拉。"

"不会拉也给我拉！"武田霸道起来。

父亲站在那里，不拉。

"你拉不拉？好，不拉也行，那就把裤子脱掉，让我抽你十下，你就不必拉了。"武田的藤条又敲了敲父亲的头。

父亲的脸憋得通红。

"你是拉还是脱？"武田慢悠悠地逼问，"不拉，那先把胡琴给我，然后脱裤子！"

父亲慢慢把胡琴举起来，举过头顶，然后狠狠地往地下一摔，"啪嚓"一声，接着父亲抬起右脚狠狠地踩跺下去。"咔啦啦"，那把老团长精心制作的心爱的四弦琴，顿时碎裂折断，乱成一团成了废品。

"胡琴坏了，没法拉了。"父亲说，接着又补一句，"今天是我的休息日，不归你管，不是操练，你不要欺人太甚！"说完，父亲扭头就走人。

武田登时愣住了，脸色一下子变青，后又变白，嘴角也歪扭着颤抖起来。他一抬脚"噔噔噔"从父亲后边追过去。

父亲听见身后的脚步声，也加快了自己的脚步。他心里清楚，今天此事很难善了，先赶紧回营房再说。那里人多，战友们也会出来帮劝，小鬼子只三个人，不至于太放肆吧。

"站住！你给我站住！八嘎！"武田从父亲身后张牙舞爪地喊叫。

父亲小跑起来，接着大跑。

武田边喊边追，怒火冲天，追得气喘吁吁。

父亲撒腿如兔，年轻力足加上心里害怕紧张，丝毫不敢怠慢，飞一样跑回营房。见武田依然追来，父亲不敢进宿舍了，跑过宿舍又跑过操场，绕着营房的建筑物如捉迷藏般地疾跑。武田狗般穷追不舍，嘴里"八嘎八嘎"地喊着，挥舞着手里的藤条不时又喊："脱裤子！"不知情的人还以为他欲火难忍错把父亲当花姑娘了呢。

很多人出来看热闹，操场上打球的，玩摔跤的，散步的，都停下来，观看这一幕不知何事引起的又如何收场的奇怪而不要命的追逐。一个是日本教官，一个是老团长通信兵。父亲冲人们喊快拦住鬼子，他会杀了我。可没人敢拦，又不知何事闹纠纷，理在哪方，都不敢贸然劝拦那个横蛮不讲理的日本教官。但已有人跑着去报告老团长，唯有他才能摆平小鬼子。也有人暗示父亲，指了指一间废弃的仓房。

父亲知道老这么被追着跑，狗撵兔子似的，也不是个事，躲进去再说。他转过营房后就一闪身钻进了那间幽暗的仓房。武田追到这里失去了目标，想了想，猜出父亲可能躲进仓房，便歪咧着嘴笑了笑，也一头冲进那间仓房。

顿时从仓房传出一阵噼里啪啦的乱响，很快，武田灰头土脸地举着手出来了。他手里的猎枪和藤条已经到了父亲手里，从后边押着他。原来父亲早已准备最后这一手，引他进仓房，从暗中蹿上来，来一个大背挎，使出蒙古摔跤绝招，把武田摔得头昏眼花狗啃泥，并缴了他的枪和藤条。

父亲押着武田走向团部，要到老团长那儿摆理，把武田交给他处理。当时三个日本教官还归老团长指挥。

这下更热闹了。后边尾随了一大群人。

"苏克，好样的！"

"苏克，好好教训教训这狗日的！"

老团长那钦·双虎尔闻讯刚走出团部，便看见父亲雄赳赳气昂昂地押着武田走了过来。老团长见状吃了一惊，心里骂这苏克吃了豹子胆了！连日本教官的枪都敢下，不要命了！父亲向老团长报告事情经过，连比画带说气儿还挺粗，武田也呜里哇啦用日语骂骂咧咧说着情况。老团长精通俄、日、汉、蒙四种语言，又去日本留过学。知道了事情来龙去脉，老团长哈哈大笑，拍着武田的肩膀连说误会误会，拉他进屋备一顿酒席为他压惊，又把父亲臭骂一顿，叫人带走关禁闭。其实是保护起来。老团长在伪满洲国军队中威望很高，连日本人也都很敬重甚至惧他，不敢轻易惹他。日本人当时策略是拉拢蒙古人来支撑徒有其名的"满洲国"，不希望与蒙古骑兵团发生摩擦。这一点武田心里也清楚，再说他理亏，那小兵又是老团长的亲兵，他只好忍下这次受辱，借坡下驴，跟老团痛饮起酒来。老团长当时正密谋反水起义，就等候苏联红军打过来的时机，所以此时他也不想因这小事跟日本人闹僵，引起他们的注意。

父亲逃过此劫，想想就后怕。

送走武田，老团长叫来父亲，拿起马鞭就抽了三下。他骂父亲，哪儿不能拉胡琴，非得跑到营房外边的小树林里拉？想你的小媳妇了是吧？没出息的小子，叫人家耗子似的追着跑了半天，丢尽了蒙古骑兵的脸，要是我一开始就卸了他的枪押过来！小鬼子有什么好怕的，明明他没理嘛！父亲一听心里乐了，老团长原来是责怪他下小鬼子枪晚了。老团长接着训父亲：你倒痛快，一脚踹烂了伴随我十年的老胡琴，挺爽是吧？小骡子似的犯倔，不愿意给人家拉琴，你就给他拉一段"那仁呼奈——布呼尔"嘛！父亲更是"扑哧"一声笑了。这是流传在蒙古骑兵当中的一个诙谐小调，歌名为《小鬼子的白屁股》。老团长最后说，还算不错，没叫武田崩了你，尽管叫人家追得很狼狈最后还是把他摔趴下了，不算太丢脸。我们蒙古人从成吉思汗时代起就没怕过日本人，成吉思汗打到日本岛他们献出美女求和的嘛，哈哈哈哈。

此后不久，父亲就用辣椒水洗眼闹出红眼病，央求着老团长放他回了家。当时老团长很是舍不得，尽管看出父亲是块料，可鉴于他眼睛红肿睁不开，无法正常生活和随部队操练行动，马上又要打仗了，只得摇头叹息说："小鬼头，走就走了吧，可惜了。"父亲回来后的第二年，老团长率队起义，蒙古骑兵威震东北战场，立下赫赫战功，涌出许多杰出人物。

父亲后来每每向我说起这段时，有一种惆怅还有一丝丝的落寞呈现在他脸上。我理解他当时的心情，思念新婚妻子和家中老人，又担心武田暗中报复，时局又那么乱，给日本人和伪满洲国卖命心中又不甘，当时他也不知道老团长就要举事。这只能说，父亲命就如此，当一名普普通通的还算聪明的农民。他也安于这命。他的理想和希望，要通过我来实现，因而他孜孜不倦甚至十分固执地坚持让我读书。父亲的兵营生活未能继续，可兵营里学会的拉胡琴本事却延续了下来。父亲的胡琴，越拉越优美动听，越有味道了。后来他又向一位著名的老艺人僧扎布学说蒙古书《乌力格尔》，手艺更上一层楼。四十多岁时，父亲已经成了当地一名颇有名气的"胡尔其"——说书艺人。那时我已经外出读书了，有一年春节回家，母亲给我讲了一段这样的事。一次父亲到百里外的芒汗村唱民歌，回来时在塔民查干沙漠里迷路，在一座沙包顶上被一群饥饿的野狼围住了。父亲无法脱身，手中只有一把胡琴，无法击退这群眼睛闪着绿光的恶狼。父亲索性稳稳坐在沙包顶上，拉起胡琴，对着狼群引吭唱起蒙古民歌。他一首一首地唱着，唱完抒情的唱叙事的，唱完短调唱长调，唱完新的唱旧的，从《努恩吉雅》到《社会主义好》，从《成吉思汗的黑色骏马》到《小日本的白屁股》，那些流传在蒙古草原的千百首民歌，哀婉忧伤悲凉凄楚的蒙古民歌，一刻不停地从父亲嘴里如水般流淌，回荡在夜的沙漠中。从傍晚唱到天亮，围困他的几只恶狼慢慢地都趴在沙坨根，静静地听着父亲的歌。当太阳从东边沙岗上升起时，那几只狼个个神情沮丧，身态委顿，眼睛里的绿光也柔和了许多，伸伸懒腰打哈欠，然后一个个悄然消失在茫茫沙漠中。父亲长出一口气，心里说你们再不走，我实在再没歌可唱，嗓子也哑得一句也唱不出来了。此事我问过父亲，父亲笑一笑只说了一句："那晚是挺狼狈，没想到狼还真的会听歌呢。这使我想起在牧区亲眼见过的事：刚下羔的母羊不知何因厌恶自己刚出生的小羊羔，不给它吃奶，蒙古老额吉就抱着小羊羔对母羊哼唱那哀婉动听的蒙古民歌《托依格》——这是一首劝奶歌，老额吉一遍一遍地唱，最后唱着唱着那母羊眼里便流出泪水接纳小羔吃奶。也许，父亲与狼的遭遇情同此理，再顽劣凶残的动物，也有柔情的一面，也会动恻隐之心。同时也说明蒙古民歌震撼人心的魅力和感伤力。

能把狼唱走的父亲，没能唱走命运中第二段倒霉的日子。那是二十世纪六十年代中，他被旗文化馆授予"民间艺人——胡尔其"称号颁发了证书，还被请到库伦镇和通辽市蒙古说书馆坐馆说唱了一个多月。这是他一生中最光荣的经历，也可称为"辉煌"或"顶峰"了。这也是他后来的"文革"中被打成"牛鬼蛇神"和"内人党"，第二次蹲"牛棚"（第一次是"土改"）的主要原因。"文革"中他蹲的"牛棚"其实是一间旧马厩，全村十多名被"专政"对象都关在这里，互相埋怨你的虱子跑到我身上了，或谁的屁熏着他了。为熬漫漫长夜，父亲在众囚友怂恿下低声哼唱民歌排遣苦闷。看守的民兵也无聊，叫父亲大点声唱，父亲就大点声唱，后来干脆把父亲的胡琴从家里取来，让他边拉边唱。再后来，造反派的头头脑脑们堂而皇之地叫父亲到他们办公室里说唱，大家围着他坐着，饮着酒茶嗑着瓜子。此时父亲也许想起了围着沙坨根听他唱的那群狼，也许想起了多年前的日本教官武田，但此时的他已没有了年轻时的血气方刚，没有了砸烂胡琴扬长而去的豪气干云，而是人家让他唱什么就唱什么，让唱多久就唱多久。他是通过唱把人生的感悟、苦闷、不快、不平等统统表达出来，也算是一种发泄吧。不唱歌他会很寂寞很苦闷。

父亲也有不顺从的时候。

"文革"后期七十年代"学大寨"时期，村里头头脑脑们去山西大寨大队取经回来，在当时的村支书萨那带领下他们规划了一个宏伟计划：学大寨、建设新农村。也就是把原先依杨西布河北岸沟坡而居的农户，统统搬迁到村北沙坨根林带平地上，建设一条整齐划一如大寨般的新农村新砖房，村中铺设坦荡公路，架设电灯电话。规划的确够宏伟，够诱人。

有人问，那林带呢？

萨那支书说，砍掉。

父亲一听就摇脑袋。当时父亲的"内人党"已平反，他又成了好人，"漏划富农"也变回上中农，是个可团结利用的对象。父亲说，这是造孽。村北沙坨子根的那条林带，是解放初期库伦旗第一代中国共产党领导带领农民们种的，目的是挡住村北那条横卧的大沙漠。那个宽二十里长上百里的大沙带，人称"塔民查干沙漠"，意即"地狱白沙"，是科尔沁草原十一次"出荒"的结晶。它如一条盘卧的恶龙，随时会扑过来吞淹了村庄。如果砍掉林带建设新农村，可拿什么挡住那虎视眈眈的沙龙？

急功近利又好大喜功的萨那支书他们顾不上这些。萨那说，没关系，建完新农村，在沙漠里再种出一条林带。那真是一个敢想敢干、妄想代替理想的年代，人们被萨那支书他们所描绘的大寨式新农村完全吸引住，多数农户举双手赞成，何况上边把这当作全旗典型，当作落实学大寨的新举措，还要拨部分款项来支持农民迁村盖新房，老百姓何乐而不为呢？

唯有父亲和跟他关系不错的几个老汉仍然持怀疑态度。

父亲天天晚上坐在炕上拉胡琴，唱着哀伤的民歌。

母亲有时听烦了嚷嚷："别拉了，拉得像是给死人送葬！"

"是啊，我这是给就要消亡的杨西布村喝挽歌。"父亲说。

这时候萨那支书来给这几位老顽固做思想工作，人召集到我们家。萨那把未来的杨西布新农村描绘得如花一般美丽，村前公路跑着汽车，新房告别油灯家家亮着电灯，坐在炕头跟邻居用电话聊天。唯独不提沙漠南侵。萨那说得口沫四溅。这个萨支书"四清"时因男女关系问题受过处分,"文革"中造反成功,掌握了全村生杀大权。他执政的二十世纪七十年代如何整治村里百姓咱可不提,但他这次"轰轰烈烈"干的"迁村"大事非载入史册不可。萨那支书说话时,父亲在一边一直拉着胡琴,拉的曲子是《嘎达梅林》。

萨那听烦了,说:"苏克老姐夫,你能不能歇一会儿?"

父亲就歇了,不拉了。《嘎达梅林》民歌曲子戛然而止。可大伙儿心里都想着嘎达梅林的故事,想着那个十一次"出荒"的结果和村北"塔民查干"沙漠,想着草原沙化牧民变农民的往事。将来或许农民也当不成,当盲流。

萨那支书抖起精神重新游说一遍美丽蓝图,父亲吧嗒着烟袋说:"新农村听着是好,可房前几步就是农田,房后几步就是沙漠,别说孩子们没有玩耍的地方,连家养的猪鸡狗都没地方刨食拱土哟!"

"苏克老姐夫,孩子们都去学校幼儿园玩,猪呀羊呀鸡呀,都由生产队替你养啦!"萨支书笑哈哈,说父亲落伍。

"生产队养的猪羊,我们可吃不着,那是为你们更上边的干部们养的。"父亲回答。

几个老汉张开豁牙露齿都嘿嘿笑了。

　　萨支书被噎住后，冲父亲翻白眼，心里在骂：你这个倔老汉，打"内人党"打得还不够，老这么刺儿；萨那叹口气说："你们几个老顽固自个儿看着办吧。"

　　萨那悻悻走之后，父亲说了："自个儿看着办就好办了，我还要留守这河边的老土房，活得宽敞、畅亮，前边一条河有风水，牲口饮水人嬉水都方便，我是不搬了！"

　　父亲果然没搬。跟他看法一致的几个老邻居也没搬。父亲依旧在他的老土房里拉胡琴，看着村北头大兴土木，又是砍林又是建砖房建新农村，他一点不动心。那一排新房乍一看的确够气派，整齐美观，门前垫出一条土公路，不久电灯电话也拉进来了。可惜的是这种良辰美景没有维持多久。原先林带被砍掉之后，萨那他们也的确组织人力重新栽过树，可沙漠里埋条子那只是应景糊弄人的事，十年九旱的沙乡根本无法成活，很快晒干成柴火，被农民捡回来当柴烧了。没有了原先乔灌结合的一条宽林带，冬春一刮风沙，那呼啸的沙粒直接击打门窗，一天下来家里的锅碗瓢盆都能落下半盆沙尘。夏天一下大雨，门前垫出的那条土路立刻变成泥塘，水无处排，坑坑洼洼，泥泞不堪，看不出是公路，倒像一条水渠水沟。紧挨着土路南侧就是农田，尽管拉铁丝网护着，可无处游荡的猪鸡不时地溜进铁丝网里拱地刨庄稼，看青的民兵急了就开枪打，引来人家的哭叫骂街，惹出一番说不清的官司。那些羊啊牛啊等大牲口，人们就往房后沙坨子里赶，啃吃沙洼地幸存着的稀稀落落的柳条和沙枣棵子。人一般都短视，明明知道那些固沙的植物不能啃光了，可家养的牛羊怎么办？怎么也得吃草吃东西吧。

父亲拉着胡琴编排新农村的趣事，唱给老哥儿几个听，深为自己的英明远见自豪。

过了五年，塔民查干沙漠大面积南侵，开始舔舐新农村的后墙根。

又过了几年，沙子开始埋淹砖瓦房的下部，人们每天一早先清理沙子。

人们开始诅咒了。被咒骂的，首当其冲是老支书萨那。他已下台，又得了食道癌，沈阳北京的满世界跑着治病，顾不上别人的咒骂和沙子南淹。有些农户张罗着搬回原先的河边沟坡，放弃新农村。现在有人戏称新沙村。

夏天炎热时，父亲坐在凉爽的河岸老树下拉他的胡琴。周围围坐着一帮小孩儿，央求他说一段打仗热闹的蒙古书。前边的河上闪着金光，河滩上猪拱鸡刨羊吃草，一边还有几畦弟弟侍弄出的水稻正抽穗扬花。村北的沙漠，离这儿还有七八里远，老土房这边暂时无忧。

可父亲说那沙漠早晚会淹到河岸这边来。除非把新农村全搬走，又种出密密麻麻的乔灌结合的宽林带。可谈何容易！资金谁给？要造出能挡风沙的林带起码需要十年二十年时间，可这期间沙子早已大军南下了。父亲想到此便皱起眉头，胡琴也奏出沉重的曲调。

"我死前是没事，沙子过不来，可你们就够呛了。"父亲对弟弟说。弟弟白沙现在当了村长，成天为"新农村"犯愁，搬也不是不搬也不是，到处跑着要钱，琢磨着治理"塔民查干"的办法。

有一次，老支书萨那请父亲到他家拉胡琴说说话，还派来了小胶轮车接。母亲和弟弟都反对父亲去。因运动中整人的恩恩怨怨还有迁村搞出的这个结果，萨那遭到了村民的唾弃。父亲犹豫了一下，最后还是去了。他知道老支书来日无多。

紧挨着沙坨根戳着三间砖房，流沙几乎埋了半截子，房顶的瓦不是被强风掀了，就是碎毁了一半，裸露的地方干脆苫盖了柳条笆抹上泥，显得不伦不类。屋内四面透风，灶台和地上落着厚厚的灰土和黄沙。土炕上躺着萨那老支书，瘦成一把骨头，喉咙里呼噜呼噜发响。当年威风凛凛一米八的大汉，如今脱相后已失去正常人的模样，唯有塌陷的两只眼睛偶尔尚能闪出一丝厉光。

"你来了？"

"我来了。"

"你能来，我很高兴。"

父亲默默地看着他，看着这位当年在杨西布村甚至整个库伦旗都算是响当当的风云人物。

"得了一个不好治的病啊？"父亲这么问算是表达了关切之意。

"还剩一口气，老姐夫，我也活够了，我这辈子也算是过了……"萨那顿了一下，又说，"桌上烫着一壶酒，先润润嗓子吧。"

屋里很黑，"新农村"的电线被风沙刮断无人修，电灯早已不亮，桌子上点着一盏老式油灯。油灯在穿堂风中摇曳着，时闪时灭，模模糊糊地照出小炕桌上的一壶酒和一碟咸菜，一碟奶豆腐干。

父亲自己斟了一杯酒，一饮而尽。然后调调胡琴弦，问："想听书还是听歌？"

"你随便拉吧，拉什么都行，老姐夫。"

父亲没有随便拉，郑重其事地拉起了长篇叙事民歌《嘎达梅林》。

萨那老支书躺在炕上静静地听着。当父亲说唱到嘎达梅林为反对科尔沁草原第十一"出荒"，从北边被困的索伦山突围而出，准备打回老家，在乌力吉木仁河岸遭遇埋伏，马队如割草般倒下，前边的河又开冰河，冰排如山倒，最后弹尽粮绝的嘎达梅林带领剩下的弟兄跳进冰河壮烈牺牲时，萨那老支书的眼里滚出两滴浊泪，长长叹息一声。

歌唱完，屋里一时寂静，父亲连饮三杯酒想压一压自己业已沸腾起来的心。

"唉。"萨那又重重叹口气，"是我糟践了杨西布村……"他喃喃低语。

外边风沙依旧，油灯终于抵挡不住，摇曳几下便灭了。屋里一片漆黑。父亲不作声默默地坐着。过一会儿父亲摸索出火柴，想点燃那盏油灯。萨那说："不用点了，点也会灭的，平时我是不点灯的，也习惯了。今天因为你来，才特意点的，黑暗中说话，更好更静，听得更清楚。"

可说什么呢？父亲无话说，只好拉胡琴。黑暗中拉胡琴。那忧伤悲凉的四弦琴声，在黑暗中透过风沙悠悠地传荡着，如泣如诉。

临走时萨那对父亲说："谢谢你老姐夫。你把那壶酒全喝了吧，我现在没法喝酒，想喝不敢喝，大夫说就是喝酒喝坏了食道。人啊，食道一坏，什么好吃好喝的别想沾。唉，这也算是老天对我的惩罚吧。"

父亲就满足他的要求喝光了那壶酒才出来。外边尽管风沙低吹，可高空依然星光灿烂，比屋里敞亮多了，舒服多了。父亲深深呼吸一下外边新鲜的空气，慢慢走回河边的家，拒绝了主人用胶轮车送回的好意。路上父亲缄默着，什么也没有说。

但看得出来，父亲很难受。也不知为什么难受。或许是那个气氛令他难受。

回到家中，父亲终于松一口气说："但愿我的胡琴，能减轻点他的痛苦。"不知他这指的是肉体的痛苦还是精神的痛苦。

在以后的日子里，我渐渐感觉到，父亲的胡琴越拉越有点岁月的沉重感。可以说，他心中还有一把看不见的胡琴，一把阅尽近百年东蒙草原变迁和人生百态的胡琴。一把无形的胡琴。

父亲是经历了一次刺激之后，彻底放下了他的胡琴。

那是二十世纪八十年代初改革开放时。春节村部组织拜年会，晚上请父亲说唱民歌。开始的时候满屋子的人，可父亲开唱没多久，人们稀稀拉拉地走光了。这令父亲很没面子，伤了自尊。说是隔壁放武打录像带，还有舞场、扑克赛。屋里只剩下一位"五保户"孤寡老人瞎眼花儿大娘。父亲一边往布袋里装着胡琴，一边对花儿大娘说到我家去吧，我给你唱一夜，只给你一人唱。果然父亲把花儿大娘请到家里，又给她沏上一杯茶，摆满糖果和奶制品，给她唱了通宵，听得花儿大娘的瞎眼红肿了老高。

从此，就是天王老子请，父亲也不再拉胡琴说唱了。说"金盆洗手"高抬了父亲，可确实就此放下了伴随一辈子的那把胡琴。

那把胡琴横放在家里大梁上，落满灰尘。父亲过世后有一年回家，我突然想起了父亲的那把胡琴，问我弟弟。弟弟说可能放在东厢仓房里，可仓房里没有。母亲说，问你妹夫吧。妹夫曾跟我父亲学拉胡琴。妹夫开始翻箱倒柜，最后一拍脑门，说放在牲口草料房了。我说去拿来吧。妹夫挠挠头不语，苦笑。妹妹从旁插言，现在没法拿了，里边堆满了草料。我过去一看，果然，两间草料房从底到顶棚堆满了新切割的寸短苞米秆子草料，一直堆到门口，父亲的胡琴挂在最里边的墙上，根本无法拿。妹夫说开春后空出草料房就能拿出胡琴了。也就是说，他家的两头牛一头驴何时吃完这些草料，我才能见到父亲的那把珍贵遗物四弦胡琴。

我的心气得颤抖。冷冷地对妹夫说，我明早离开，这次我肯定要带走父亲的胡琴，你看着办吧。

第二天早晨，我正向老母亲斟告别酒时，妹夫出现了。他的头脸和身上沾满草屑和灰土，袖子也剐破了，额头上也蹭红了一块皮，手里举着父亲的那把胡琴。少了一根耳，三色飘带脏黑不堪，四根弦断了三根。我一见父亲旧物便泪如涌泉。

如今，父亲的胡琴挂在我北京的书房墙上。擦去尘土，配饰一新，又恢复了往日的古色古香，尽管显得过时，可在我书房里它是最重要最压轴的一景。每当春季，蒙古草原的沙尘暴来叩打门窗时，我仿佛听见墙上的那把古色胡琴在鸣响，仿佛听见父亲在吟唱那哀婉绵绵的无尽民歌。此时，我就抬起湿润的双眼，遥望天际那正日益沙化的蒙古草原，发一声无奈的叹息。

四

"电报！"学生楼收发室的王师傅喊住我时，我愣了一下。那会儿通讯还不像现在这样方便，什么"伊妹儿"、手机的，有急事都通过电报联络。我接那张绿皮儿电报时，心里有些忐忑。

电文简单：父在崇文门旅馆内蒙古办事处，速来，父。

我更是吓了一跳。父亲应在两千里之外的科尔沁沙地库伦旗老家，怎么会跑到这北京崇文门旅馆里来了？他从未跟我说过来北京，我曾邀请他来北京玩，他总推托你刚成家还没房，住学生宿舍不方便，等你有自个儿的房子再说吧。可现在他从天而降，突然出现在北京崇文门旅馆，我简直有点不敢相信。我忽然有个不祥的预感：是不是出什么事了？得了重病？走丢或被人拐到北京来了？

想到此我更着急了，登上108路电车直奔那家崇文门旅馆。

花市站下车后再向前走几十米，就看见了那家门口挂着白牌子的崇文门旅馆，这里兼做内蒙古驻京办事处。过去的办事处在大佛寺后边的什锦花园，面积很大，有假山假水、亭台楼阁，像座宫殿，"文革"中被什么部门侵占，至今未要回，被挤在这家二层小楼的破旧旅馆里。

门里门外都是人。从长袍或短装，以及风吹日晒的黑红脸膛上，一看便知都是从蒙古草原或沙地赶来的蒙古族农牧民。接待处柜台前更是挤满了人，走廊过道上也都是人，熙熙攘攘，吵吵闹闹，有的躺有的坐，有的背着包袱，有的提着锅碗，也有的挤在一角吃着喝着，相熟的在聊着。

我吃了一惊，这里是怎么了？为什么来了这么多蒙古老乡？莫非是在上访？坏了，父亲肯定被卷进什么上访团告状来了！我心里"咯噔"一下，一时有些紧张。急急忙忙往人群里钻，寻找父亲的影子。

光线昏暗的长走廊上也都摆上了一溜铁丝床，房间里一张床上更是坐着三四个人。我依次走过去，最后在楼道尽头的一张歪脚的铁丝床上发现了父亲。更令我吃惊的是不光是他一人，还有我母亲，旁边还有我大舅和二姑！整个一个家族上访团。

父亲和大舅正端着茶缸，你一口我一口地啜着北京二锅头。

看见我终于找到他们，他们都露出惊喜的笑容，兴奋不已地迎接我。

我却高兴不起来，有些生硬地说："你们来也不先说一声，还裹进这个乱七八糟的上访团！"

"谁说我们是上访团？"父亲也不悦了。

"不是上访是什么？这么多蒙古老乡，都扎在这里，出什么事了？"我仍旧先入为主地问。

"没出什么事。"父亲见我口气这么冷，没有一点欢迎的样子，显然心里不满意了，口气也变得倔硬，"反正我们来了，还住这儿了。"那意思明显：我们也没找你投宿，没靠你，你来什么劲！

被我的不问青红皂白的态度所恼怒，父亲一屁股坐回铁床上，"咕嘟"一下喝了半茶缸二锅头，不再理我。

母亲从旁边微笑着推推我说："我们不是来上访的，真的。"大舅和二姑也一个劲儿点头。

这让我更不解了，感到一头雾水。

"那你们到底干什么来了？成团结伙的，旅游？又不是季节，现在是冬天，这么多人，像赶集似的。"

母亲压低了声音，悄悄说："朝拜。"

"朝拜？"我大吃一惊，如闻天方夜谭，"朝拜什么？朝拜雍和宫？"我知道父亲他们虔信喇嘛教。

"去雍和宫不叫朝拜，叫烧香。"父亲白我一眼。

"那你们到底朝拜谁来了？"我向父亲赔笑脸，缓和下刚才的气氛，我心里的不安也宽松了不少。"朝拜"毕竟比上访强一些，不涉及政治，属于宗教信仰，可我依然十分纳闷，向谁朝拜？

"班禅活佛。"父亲的脸色这回变得神圣而虔诚。

"班禅？那位人大副委员长？"

"不是人大副委员长，是十世班禅·额尔德尼活佛。"父亲纠正。

"他就是全国人大副委员长。咦，他怎么接受信徒朝拜了？这是北京，不是青海塔尔寺，也不是西藏布达拉宫。"我心里愈加迷惑不解。二十世纪五十年代初，就现在这位十世班禅和后叛逃到印度的十四世达赖喇嘛，受毛主席邀请到北京做客，并允许他们接受从内蒙古各地蜂拥到北京的众多蒙古族信徒朝拜，我爷爷和奶奶那时也卖了三头牛赶来北京雍和宫朝拜过这二位宗教大师。爷爷奶奶回到老家，把这次神圣而光荣的经历向人诉说炫耀了一辈子。可现在是八十年代，离五十年代第一次接受朝拜已过了三十多年，上头怎么会又允许班禅接受蒙古信徒朝拜了呢？真是改革开放了，连宗教界也涌动着这种自由的春潮。

"爸，对不起，我刚才态度不好，误会了，真以为你们受人蒙蔽参加了什么政治性的上访团。再说朝拜班禅这事，太突然，我们在北京听都没听说过。"

"消息都是悄悄传出去的，我们听到信儿的第二天就匆匆忙忙出来了，也没有时间通知你。"父亲知道我不是真的冷落他们，我又是他的爱子当然很快情绪好起来，问我吃饭了没有，一块儿喝点。

近一二百年来蒙古族崇信喇嘛教，拜世世代代的班禅和达赖喇嘛，这是出了名的。只要放出常住北京的班禅活佛接受朝拜的信息，蒙古老乡便闻风而动，从四面八方涌入北京，以求活佛摸一次顶，那将是终生荣幸和无憾了。

"班禅副委员长真的接受你们朝拜？真有这事还是谎信儿？"我仍旧抱着一丝的怀疑。

"都来了这么多人，哪能有假，你真当是旅游哪？别说这个旅馆，听说附近的十多家旅店招待所都住满人了，连雍和宫都住进了信徒呢。"

"唔，原来是这样。北京人可一点都不知道。"

"北京人也不是喇嘛教信徒，他们都忙着改革开放。"父亲不屑地说。

我终于相信了父亲他们来京朝拜的真实性，也理解了他们这种举动。我们家三代信佛，爷爷奶奶也来京朝拜过，奶奶更是一位虔诚至极的信徒，她曾三次跪拜着走完几十里沙路到库伦大庙朝拜活佛做法事，而且每晚必向家中佛龛跪拜一百零八次合念珠之数，额头上都磕出了一个肉疙瘩，还自称是佛赐肉犄角，佛佑后人修来世之福等。到了父亲这儿，完全继承了爷爷奶奶祖上传统，也虔心信佛，每到诵经日他都去库伦庙上听经拜佛烧香，甚至把庙上喇嘛请到家里坐堂念经。

三天后，父亲他们去东总布胡同的一座神秘大院里，终于如愿以偿地朝拜了现世活佛十世班禅，让这位活佛摸了顶，把一条红绸带挂在他们脖子上。我当时也陪在他们身边，大家都双膝着地跪着一步步走进去，有的信徒干脆匍匐着行进，有人在哭泣，有人在嘴里不停地念经，有人一个劲儿念叨佛爷佛爷，气氛是一片肃穆庄严，神圣而宁静。我也受到感染，放下起初的轻慢，虔诚地下跪磕拜，接受活佛摸顶和赐挂"江嘎"（红绸条）。我见旁边的父母早已是泪眼模糊，磕头如雨落，也不敢抬头看一眼佛容，身体微战栗着静静聆听活佛最后念"祝福经"。

走出那座威严神秘的大院，外边阳光灿烂而明媚，空气清新又舒畅。父母脸上的泪痕在阳光下闪耀，那一脸的幸福感令睹者心动。看着父亲他们那种陶醉的样子我忽然顿悟，关键是一种感觉，一种找到幸福的感觉。也许只有心中有信仰的人，才能找到那种幸福的感觉。我们这些成天为名利奔波的俗人，可能无法体会到宗教信徒那种感觉。我完全理解吃糠咽菜的父母为什么那么幸福而且沉醉。

朝拜后的第二天，父亲就急着要回去叫我买车票。我劝他留北京玩几天，他不肯，说赶紧回家照顾你弟弟的孩子。我问弟弟的孩子怎么啦，我知道弟弟结婚后第二年便得了大胖小子，令全家欢喜，没听说有什么毛病。

"嗨，孩子都两岁了，还不会站立，不会说话……一直都没告诉你。我们这次来朝拜也是想向佛爷祈祷，保佑这孩子。"父亲说。

"没有到医院检查过？"

"检查过，连阜新矿医院都去过，拍过什么片子。"

"怎么说？"

"说不出原因，怀疑什么瘫，又说吃药看看，我们不放心啊。"

"嗨，那你们应该去更大的医院，沈阳或来北京检查呀，你们自己来朝拜管什么用啊！"我一着急嗓门大了起来。

"胡说！"父亲立即训斥我，唯恐让旁人听见了我对佛不敬的话。

父母回去时，我跟妻子商量从我们不多的积蓄中拿出三千元让他们带回去，把孩子带到沈阳或更大的医院去检查治疗。我知道这是唯一的出路，佛管"来世之福"，今世的事还是我们自己去面对。父亲一下子拿着那么多钱，当时还算不小的数目，不知放哪儿才好，才安全，最后塞进了自己脚上穿的袜子里。再牢牢套上厚棉鞋，一股浓浓的汗脚臭味喷薄而出。我笑说："这钱到家时不得捂烂喽啊？"父亲笑说："捂烂了我也不脱鞋，叫小偷没辙。"

半年后，父亲和弟弟抱着孩子来了北京。这回是先打了电报，我去西直门火车站接他们，然后直接去了儿童医院，又去天坛脑科医院，最后住进了中医研究院的一家医院。做了全面检查，CT、脑电图、心脏、X 光等等，诊断结果是：先天性脑瘫。基本失去运动功能和语言功能。

这个结果一下子击倒了老父亲和弟弟。他们抱着极大的热情和希望来北京，可现实却如此残酷。

父亲说："我不信，咱们到别的医院再看看。"

我们又去了北京医院、协和医院等，几乎跑遍了北京各大医院，结果基本差不多。但也没有说死，小孩儿还小，治治看，也许会有奇迹发生。

两个月后，父亲抱着他的孙子回去了。一脸失望和神伤的样子。花了上万元结果还是这样，他对北京的医院和大夫们的水平很是鄙夷和不感冒。甚至说，还不如老家的土医生蒙古大夫，他们还会放放血舒筋活络呢，我孙子肯定在哪块儿堵塞了，回去放放血疏通疏通就好了。我知道父亲是个不轻易放弃的人。

第二年我回老家，发现那脑瘫孩子的病情更严重了。两岁前还能坐能扶墙站立，可现在连这点功能都丧失了，不会说话不会坐，成天躺在摇车里只会哭叫，以哭叫表达他的吃喝拉撒疼痛不适等感觉和要求。父亲哀伤地说："蒙古大夫放过血，庙上的喇嘛拿捏过，阜新蒙古镇的'狐仙女'下过神，都不管用呢，儿子。"

我见父亲如此伤心，劝慰他想开点，大家都尽力了，弟弟还年轻还可以要孩子，再给你抱孙子。可父亲说，他真的很疼这孙子。

的确，这瘫儿很令人心疼。大大的眼睛双眼皮，黑黑的眉毛，漂亮的小脸蛋，那皮肤更是白得如雪如玉，那黑亮的眼睛一转一动，都令人心生爱怜。可有什么办法呢？我们回天乏术。我给父亲解释，孩子的先天性脑瘫，跟大人遗传有关，弟弟的老岳父年轻时当兵脑子里打进过一颗子弹，弟媳的一个哥哥就是受影响脑子也有毛病，经常犯羊痫风。父亲却反驳说，你弟媳的脑子不是很正常吗？能干又聪明，还是在我们自己治疗得不得法。父亲不愿听到我说些无望的话。他始终相信有一天他的孙子会站立起来，满地乱跑，嘴里小鸟般喊着爷爷奶奶。

弟弟和弟媳成天忙活外边的农活儿生计，母亲又忙活家人的吃喝喂猪饮牲口，这照顾瘫儿的事就全落在七十岁老父亲身上。他也说自己不能下地干农活了，就让他来照顾瘫儿吧。我在家待的那些日子，深深体会到侍候瘫儿的不容易，一点不比下地干农活轻松。那瘫儿总在那里哭，不停地表达着身上的反应和要求，时时刻刻得有一个人围他转。老父亲有时搞不懂他的意思，把要吃的哭当成要拉屎的哭，要喝的当成要出摇篮，弄得晕头转向手忙脚乱。

老家的房子是大通铺，除弟弟弟媳单独在东屋睡一间外，大家都在西边大屋睡通铺。有一天中午，我正睡觉，突然被瘫儿的尖哭尖叫吵醒了，而且没完没了地在那里哭。我来火，忍不住骂一句："把这要债的鬼扔到河里算了，烦死人！"

父亲看我一眼，又不好对我这从北京回来的长子说什么，抱起摇车里的瘫儿一边往外走，一边自言自语："我们还是去东屋吧，那边没人说你，随便哭，爷爷不会扔掉你，放心，你是爷爷的心头肉心肝宝贝呢。"

我怔怔地看着父亲的背影，一时心里不是滋味。父亲护犊子般护着他的孙子，不让别人说一句不是。对我算是客气，要是换了别人，早被他骂出去了。后院的大妹妹开玩笑说过同样的话，父亲半个月没让她进屋。

过了一年我又回老家，发现父亲正用嘴一口一口地给瘫儿喂稀饭和水。瘫儿现在已经五岁，可身体的功能更是日益退化，现在连头也抬不起来，脖颈硬挺着不会转动，手不能抬腿不能动，唯有一双眼睛能转动能识人，胃肠还能消化稀食。另外就是哭叫，没完没了地哭叫。我见父亲那么艰难地嘴对嘴喂食，就对他说拿勺子喂多好。父亲说，勺子不好使，我必须嘴对嘴拿舌尖把食物送推到瘫儿嗓子眼才成，要不然汤汤水水都从他嘴角溢洒出来。父亲简直如一只老鸟，伸出自己的长喙把虫子送进张嘴呱呱要吃的小雏喉咙深处一样。我深为感动。

父亲就那么一口一口地喂着，延续瘫儿残喘的小生命，不时地拿手边的毛巾揩擦瘫儿嘴角。瘫儿还特能吃，别看他一动不动，总哭叫着要吃，不时听见父亲在说好孙子慢点咽，别呛着别噎着。有时父亲还说，我孙子好乖，将来会走了长大了还要上大学读大书，跟大伯伯一样当作家写书呢。我听着心里很不是滋味，默默看他和孙子对话。这会儿那瘫儿也很听话，不哭不叫，嗓子眼里"噢噢"地发出简单的声响，在爷爷的逗弄下，那雪白的小脸上还能呈露出稚嫩而爽明的笑容。一见孙子笑了，父亲也高兴极了，那张布满皱褶的老脸也绽出笑花，冲我们说我孙子笑了，我孙子笑了，笑得真甜呢。

清理瘫儿身下边也是一件麻烦的事。他总是拉稀屎，黏黏糊糊的，由于老仰卧那儿屎尿全沾在他瘦瘦的屁股和大腿上，铺在下边的细沙和垫布也脏成一团。父亲备有一个用软木削成的揩擦板儿，他拿这小板儿掺和着干软细沙给瘫儿揩擦屎尿，然后扔掉已变脏的细沙和垫布，再换上去新的干净的细沙和垫布。这期间，只剩一把骨头的瘫儿赤裸着躺在炕上，不停地哭叫，他的生命表现也就剩下这哭叫方式了。一听孙子的哭叫，父亲一着急更是手忙脚乱，加快速度做着事，嘴里也不停地"喽唔、喽唔"地哄叫着，端来一盆温水清洗瘫儿的屁股和身子，然后重新把瘫儿包裹好放进摇车里。接着就开始漫长的不停顿的摇动，此时瘫儿便停止哭泣，进入暂时的安静和睡眠期。父亲也可稍稍松下一口气。但是，只要摇车停下不动片刻，那瘫儿即便是在睡眠中也能感觉出来，顿时发出尖尖的刺耳的哭叫声，如一把锋利的刀尖刺着你的耳膜，切割着你的心脏。

父亲一刻不离地坐在瘫儿摇车旁，佝偻着上身，不停地摇晃那个木制雕花摇车，嘴里还哼着小曲子。父亲年轻时学的成百上千首民歌曲子，这会儿派上了用场，成为哄孙子不哭不叫安静入睡的最佳催眠曲。他就那么耐心地，而且很有兴致地低声哼唱着，轻轻摇晃着，直到那瘫儿彻底入睡为止。可怕的是，那瘫儿睁眼时多，入睡时少，老父亲反而摇着摇着把自个儿给摇着了，打起盹来，被突起的瘫儿尖哭声惊醒。此时老父亲便歉意地冲瘫儿嘀咕两句什么，重新又一下一下地摇晃起摇车，哼唱着民歌。

目睹瘫儿和老父亲的这一切，我看不过去，心疼老父亲，就骂弟弟弟媳把事儿都推给老父亲一个人做。弟弟欲辩又止，默默听我这大哥的训斥。弟弟也难，为他这儿子已花去好几万，欠下一屁股债，我虽然资助过也有限，他得起早贪黑干活儿做事还债和养家糊口。一个贫困沙乡的农民还能有什么能耐和收入。而弟媳则又养下一个婴儿，全力呵护，唯恐又出什么差错，她还要帮助丈夫和我妈忙里里外外的活儿，总不能大家都成天守着一个瘫儿。当然，弟弟弟媳的爱多少转移到新生儿子身上，反正瘫儿由爷爷照顾，这也是实情。

唯有老父亲对瘫儿始终如一，无微不至。他甚至无暇顾及其他，包括我这远方回来的他最疼爱的长子。父亲消瘦了许多。七十多岁的人了，又患有支气管炎和哮喘病，本应由别人照顾他才对。前些年我曾接他到北京彻底检查治疗过一次，抽了几十年的烟加上多年咳嗽，父亲的胸部都变形成了桶形胸，严重影响健康，在我努力劝说下父亲决心戒了烟，可多年落下的病根不可能痊愈，如今为照顾瘫儿他已经顾不上调养自己。尤其一到冬天气候变冷，父亲就喘不上气，胸口老堵着，从外头进来后，趴在炕上跪伏着咳嗽半天起不来，何时那口痰咳出来，呼吸顺畅了才能直起腰坐正，去摇孙子的摇车。就是这样，他从无怨言，默默而勤勤恳恳地照顾着瘫儿，日复一日，年复一年。有时我对父亲说，这孩子活不长，你自个儿身体要紧，少喂少管点儿，不用给他吃那么多。父亲则说，这是一条生命，有一口气儿就是我的孙子，我不管谁管，他能投生咱们郭姓家，就是缘分，三生才能修成一次缘分，我们不能亏待了他。你弟弟傻不懂。听了这话，我无言以对，我想起父亲虔信佛教，虔信三世轮回之说，他对瘫儿怀有另一层次的思索理解。

　　一般情况下，弟弟弟媳夜里会把瘫儿接到他们的东边屋睡，好让劳累一天的父亲夜里睡个安稳觉，缓口气儿。可弟弟自个儿也劳累一天，困盹至极，哪有耐心哄慰半夜哭醒的瘫儿，急了就拍其屁股大声喝骂。这边西屋的老父亲，闻声后光脚"噔噔噔"走过去，又把哭叫的瘫儿抱过来哄，又是逗又是唱，自语孩子尿湿了都不知道，光打他管什么用，他也不会说话告诉你。父亲又折腾一遍揸屎换尿布等事宜，这么一闹离天亮也就不远了。

　　那瘫儿也怪，除了爷爷谁也不认，包括他的亲生爹娘，他那双眼睛是全身唯一会动的器官，黑黑的大大的溜溜转着，寻找或凝视在旁边时刻不离的爷爷。在他的有限的思维和大脑里，侍候他的爷爷是唯一可信赖的保护者，一旦不见了爷爷的身影，他可能感觉到惊恐不安，发出尖哭尖叫，寻找爷爷。他的这种依恋，弄得父亲出去拉屎撒尿也不得闲，从外边不停地呼唱应叫给着声儿。每见父亲一边提着裤子，一边小跑着进屋并嘴里说着爷爷尿完了爷爷拉完了爷爷正在进屋爷爷回来喽时，我心里酸溜溜苦涩涩的，有一股说不出的隐痛。有一次，东院邻居办喜事，请老父亲过去喝两盅，老父亲刚端上酒杯喝一口，就听见了隔墙院那瘫儿撕心裂肺般的哭叫声，他立刻放下酒杯往外走，一边说对不住，我孙子在找爷爷呢，我得回去了。东院邻居把酒菜送到父亲的摇车旁，父亲把那好肉好菜嚼烂了喂给孙子说，咱们也吃喜宴了，长大了咱也娶媳妇办喜事，摆喜宴呢。

我听着忍不住笑出来。父亲说，怎么着，要是找到好医好药，治好了病，我孙子照样站起来长大娶媳妇，还跟你一样去北京呢。

坦白说，我对瘫儿早已放弃希望。自从北京几大医院做出诊断，又鉴于弟媳父亲头颅中弹遗留后遗症等原因，这瘫儿的先天性脑瘫可说是不治之症，神仙也无奈，只能是活到哪儿算哪儿，可父亲从来没放弃希望，企盼着奇迹出现。现代医学说不行，他便转向民间巫婆神汉奇人奇医。哪村哪县出了个会摸会看的，他便套上驴车带着瘫儿跑去。有一次，弟弟从通辽市打电话给我，让我马上来一趟通辽。我问出什么事了，弟弟告知父亲抱着瘫儿到了离家几百里远的通辽市。原来，通辽市来了一位湖北莲花山的元极功大师张某某授功普法，包治百病，而且名额有限，父亲他们参加不上学功班干着急，求助于远在北京的我解决报名和门票问题。我不敢耽搁，打了几个电话都不管用，只好登上北上的列车，连夜赶往千里之外的哲里木盟通辽市。

那是个炎热的夏天。以往很凉爽的通辽市，由于连年干旱热得也像蒸笼，马路上的柏油晒化变软后人走在上边如踩着棉花，汽车轧过去发出嗞啦嗞啦的声响，像是揭撕着什么皮一样。我在弟弟告诉的小旅舍没找到他们，店主告诉我人都去东方红电影院学功法去了。我不禁好笑，时代真是变了，当年那个东方红电影院曾是背诵"老三篇"学习"毛选"和办各种"革命"学习班的红色礼堂，我当初在盟文化局工作时常去那里接受革命洗礼，如今却成了这些"大师"或"草寇"们表演五花八门功法的地方。前些年乱七八糟的这功那功如雨后荒草般泛滥成灾，拉出个队伍就是"草头王"，喊出个响名就是"气功师""大法师"，不像现如今又一下子销声匿迹偃旗息鼓。林子大了什么鸟都有，大浪淘沙总有沉渣泛起，对于此类鸟人们的蒙骗行径，我是这趟亲身见识了善良老父亲如何受蒙蔽之后，更是从心眼里厌恶和切齿的。

我终于找到父亲他们。

我简直不敢相信自己的眼睛。东方红电影院门前广场上，大太阳底下，硬硬的水泥地上跪着几百号人，都闭目合掌，静静聆听电影院门口大喇叭播放的气功大师的辅导授功。这些人的周围用红黄色绳子拦着，形成一个大圈和禁地，行人杂客不得入内，驻足观望也不行，有几位五大三粗的保安人员巡视"护法"。

我想入内找人，一个黄衣保镖拦住喝问："票呢？"

"没有票，到里边找人，马上出来。"

"找人也得买票。"

"多少钱一张票？"

"一百。"

"啊？"我以为听错了，不禁诧异，"怎么这么贵？"

保镖上下看我一眼，冷冷地说："嫌贵，没有人请你进去。进礼堂里边的票一张四百，你想买还没有呢！你这人六根未净，跟气功大师普及的功德无缘，差远了。"

我倒成了"六根未净"。我苦笑，不知说什么好。黑压压下跪的人群中看不见父亲和弟弟的身影，心里又着急，我只好违心买了一张票入内寻找。

在中间地带，硬邦邦的水泥地上，我看见父亲怀里抱着瘫儿直挺挺地跪在那里。火辣辣的太阳在头顶上直晒着，他的脑门儿和脸腮上挂着豆粒大的汗珠，不时往下滴落，那瘫儿不时发出尖哭声又被大喇叭震耳的轰鸣声威慑住，或者被旁人的嘘声和爷爷的哄慰制止住哭叫，只是低声哽咽。父亲的旁边也跪着弟弟，粗黑的头脖如水洗了一般，脸憋得通红，不时挠挠脖子抓抓胸。唯有父亲一动不动，一脸肃穆，虔诚而极坚忍地忍受着酷晒、汗洗和长时跪地的疼痛，嘴里还默诵着那位大师口授的功法。

我想起当年父亲朝拜北京班禅活佛的事。可我感觉那次很神圣，眼下这情景简直滑稽、荒唐。甚至可以说赤裸裸地夺人财物。

父亲见我从北京赶来了，挺高兴。

我要父亲出去说话。他拒绝说："不行，功课还没听完呢，你也跪那儿听一会儿。"

我可不想向这位什么"气功大师"下跪，男儿膝下有黄金，跪也得向班禅那样正宗宗教领袖下跪，心里不至于感觉到受屈辱和吃了苍蝇般恶心。

"我还是到外边门口等你们吧。"说完，我便扭头走出这个怪圈子，把手里的票撕了两半儿，有外围的人说一张票可听一周课呢，可惜了。我就把撕两半儿的票送给了他，他乐颠儿乐颠儿地拼贴那张票之后进场子去了，很快又被轰出来，说拿的是废票。我看着哭笑不得。

一个多小时的授功课终于结束。跪麻木的父亲疲惫不堪地走出来，跟我会合。那瘫儿在弟弟的怀里啼哭着。回到旅店，父亲和弟弟向我细说了这元极功的事。这场所谓的普法授功学习活动，居然是由市工会老干部活动中心组织的，并通过下边各旗县文化馆做宣传和报名登记，再集中到通辽集体授功。又称这"元极功"是元朝时皇帝内宫的高级功法，是个流传民间的皇室秘籍，现在把这秘籍整理出来传授大众"救世救民"的张姓大师，就是那位从元朝内宫外传秘籍的太监或内侍的后人等等。听着更是离谱，元朝从开国皇帝成吉思汗到最后一位皇帝顺帝妥懽帖睦尔，都尚武好勇，善射能骑，崇拜长生天长生地，崇信"萨满·孛教"，什么时候把这些乱七八糟的功法当过"皇室秘籍"了？靠这些功法能横跨欧亚打过多瑙河？打到日本列岛让小鬼子献美女求和？何况元朝内宫根本不养太监！然而，功法渊源涉及蒙古皇宫，对不明真相的东蒙地带极有诱惑力，具有极大的市场，人们趋之若鹜，赶着驴车骑着马从沙乡深处草地边缘蜂拥而来，行动迟缓听信儿，较晚的像父亲这样的连进礼堂里边听课的票都弄不上。这真有点悲哀，蒙古人的后代怎么变成这样？

父亲兴奋地告诉我，好多瘸子瞎子瘫子当场就授功授好了，吹气吹亮了眼睛摸腿摸走了瘫子瘸子，神奇得很。

"那是托儿。"我说。

"什么是托儿？"父亲不懂。

我向他解释一遍。就像卖狗皮膏药的江湖郎中，先表演一番假把式三脚猫功夫又让小徒当场贴膏药贴好伤一样，假模假式，蒙人钱财。

父亲摇头不信。责备我胡说八道，小心受到元极功"元神"护法惩罚。

父亲不让我胡说，让我去搞进东方红电影院里边听课授功的门票。

这个东方红电影院，当初属盟文化局下级单位，我连两毛钱的门票都懒得买随便进出的门槛，如今真难住了我。父亲的意愿是不能违抗的，无论真假，把老父亲和瘫儿送进电影院里边，让那位大师当面吹一下摸一把这是最终目的，功德圆满。我知道，其实是花钱的事，多花点银子的事。天下熙熙，皆为利来；天下攘攘，皆为利往。

我托了一位在盟工会当什么主任的老朋友弄到了进东方红电影院的两张门票。当然钱是照花不误的，还要多加，因票来之不易，其中多有关节我不便细问。足见授功班没有私票白票送礼票，再大的官儿或关系都要花银子才能受到功法关照钱到病除。当然"除"不"除"，只有天知道了。可是元极功大师是不能随便糊弄的。不远千里从僻壤沙乡赶来，干吗来了。

父亲更是十分高兴。一个劲儿说把我从北京召来是太对了，在通辽我有关系。另一高兴的原因是，弟弟卖两头牛筹集的经费，已所剩无几，需要我来解囊相助。

整整七天，父亲抱着瘫儿在那座已变神秘的东方红电影院授气。授气也就是受气。张大师也学着佛教活佛的手法捏着兰花指摸顶，他很郑重地摸了摸瘫儿的头颅，而且比活佛多了一个功能，就是往人身上吹口气。把他的从塞满海鲜、烤全羊、老白干外加大葱大蒜又夹杂脂粉味的胃肺小腹中使劲提出的浑浊之气，"噗"的一声往那些五迷三道神魂颠倒的膜拜者脸上吹过去，捎带着唾沫星子。

父亲还叫我花高价买了无极功录像带录音带，还有书籍，说每样全带气开光的还是刨光的或抛光的。父亲说回家后他自个儿要练要学，以后自个儿给孙子吹气摸顶治病，非把他治好站起来不可。弟弟家没有录像机，看来购买的事还得由我来操办。

这个夏天父亲有事干了，更是闲不住了。一边侍弄哄着瘫儿，一边练开了"元极功"。盘腿坐在炕头，手捏着兰花指，紧闭双目，一旁播放着元极功如佛教般的音乐，一会儿伸胳膊晃身子，一会儿嘴里念念有词背诵口诀，满脸的真诚和严肃，吓得家里老黄猫都不敢靠近他。由于父亲嘴里长的是说蒙古语的舌头，往往把汉语的口诀给念走了调，如"闭目"念成"屁木"、"百会穴"念成"白喝血"，整个是血淋淋的感觉，我给他纠正，忍不住发笑时，他就跟我急。练了半个多月，不知是口诀念走调造成的，还是这"元朝皇室秘籍"不适合父亲这些元朝蒙古后人，有一天父亲说胸口憋得慌，又说岔了气儿，趴卧炕上动不了。我们着急，赶紧请医生吃药紧急治疗，顺气调整，折腾了几天才缓过来，差点让老父亲走火入魔变成魔怔疯老头。这样也整整过了半个月才好利索，还不时两肋那儿出现隐痛。

父样深深叹口气说："唉，罢了，小孙子就是这命了……唉！"很是伤心的样子。

这次的练功失败和"元极功"大师摸顶吹气都不管用，对老父亲打击不小，看起来对治愈瘫儿彻底失去了希望。但他照顾瘫儿更细致更用心了。自个儿感觉对不住小孙子，大人无能，医生们无能，气功师、喇嘛、神汉巫婆及整个人类社会都无能，都欠了他小孙子情。

父亲白天黑夜围着小孙子转，话也少了，郁郁寡欢，默默做着事。

母亲说，你爸变了一个人似的。

又过了一年，那是个凉得较早的秋天。弟弟来信说，父亲的身体大不如从前了，近来咳嗽得很厉害，天一凉气儿堵得出不来。我急忙赶回老家看望他，并给他做工作想把他接到北京检查检查身体，调养一个阶段。可父亲不肯，看着身边的瘫儿，说自己不好离开，瘫儿没人照顾。我说已经安排母亲和弟媳还有后院的大妹妹轮流照顾。她们几个也劝说让父亲放心走，有她们照顾瘫儿没事。父亲还是犹豫，我说你得先弄好自己的身体才能照顾好瘫儿啊，入冬后天一冷你再咳嗽趴炕了，那怎么照顾瘫儿？

父亲无语。最后勉强同意随我出来。

车上他一路无语，闷闷不乐地随车颠簸着。从库伦到了通辽市，在小妹家住一天，等候开往北京的火车。这一天他更显得坐卧不宁的样子，眼睛直盯着窗外出神，爱喝两盅的他碰碰酒杯就放下了。憋了半天，最后对我说他要回家。我说这是何苦呢？已经出来了，晚上就要上火车。他说他想瘫儿，眼前老晃着瘫儿的影子，耳朵里老听见瘫儿的哭声。又说瘫儿可怜，命苦，一条小生命又不会走不会说，他不放心，你妈他们不会太上心的，肯定让瘫儿受罪。我说你的咳嗽怎么办？这样下去你的身体也顶不住啊。他说自己这是老毛病了，不碍事，就从通辽抓点药回去吃吃就行了，北京的药通辽也都有，通辽挺大呢。

父亲执意要回去，铁了心，我怎么劝也听不进去。而且急了就说，就是拿绳子绑他也不去北京了。

我很懊恼，也很无奈。总不能真的绑了他去北京。我了解他的脾气，除了随他意之外毫无办法。我只好又求助朋友弄来一辆小车，把老父亲送回三百里外的库伦旗乡下。回家的路上，父亲跟我说了很多话很多往事，有说有笑，还给我哼唱了一首戏谑情歌《博京喇嘛》，像个小孩儿似的高兴。

那天到家时已是傍晚，不等小车停稳父亲就匆匆下车，三步并作两步小跑着奔向家门。屋里正传出瘫儿嘶哑着嗓子的哭叫声。父亲忙不迭地嘴里说着爷爷回来了好孙子不哭爷爷再也不离开好孙子了等等，声音里充满一种说不出的发自内心的喜悦。

我随后进屋时，父亲正抱着瘫儿在亲吻。亲他的脸，亲他的眼睛，亲他的额头，再亲他瘦瘦的不能动弹的屁股。胡子上沾了不少黄斑和湿沙也不顾。瘫儿已经停止哭泣，他已认出爷爷，可两行热泪却顺着老父亲的脸颊往下淌，沾湿了他的胡须，也沾湿了瘫儿被亲的脸蛋和屁股。父亲就这样亲着哭着。

目睹着这一幕，我的内心强烈地震颤了。

我突然明白，老父亲真的爱他这孙子，爱他这个只会转动眼睛只会扯着嗓子哭泣的就剩下一口气的全瘫孙子。一种刻骨铭心的爱。并不是可怜，而是真正的爱，一种由衷的博大的慈爱。过去我一直没有理解这种爱。

第二年也是秋季，瘫儿咽气了。他是在爷爷无比温暖和慈爱的怀抱里合眼的，走完了他七岁短暂的一生，也应无悔了。据弟弟讲，去时那瘫儿的一双大大的眼睛一直一动不动地盯着紧抱着他的爷爷的脸，显得万分依恋和不舍的样子，只是由于不会说话，也没有力气哭泣，无法表达他海般深的情感，这一幕令目睹者心碎。瘫儿死后，父亲抱着他的尸体走进西北大沙坨子深处火殓，弟弟拉着一车柴火。那天沙坨子里下着小雪，这是深秋初雪，还刮着北风，那火被扑灭了几次。殓完后，父亲把骨头一一拣出来掩埋好，立个小土坟。回来时，哭成了泪人。寒风中双肩一抽一抽地哭泣，无声地哭泣，那泪水如断了线的珠子挂在他脸上胡子上双唇和下巴上，劝也劝不住。接着好多天他茶饭不思，陷入了极度的痛苦中，时不时抚摸着那个已经变空的摇车流泪。母亲把摇车藏到仓房里去，以免他见物伤心。可有一次弟弟撞见父亲躲在仓房里抱着那个摇车静静地哭泣，一边拍打摇车，一边拍打胸脯，喃喃自语我的孙子我的好孙子为什么丢下爷爷去了等等。

那年冬天，老父亲显得很异常，后来母亲这么说。他穿上平时舍不得穿的黑呢子大衣，戴上礼帽，自己赶着小胶轮车回到他出生的故地锡伯村，走访了所有活着的本姓老人和过去朋友，又喝又唱又笑的。又领着我二叔三叔在郭家坟地转悠了一天。指着一处挨着爷爷奶奶坟的向阳坡，对二叔说这里就是自己的归宿地，离爹妈近，他死后把他安葬在这里。从锡伯老村回来的路上，他又拜访了东村一位八十岁的老喇嘛，在他那儿听了三天的"嘛尼经"。

我接到弟弟急电赶回去时，父亲已进入弥留之际。母亲说，突然咳嗽严重，刚开始时小感冒，可打针吃药都不管用。家里人都在轻声哭泣，背着父亲。外屋和院子里聚集了不少村中老少，尤其听父亲半辈子说唱的几位老友在一边默默流泪，又怕家人不高兴暗暗拿袖角擦拭泪水。佛龛前点着"珠拉"灯，燃着香，佛龛里供着父亲从雍和宫请来的三世佛和"阿日亚布鲁"佛。屋里气氛宁静、祥和又压抑。我从旗医院带去的老专家医生又是检查又是打针，最后静静切脉，然后把我叫到外屋低声对我说已呈绝脉，准备后事吧。我听后如雷贯耳，感到天要塌下来地要陷下去。我无法相信，也无法接受这残酷的现实。在我心目中父亲不能这么早说走就走的，我"扑通"一声给医生跪下了，求他无论如何把老父亲抢救治愈，花多少钱没关系。可生死事真残酷。俗话说，"未到大限阎王奈何，若到限神医又奈何。"我和弟弟妹妹们围着父亲声声哭叫着，伤心欲绝地挽留着，可父亲始终平静地合着双眼处在弥留之际，嘴中低低呼叫着妈妈，听不见我们的哭叫。我跪在他头前，紧紧握着他的双手，贴着他耳朵祈求说不要走，不要丢下我们走，我们多么爱你。父亲低声断断续续说你们奶奶在叫我，她在等我，我看见她手里举着一盏黄灯，她告诉我跟着她手里的黄灯走不会掉进十八层地狱。我强烈地说不要跟奶奶走，她在天国，我们要你活着，我们更需要你。也许是我啼血般的哭求刺激了他的神经，他微微睁开眼睛有些陌生地看着我，我说我是你大儿子阿木尔，认出了吗？他说认出来了，你今年四十八岁属鼠，你儿子也属鼠，我也属鼠，我们三代同鼠，还指着旁边的弟弟白沙说你弟弟属兔子，你弟弟傻，你得多关照。见父亲稍有清醒，我以为有了转机，端着一碗鸡汤一勺勺喂给他，两天没吃东西的他居然喝进了一碗汤。这时辰是晚上七时左右，我们谁也没想到他这是回光返照。到了晚上十点左右，父亲又开始呼叫起妈妈，我们的任何哭叫都已听不见，我紧紧抱着摇晃他，呼喊他，想让他醒过来，医生也按压他心脏进行紧急抢救。我和弟弟一人握着他一只手，他的手渐渐变凉变硬，最后稍稍睁开已变无神的眼睛口里喃喃低诵一句："宝尔汗——"（佛经），便撒开了手弃我们而去。我顿时感觉天旋地转，撕心裂肺地疼痛，疯了般抱他晃他亲他，然而一切已经无济于事，父亲再没有睁开眼睛看我们一眼。我被两位叔叔和几位长者强行架走，屋里哭声一片，老母亲在屋角暗暗流泪更显苍老。两屋挤满了人，几乎全村人都来为父亲送行，这是本村历史上从未有过的事，大家都尊敬他，称他是个明白人。我当时甚至有一种恐惧感，没有了父亲，没有了他这个精神支柱和他的关爱，没有了他这棵我一生依托的大树，我可怎么活下去。尽管我已人到中年，读过不少书也算是个有文化的人，可父亲对我来讲始终是我依赖仰仗的天，我的精神和情感的归宿，别看他只是大字不识一个的农民，可我离不开他。然而现实又如此残酷，他——我终生敬爱的父亲，就这么毫无眷恋地去了，丢下我们这些深爱着他的亲人，我们一点办法都没有，我们真是回天乏术。自从送走瘫儿，他似乎完成了他这一生最后一项爱的工程和爱的任务，终于可以放心地归去了，显得无怨无悔，十分安详。甚至脑子清醒到能说出我和我儿子的岁数和属什么。他走得那么匆忙突然，从得感冒到临终还不到十天，走得又那么明白，似乎被另一种什么神圣使命召唤而走，不得多停留片刻时间。

低婉哀伤的"嘛尼歌"在屋里回荡。三位老喇嘛和几位老人组成的诵唱"经歌"的班子，在灵堂屋里围坐着，"珠拉"灯（长明灯）和"呼吉"香（长命香）的缭绕光照下，悠悠委婉地拉唱那首催人泪下的宗教歌曲。歌中叙述的那段佛教故事是这样的：从前有一位法号叫穆华勒岱的佛，他的父亲一生做善事死后升入天堂，他母亲因作孽被打入十八层地狱，这位穆华勒岱佛背着父亲的肉体去十八层地狱寻找母亲，经历一层一层的十八种苦难，终于找见母亲，可母亲赌气说她已习惯这里不离开，这佛一遍一遍哀唱哭泣终于带走母亲，路过西瓜田时被佛背着的母亲用脚勾断了西瓜藤蔓，于是穆华勒岱佛咬断手指用鲜血连接勾断的瓜藤瓜蔓，从此人间西瓜红瓤则是由佛的血液接活，黄瓤则是由佛的血中黄液汁接活，佛的母亲见儿子如此心善心诚也受感动，由此收回怨孽之心转投明世。

我当时回想着父亲一生的经历和为我付出的一切，深深被"嘛尼"歌的故事和旋律打动，痛苦击垮了我，天天以泪洗面，夜夜梦见父亲，脑子里如幻觉般一幕幕映现从小到大父亲和我的所有事情。有时赶着驴去砍柴，有时背着我过冰河，有时拉胡琴吟唱，有时甚至挥起皮鞭抽我……我有时冥冥中看见他向我诉说着什么，我有时简直恨不得随他而去，放弃人生所有荣华和羁绊。他是轻松地去了，却把无尽的思念和有关生命与爱的思索留给了我，去面对漫长的生命行程。他对我恩重如山，可我的回报才点滴有限，自责不时地咬啃我心灵。尽管已过去五年，今天我每当抚摸那把胡琴时依然清晰看见他佝偻着身子摇动摇车，或匆匆奔向瘫儿的身影，于是我忍不住泪水涟涟。

哦，父亲，他真是永远活在我心中了，成为永不消逝的爱的象征。

耳旁响起腾格尔的歌《父亲和我》——

……是你创造了这个家，又创造了我。

是你拉着我们手，从昨天走到今天……

啊，你是我最尊敬的人，慈祥的爸爸。

你将永远牵着我的手，走向没有尽头的未来！

图书在版编目（CIP）数据

一个女孩的大雾之夜 / 郭雪波著 .—北京：作家
出版社，2020.10

（名家小说集）

ISBN 978-7-5063-9723-0

Ⅰ.①—⋯　Ⅱ.①郭⋯　Ⅲ.①短篇小说—小说集—中国
—当代　Ⅳ.① I247.7

中国版本图书馆 CIP 数据核字（2017）第 236793 号

一个女孩的大雾之夜

作　　者	郭雪波
责任编辑	张　平
装帧设计	意匠文化·丁奔亮
出版发行	作家出版社有限公司
社　　址	北京农展馆南里 10 号　　邮　编：100125
电话传真	86-10-65067186（发行中心及邮购部） 86-10-65004079（总编室）

E-mail:zuojia @ zuojia.net.cn

http://www.zuojiachubanshe.com

印　　刷	中煤（北京）印务有限公司
成品尺寸	130×185
字　　数	193 千
印　　张	11.875
版　　次	2020 年 10 月第 1 版
印　　次	2020 年 10 月第 1 次印刷

ISBN 978-7-5063-9723-0

定　　价：49.00 元